U0484114

在孤独的时代
谈情说爱

海岩◎作品

江苏文艺出版社

图书在版编目（ＣＩＰ）数据

在孤独的时代谈情说爱 / 海岩著. — 南京：江苏文艺出版社，2014
ISBN 978-7-5399-7395-1

Ⅰ.①在… Ⅱ.①海… Ⅲ.①散文集－中国－当代 Ⅳ.①I267

中国版本图书馆 CIP 数据核字(2014)第 088273 号

书　　　名	在孤独的时代谈情说爱
著　　　者	海　岩
责 任 编 辑	黄小初　黄孝阳
特 约 编 辑	汪　旭
文 字 编 辑	聂　斌
出 版 发 行	凤凰出版传媒股份有限公司 江苏文艺出版社
出版社地址	南京市中央路 165 号，邮编：210009
出版社网址	http://www.jswenyi.com
经　　　销	凤凰出版传媒股份有限公司
印　　　刷	江苏凤凰通达印刷有限公司
开　　　本	718×1000 毫米　1/16
印　　　张	16
字　　　数	230 千字
版　　　次	2014 年 6 月第 1 版　2014 年 6 月第 1 次印刷
标 准 书 号	ISBN 978-7-5399-7395-1
定　　　价	38.00 元

（江苏文艺版图书凡印刷、装订错误可随时向承印厂调换）

在孤独的时代
谈情说爱

我生活在这样的时代
向往这样的爱情

在孤独的时代
谈情说爱

我偏爱活着，偏爱水在口腔里的感觉，
偏爱把石头、冰块握紧，偏爱秋日，不管是在田野还是在城市；
偏爱你，偏爱树影在你身后翩翩飞舞，
偏爱你舌尖的微甜，偏爱你鲁莽的愤怒与我晨起时的欲望；
偏爱行走，偏爱做事，
偏爱在深思中不断想象你的脸，偏爱反复阅读；
偏爱诗歌与哲学胜过小说，偏爱数学故事、科普话题、在音乐中游荡的灵魂，
偏爱女性，尤其是当她们出现在我眼前的时候。
我偏爱许多，所有的偏爱都只是因为你。

CONTENTS 目录

在 孤 独 的 时 代 谈 情 说 爱

CHAPTER ONE 时间的意义

我的小传/003
心中的梦想/005
生命的颜色/007
时间的意义/008
原色如水/010
怎一个帅字了得/012
其实你蒙蔽世人/014
他的灵魂留在北京/016
往日情怀/020
分房杂议/021
令我心仪的榜样/024
好友曾鹏宇/025

CHAPTER TWO 谈情说爱

听海岩谈情说爱/028
和网友"谈情说爱"/035
厌倦恋爱的人可以读海岩小说吗？/039
谈爱情/041
谈幸福/042
遥不可及的幸福/043
为无爱时代作爱情小说/044
谈家庭/046
谈男人/047
谈女人/048

CHAPTER THREE 那一场风花雪月

三巨头面对面 /052

多谈点主义，少研究些问题 /067

言情只是暂时的，最喜欢写政治 /075

写作没人比我更业余 /081

你的生命如此多情 /091

谈喜欢的演员 /099

谈喜欢的作家 /100

谈《便衣警察》的写作 /101

谈《永不瞑目》/102

谈《玉观音》/103

谈《你的生命如此多情》/104

谈《拿什么拯救你，我的爱人》/105

CHAPTER FOUR 我有两种痛苦

真相 /108

澄清 /109

书的印象 /110

我有两种痛苦 /111

潘岳诗文褒贬 /115

谈写作 /117

谈影视文学 /121

向读者说再见 /124

我已山穷水尽 /125

人性弱点 /126

杨一柳新书《樱花之夏》序/128
《我的二〇〇八》序/129
中文版《玛雅》序/131
我们需要正义和秩序/132
温故而知新/134
"冷眼看客"值得热评/136
多样的读者需要多样的文学/137

CHAPTER FIVE 我所心仪的世界

那些人那些事/141
灾难相似，斯人不同/143
人之将老，心也童真/145
我所心仪的世界/146
我们的灵魂不过如此/148
当施善者已成一撮肃然的寒灰/149
两次经历地震/151

CHAPTER SIX 家有宠物

新年同乐/154
得到爱，也付出爱/156
家有宠物/157

CHAPTER SEVEN 各领风骚三五天

满城尽带黄花梨/162
再现历史的光芒/175
文化的价值谁做主？/177

各领风骚三五天/181

性情的房间/215

中西合璧，人杰地灵/217

金台夕照，紫气东来/222

CHAPTER EIGHT 谈人际关系

谈人际关系/226

权威不如人威/228

谈成功/234

巨人的激情与梦想/235

直面文化生态不能"居危思安"/237

私企女掌门交锋国企男老板/244

CHAPTER ONE
时间的意义

❀ ························

　　　　主持人问我一生中最遗憾的当属何事,我当时答的是:"没上过大学。"现在想想答错了,没这个资格。应改为:没上完小学。

❀ ························

　　　　有许多在现实中得不到的感受,做不到的事情,却常常令我们憧憬一生,也恰恰是那些无法身体力行的境界,才最让人激动。

❀ ························

　　　　大千世界太丰富了,你只能光顾一部分,那么你就去寻找让你快乐的部分。

PART ONE
我的小传

　　我出生那天家家户户都挂了红旗,从此节日的景象每年与我同庆同喜。因为和第一个社会主义国家(苏联)同日而生,我印象中的童年充满了优越感和革命式的快意。我的少年时期则是在"文革"的动荡中度过,父母被造反者隔离,我从十岁开始辍学并独自生活,起居自由但心灵压抑,几乎不敢上街,怕被人打。直到十五岁那年走后门当了兵才翻身变成"革命大熔炉"中的一员。退役后当过工人、警察和机关干部,总的还算顺利,就是没想到我这个十五岁前就经常被送到农村接受再教育的"知识分子",在"文革"后却因为连初中文凭都没有而险被机关清退。为这事我至今苦笑,觉得自己这辈子总是生不逢时。该发育时偏逢三年困难时期跟不上营养;该读书时又遇"文化大革命"没受到教育;该追求事业时又刮学历风……好在我在每个单位碰到的每个领导、每个同事都很关照我,给我工作的机会。有一次还让我到一家机关自办的小饭店里帮忙,那饭店经理看我年轻又勤勉,刚好手边又缺人,因此向机关要求让我多留几天,冒充值班副理搞搞接待,结果一留留了二十多年。我当时本来是临时借调充充数的,后来竟然假戏真做,当上了全国旅游饭店业协会的会长。

　　写小说更是一时兴起,起因是看了几本在书摊上买的烂书,发现烂得连我自己写写也不会比它更烂,于是贸然动笔。想我虽无学历但有几分阅历,比如"四五运动"被派到天安门当便衣那一段,可写一本《便衣警察》;唐山大地震当天即赴唐救灾的经验,可体会一次《死于青春》;帮电影乐团找意大利小提琴那次忙,可演绎出《那一场风花雪月的事》;这些年混迹商界,心变冷了反倒更有《你的生命如此多情》之类的感慨。凡此种种,试着写来,赚些稿费贴补家用。

我记得在北京第二外国语学院聘我做兼职教授的发证仪式上,主持人问我一生中最遗憾的当属何事,我当时答的是:"没上过大学。"现在想想答错了,没这个资格。应改为:没上完小学。我不是炫耀我的无师自通,而是我可能将永远欠缺那种读书的习惯和文人的虚静,因为在我看来,上大学这件事对人的造就,是让你走入一个氛围,是这个经历的本身。

☆☆☆☆☆

PART TWO
心中的梦想

我二十多岁时开始进行业余文学创作，断断续续，全凭兴之所至。有时三五个月写一个长篇，一蹴而就；有时数年投笔，不着一字。概括来看，我的写作不过是为丰富个人业余生活且偶尔为之的一种自娱自乐，因此连"业余作家"的称号都有些愧不敢当。我经历中的正式职业是士兵、警察、企业干部和其他，这些职业所提供给我的环境，与文学相去甚远。多年以来，我身边甚至连一个够得上文学爱好者的同事都没有。如果在办公室里突然和人谈论一下文学，你自己都会觉得酸腐和神经。至少不像谈足球什么的那么自然。

文学确实越来越曲高和寡了。在上世纪五十年代、六十年代、七十年代曾经延续或爆发过的那种对小说、散文和诗歌的狂热，以及由这狂热所虚构的文学的崇高地位，已是依稀旧事。大众获得知识和信息的渠道，早被电视、电影、电脑之类的时髦传媒统治起来，便捷得令人瞠目。埋头读书不仅枯燥乏味，而且简直有些呆傻的嫌疑。社会与时代愈演愈烈的物质化和功利化，也促使许多人渐渐远离了自己的精神家园。有多少人还在固执地爱着文学呢？

所以也很少有像我一样在企业界做到高职还在为没能圆了作家梦而时时遗憾的人了。

当个职业作家是我自小的志愿。不仅这个志愿没有实现，而且从小学四年级因故辍学后，我就几乎再也没有进过任何一间课堂，也未再参加过任何系统的自学。一个现代都市人连小学毕业的文凭都没有，一直令我为之汗颜。前些年知识界有几位前辈对作家中的非学者化现象发出批评，更使我掩面过市，真的疑心自己在作家和企业家这一文一武两个行列中，都是个滥竽充数者。

没受过多少教育也能混入文学界是我多年以前偶然发现的秘密。把个人的见闻、经验、阅历，甚至道听途说，敷衍成章，稍稍绘形绘色，便成了小说。再把人物的内心独白变成动作和表情，重新分分场景和章节，小说又成了剧本，似乎一切都那么简便易行。文学固然神秘，但薄得就像一层窗户纸，一捅就破，一破就变得任人亲近。尽管我是一个俗务缠身的人，在众人眼里，几乎没有思考和写作的时间，但这些年连小说带剧本，居然能有近三百万字的作品。有人不免惊讶和疑心，或恭我废寝忘食艰辛刻苦，或贬我用秘书捉刀代笔。他们都不知道，"文学对我来说其实犹如思想和呼吸那样自然"，随意和快乐。

当然，文学是有优劣文野之分的。像我这样从自己的精神需要出发，依据生活印象和想象妄自涂抹的小说，当然不可能成为上品和精品。何况有些作品明显沾染了当代人流行的浮躁，一看就知道是速成的东西。我所占的便宜是从小喜欢听故事，听罢又喜欢卖弄给别人，经此锻炼，摸到了几处推波助澜、一唱三叹的窍门。可惜我的性子有些急，所以小说里的那些故事常进展得太过仓促，以致不能尽情展开人物的面貌和精妙，当然更谈不上文笔的性灵和深奥。而且我的写作又多是于每晚睡前，书成之后，不免总能让人看到字里行间的困乏和潦草，如此我也就决不敢在文学上有什么目标和抱负。在文学圈里则把自己归为"票友"，聊以自嘲。

读者当然能看到，我的目光总是留恋着那个激情时代，青春的纯情、浪漫、率真、挚爱、狂放不羁，甚至苦难，都是我倾心向往却终不可得的。因为我们被太多现实的烦恼纠缠着，有时会忘记了人的本质。烦恼皆由欲望产生。和我的成长年代相比，上世纪九十年代的各种物质欲望实在是太泛滥了，令人在精神上感到无尽的失落。而我抵抗这种失落的武器，就是让笔下的人物充满人文主义的情感，他们的错误，也因他们的单纯而变得美丽！于是，这些作品的风格貌似写实贴近生活，实际上都是些幻想和童话，读者喜爱的人物几乎都理想得无法存在。而以我的成见，文学既可以是生活实景的逼真模仿，也可以把生活瞬间地理想化，诱发人们内心深处的梦想。有许多在现实中得不到的感受，做不到的事情，却常常令我们憧憬一生，也恰恰是那些无法身体力行的境界，才最让人激动！

在这些作品中，警察是我最热衷表现的人物。与其说是缘于我对警察生活的熟悉，不如说是我对这个职业的迷恋。在和平年代很少能找到另一种职业比它更酷。这个职业就像一个引力强大的"场"，有一种深刻的向心力在凝聚着你，使你即使远离了它也依旧恋恋不舍地想再贡献点什么。

PART THREE
生命的颜色

　　我一向认为,灾难是人生一次可贵的游历,生存环境的黑暗,可以造就思辨的光明。

　　当战争爆发,当瘟疫降临,当人类面对危机时刻,关于生命意义的思辨就会变得尖锐而激情。

　　生命是有颜色的,颜色也是有生命的。不同的颜色给人截然不同的心理感应:红色象征浪漫也预示危险;蓝色如天空和海洋一样辽阔;黄色与太阳与收获的联系多么近密;绿色表达了丰饶、自然和调和;紫色雍容华贵;而黑色则让你联想到死亡与邪恶;白色……白色代表了什么?代表纯洁如初,还是哀悼亡故?

　　人生正因其颜色的变幻而显得抑扬顿挫,每个人生命的主色调也决定了他的一生是快乐还是忧戚,是充实还是空洞,是明朗还是猥琐。人的生命与动物生命之不同,区别于人拥有文化,文化是精神,是思想,是信仰和智慧,以及由它们创造的一切物质财富。文化将使我们的生命变得别有意趣,还要看你最终选择了哪种颜色……

☆☆☆☆☆

PART FOUR
时间的意义

　　时间最有说服力、最强大，没有什么能隐瞒时间。我们可以说假话，可以隐瞒事实真相。但时间长了，一切都会被时间战胜。

　　我想象中，一些人的精神领域是非常阔大的，人的精神空间是不一样的。每天沉溺于应付俗务的人，精神空间就可能很小，但有些人通过读书、冥思默想来打开自己的精神空间，他就生活在自己阔大的精神空间里。当精神空间充分打开的时候，他的物质欲念是相对静止的，物质需求便会相对降低，他就可以与这个社会、这个时代保持一段健康的距离。如果你不能与这个社会保持一定的审视距离，是因为你对这个社会还有很多的欲求，为满足这样那样的欲求，我们就要去经历，去体验。但我觉得经历是受某些思想的影响，受生理的影响，不到一定年龄时，你的社会经验没有让你达到一定程度时，你很难抵达这样一个豁然、了然的境界。到了一定年龄时，也经历了失败，心也安静下来，身体的代谢功能也缓慢下来了，大脑思考也开始静下来。你可能会思考什么是最有价值的，你也许会认为目标并不是最有价值的，最有价值的是美好的过程。比如说你活了八十岁，是以你八十岁时实现了小时候的目标作为快乐、幸福？还是到你八十岁时所经历过的每一时刻、每一漫长的过程作为快乐呢？到底什么是你整个人生的目标呢？

　　无论在企业管理上还是在个人仕途和文学成就上，我把目标放得特别小。我觉得想让自己生活得幸福，就要把幸福感放得平实些。比如说，今晚和我喜爱的人一起吃饭，就足以构成我的幸福感。

　　但是每个人的内心不同，遇到的人和事不同，他的幸福感就不同。我们自己都会有内心的深渊，当我们在瞬间看到时会被震撼，让我们感到不寒而栗。这时不要将自己沉浸到思索中，事情发生时就事论事，不要多思考，不去唤醒不悦。大千世界太丰富了，你只能光顾一部分，那么你就去寻找让你快乐的部分。

人的一生就是由几个几年组成的，当你经历的过程很快乐的时候，你就要感谢生活！同时我们要珍惜生活，珍惜时间。时间是我们的一面镜子。我曾经写过时间，它是个同心圆，永远是放射性的，永不重叠，永远不归返的。时间最有说服力、最强大，没有什么能隐瞒时间。我们可以说假话，可以隐瞒事实真相。但时间长了，一切都会被时间战胜。积怨聚恨的人会因时间的延长而削弱。相爱的人时间长了也很难说能否持久。时间是个试金石，很多时候我们生活中遇到矛盾，当时解决不了的，那就交给时间吧。

同样，我们还要生活得豁达，在《玉观音》中，对安心的错误给予赦免、理解和宽容，就如同我们宽容了我们这个时代。有的人总抓住别人的不是不放，特别是中国人愿意宽恕自己而不愿意宽恕别人，对人跟己的尺度往往是不一样的。其实，容忍、宽恕别人，就是容忍、宽恕自己。

☆☆☆☆☆

PART FIVE
原色如水

原色,就是本色。

古人说:唯大英雄能本色。

我们不幸生活在一个面具的时代,几乎每个人的脸上都涂抹了厚厚的颜色,无论光鲜亮丽,还是混沌沉着;无论台上作戏,还是台下做人,无不变幻种种姿态,游戏粉墨之间将灵魂隐蔽,将爱憎遮掩,让本来的面目无法看清。

孙俪,是这个面具时代的异类。

她不事浓妆艳抹,从不矫揉造作,她的亲切胜于美貌,她的天然胜于雕琢。她愿意让自己透明如水,如水一样的柔软平易,如水一样顺其自然,神聚则汪洋恣意,形散则化雾成烟……我只能用水来比拟孙俪,水的生命力和低调处下的性情,无疑是这个女孩恰如其分的写照!

孙俪的原色,就是水的颜色。

水为善。

我庆幸让孙俪这样一个拥有善心的女孩来完成我对"安心"的向往。"安心"是中国佛教中一个无我的境界,那是人类涉过生死悲喜的大河之后,心灵获得的彻底安顿。在物欲横流的世界中保持"安心"的状态,进可普度众生,退可独善其身,那不就等于立地成佛了吗?

我不知孙俪何时修成正果,但知道孙俪素有菩萨心肠。她是一个博爱的女子,爱她的母亲,爱她的师友,爱她的观众,爱她的狗狗,爱那些弱小无助的人们,哪怕与之素昧平生!她每年抽出大量时间,自愿为数家机构担当爱心使者;她散财于曾经给她顿悟的云南边陲,在最荒僻的乡间,盖起了两座"安心小学"。你们在这本画册中可以看到,有多少孩子因她而欢笑、而成长、而幸福、而骄傲!一个和这些懵懂少年几乎同辈的女孩,她的同情心究竟因何而生?我想,那只能缘于她慈悲的本性。

不久前,一位经销木材的商人教我怎样识别木材的优劣,他说涂漆越重着色越深的,越是劣质木料,而上上之材往往不工于漆,不着一色。看来,无论识人还是辨物,皆以原色为本,以本论质,以质为珍!

——《原色孙俪》序

☆☆☆☆☆

PART SIX
怎一个帅字了得

说不清何年为界,我们进入了一个官能化时代。对相貌的追捧,对外表的张扬,对形式的偏求和对天然情色的不加避讳,一夜成就无数酷哥美眉。官能化现象在亚洲更其为甚,娱乐圈以脸夺人之势愈演愈烈。中国大陆的造星工程,先是受染于港台,后又追风于韩日,不管偶像本身造诣深浅、人品优劣,一经时尚包装,随即倾国倾城,即使仅仅按卡通样式描描嘴脸,拍个"MTV"稍加招摇,身后也会立即挤满惊声尖叫的拥趸。

在这个浪潮中我也被逼成"哈韩""哈日"一族了,也曾被那些画出来的假面麻醉,但我一直把陆毅与那些时尚代表严加区别,尽管他无疑也是这个官能化时代最具感官魅力的明星之一。陆毅历经数年始终盘踞中国本土头号青春偶像的位置,觊觎者只有等他红颜老去才敢生出造反的闪念。这是一个令人惊讶也值得玩味的现象,或许这本《写真》能提供某些探究的线索。你在这本集子中所看到的表情,所感受的微笑,那些或开心或沉默的瞬间即景,写真了一个帅气的陆毅,同时也能使你更加确认,你曾经被这张面孔激起的感动,怎一个帅字了得!

当你第一眼发觉了他的英俊,肯定要归功于那份阳光和纯真;当你赞叹了那鬼斧神工的清秀之美,又会被一股硬朗的虎虎生气撞击心灵;当你即将为他的瞬息万变感到迷惑,却在同时坚信他的透明和善良。陆毅的亲和力不在于他完美无缺的外表,而在于一颦一笑中流露的教养与随和。

如果你与陆毅同龄,你会渴望成为他亲密的挚友吗?如果你是一位白发长者,你会把当做自己乖顺的儿孙吗?如果你还在学校咿呀学语,你是否梦想能有这样一位和蔼的邻家大哥?如果你正在幻想爱情,你是否愿意找到这样一个正统的男人标本？陆毅为我们每个人带来的想象，恰是官能化时代最最欠缺的熨帖和抚慰。这也是真实的陆毅，一个用友善的性情、正直的内心，将自己从那群靠化妆师的脂粉和发型师的剪刀打造出来的偶像中，坚决剥离出来的陆毅！

——《陆毅写真集》序

☆☆☆☆☆

PART SEVEN
其实你蒙蔽世人

如果我是一名"Fans",我一定要在正午时分,等候袁立的光临,然后沿着偶像的足迹,寻找成功的线路。

如果我是一名"Fans",我一定期待正午时分,倾听袁立的声音,穿过正午刺眼的光芒,接近熠熠耀眼的明星,探听光芒背后的事情。

其实我们早就知道,明星们都在以他们光彩夺目的造型蒙蔽着世人,让我们在艺术造梦的幻想中徒劳地憧憬。我们心目中的袁立也是同样,她用封面上那道充满魅力的目光将我们俘虏——让我们在时尚、娇媚、性感、精灵、凶悍、顽皮以及不止于此的诱惑下心旌摇摇。在一个官能化的时代,这样一个惹火的尤物怎能不在这里应运而生!我曾在网上理所当然地看到过无数焦急的询问:这小女子究竟何方人氏,芳龄几许,身高三围,星座血型……一个仅靠饰演配角就能红透的艺人,她的每一寸身体发肤所散发出来的独特气息,也许才是人们好奇心的主要投向。

现在,袁立终于开了金口,她用正午时分的漫不经心,将她的身世娓娓道来。虽是片片断断、欲言又止,却总算施舍出一串散碎的珠玑,让人们探奇的目光,找到透视的焦点。

"Fans"们的窥视欲也许从此得到了满足,他们从此摸清了袁立的来历,不仅血脉亲缘,而且童年往事;不仅求学之路,而且演艺生涯,均是出自本人亲笔,诚实而又率真。甚至家中爱犬,儿时玩伴,以及住过的阁楼,窗外的风景,纪实而又感性。一册在手,此前生平,全都可以一一考据,以此为证了。

这个正午时分无疑是"Fans"们的一个节日,我们可以透过袁立单纯的眼睛,亲近众多当红的明星:陆毅、孙红雷、濮存昕、姜武、周里京、宋春丽、钱勇夫、王刚、张铁林、张国立、陈道明、傅彪、刘佩琦、蔡国庆、王琳、苏瑾,以及那些在娱乐界更加一言九鼎的人物——吴天明、陈家林、黄蜀芹、管虎、汪俊以及赵宝刚……他们在正午时分里虽然全都屈居配角,但每个人的音容笑貌,那些生动鲜活的细节和各自独有的魅力,甚至已将主角袁立逼到一个几乎被人忽略的边角。也许这正是袁立的本意,让我们在正午的阳光下就能看到通常只能在夜空中仰视的群星,这么多大众喜爱的人物,这么多私下里的秘密,用一句过时的广告语言形容——总有一款适合您!

可惜,我不是"Fans"。我对明星们的事业成就和生活琐细,一向缺乏常规的兴趣,这本自传式散文真正给我的惊讶,还是袁立本人。我几乎不能确定我在正午时分所感受到的静谧,究竟是不是袁立的真实心境。那样一具青春的躯体,怎会包藏这样一颗沧桑的心?当她回首家乡与童年的刹那,眼神中流露出来的感情,就像一个经风历雨的长者,而字里行间对上海弄堂和西湖街巷的迷恋,又像一个含泪伤怀的旧式文人。

于是,在这个略显迷离的正午时分,我对袁立既定的感受不但并未得到应有的印证,反而撩拨了我本来没有的疑惑与好奇,它让我的视野突然失去了原有的边际,在上海式的怀旧氛围和浓重的江浙文化背景下,袁立脸上标志性的灿烂顿时变得捉摸不定。她的性感似乎有了忧伤的意味,她的顽皮似乎遮掩了偶现的从容。我们恍惚透过这个女孩细腻如脂的肌肤,看到了血液中复杂敏感的脉动。这让我不禁开始猜疑整个世界,那些面目单纯的少女是否人人如此,远比我们想象的城府要深。

于是我坚信这篇其实并不时尚和爆料的优雅散文,将继续模糊人们对袁立的认识,将使他们对袁立未来的艺术角色,产生更加难以预知的期待,期待新的感觉,新的联想,新的意象。

那时,你是否还会重返这里——在刺目的阳光中愈显迷离的正午时分,重新推敲这个江南女孩最本质的性情?

——《正午时分》序

PART EIGHT
他的灵魂留在北京

沈家铭，一九五一年生于香港，学成于香港工业学院，一九七五年移居加拿大，未能学以致用，改行投身餐饮行业。辗转就职于多伦多数家著名餐厅。一九九二年来到中国大陆，先在金牛苑集团管理的上海绿谷别墅任经理，后至半岛集团管理的北京王府饭店嘉陵楼餐厅任经理，自一九九四年元月一日起，受聘于锦江集团管理的北京昆仑饭店，官居餐饮总监，成为锦江集团所属企业中职位最高的外籍雇员，任职凡八个月。于九四年九月八日在山西五台山亡于车祸。

聘用外籍员工在国有企业担任高级的管理职务，无疑是一种尝试和一场赌博。昆仑饭店从一九九三年下半年开始，客源结构由低向高的转换速度出人意料，对餐饮水平的提升形成前所未有的压力。到了一九九四年年初，除了上海风味餐厅因前有吴春兰，后有赵仁良，仍然一枝独秀外，只有四季咖啡厅的生意随着商务散客的大量涌入，水涨船高。而锦园餐厅和"三十年代"夜总会残损待修，已到了奄奄一息的地步。日餐"桔泉"，在开张之初依仗名厨马场正宪主政，曾辉煌一度，之后数年，一蹶不振。在它的对面，丝路餐厅的火锅在一九九三年火爆了片刻，同样每况愈下了。两年前还盛极一时的宴会部，也如同一位过气的明星，如果没有新的包装和新的出品，面临的将只能是受众的冷淡与弃离。

在这样一个艰难的冬天，沈家铭在加拿大做了短暂休假，匆匆回到北京，显得有些紧张地坐进了餐饮总监的办公室里。

这对我来说确实是一次冒险，一九九〇年我在上海新锦江大酒店任总经理时，曾经聘用过一位意大利籍的餐厅经理，由于他和本地员工日甚一日的矛盾冲突，那次"引进"不算成功。这使得我在考虑沈家铭的聘用时，心有余悸。正常情况下，在个别薄弱的岗位聘请外籍员工，当然会给我们带来一些专业的经验和成熟的操作,但同时也会带来麻烦。这些外国人,包括沈家铭这样的"假洋鬼子",进入我们中国的国有企业,也将面临两种文化、两种体制的激烈冲突,国企的工作习惯、管理模式、人际关系,他们能不能适应,谁也不敢保证。

所以,这个职务对于沈家铭来说也是一次冒险。在他四十三年的人生经历中,只有两年是在中国大陆,而且是就职于外国公司管理的企业。昆仑饭店对他毕竟太陌生了,他只身一人从另一个世界走来,他在这里的孤独几乎注定。尽管每个人都在回避冒险,但我还是在一九九三年的腊月三十那一天,心存犹豫地同意人事部与沈家铭签订了聘用合同。

合同规定:乙方到职后,需经三个月试用期,在试用期甲方有权提前十天通知对方终止合同……

八个月之后,沈家铭死了。

沈家铭死后,我听到和看到的,是很多很多的惋惜之声和怀念之情,这让我在悲伤的同时又感到一丝欣慰,因为这证明他确实赢得了大家的好感。他那么迅速地接受了我们的许多习惯和原则,接受了我们"思想政治工作"的方法和程序。他和很多干部——北京的和上海的,同级的和下级的——混得很熟,成为大家当中的一个。在这八个月中,我能感受到他行事的谨慎,和对融入我们这个集体的渴求。

在这里我不能不为我们这个集体拥有这样的包容性感到骄傲。在沈家铭适应我们的同时,我们每一个人也都在适应他。我们很多人真诚地给过他温暖和支持,对他的缺点则表现出必要的谅解和耐心。

八个月来他做了什么呢?他使宴会部的厨房力量得到了加强,并且开始着手灶具设备的更新换代。沈家铭计划在九月至十月间推出全套新的宴会菜单。桔泉餐厅正式更名为东京料理,改善了厨房和前台的管理,出品和服务的质量明显好转,营业额数倍增加,新设的寿司吧也告成在即,大有再度辉煌的势头。丝路餐厅更是脱胎换骨,摇身一变,由敦煌佛窟南渡,成了满身法国殖民地痕迹的"芭蕉别墅",准备和北京唯一经营越南菜的西贡餐厅,争一步之短长。在清理沈家铭的遗物时,我们还在他的宿舍里,翻出一份"卡拉OK"歌厅的酒水推销方案……他的政绩不必一一评说，总之这些天沈家铭和我们一起，在这些方案和计划的无数细节中忙碌。为了照顾他的生活，我们安排他从职工公寓迁进饭店的客房，他谢绝了，我们破例允许他免费使用健身房和游泳池，但他一次没有去过。

看上去他在昆仑是愉快的，他对国外的家人表达过这种愉快的心情，在发生车祸的那天中午，还对我们培训部的经理说起他如何喜欢北京，喜欢昆仑，打算在此定居下去，了此一生。培训部经理不信，两人还打了赌，约定三十年之后再定输赢。

但是几小时之后他就死了，意外而且突然，震惊了我们所有的人。当天晚上我的同事从山西打电话告诉我这个消息，使我彻夜未眠，因为他们去山西考察是我同意的，所以对他的死我似乎负有责任。他是在对生活和未来抱有美好憧憬的时候死去的，这使他的死显得格外不幸。

他在山西不止一次地和同伴津津乐道正在装修的越南餐厅，那餐厅还有一个法文的名字叫做"情人"，他显然是爱上这位"情人"了。他们"恋爱"有日，却一直不知道她出嫁时将是怎样的新装。我们曾经互相承诺，我向他保证将把她装饰得异彩夺目，他向我保证餐厅的菜品好吃。这位"情人"还未出世，已经被我们想象得风情万种。今天，"情人"终于打扮停当，出来见公婆了。她的姿色让人为之心动，这种心动又充满了伤感和遗憾，因为最钟爱她的人已经无法与我们同叹一声，迎接她的降生了。

沈先生当然也有很多缺点，在思想观念、工作方法和与我们的感情交流方面，都有许多可以指责的地方。但我们中国人的道德，是不能在死者身后指指点点的。在这篇悼文将要结束的时候，我莫名其妙地想起毛泽东主席写过的一篇著名的悼文《纪念白求恩》。白求恩是为共产主义的事业牺牲在中国的，而沈家铭是来中国打工挣钱，死于意外事故的，不可同日而语。他们之间唯一的相似之处，只不过同是始于加拿大，终于五台山罢了。不过，就现在这个时代来说，沈家铭离开自己的亲人，离开从小熟悉的生活环境，不远万里，来到中国，加入我们的行列，为我们的事业做了很多有益的工作，有许多值得我们学习和借鉴的地方，所以，我们应当真诚地悼念他。

按照迷信的说法，人死七天之后才可以安魂。到"满七"的这天，死者的灵魂是要回到生前的居所向亲友和他的用物告别的，所以这一天亲友们必须把他的房门敞开，让他方便出入。但在九月十五日这天的夜里，并没有人留意为沈家铭开门，所以宿舍楼沈家铭隔壁香港厨师养的那两条从来不叫的狗，竟反常地狂叫了一夜。第二天不少人低声猜测，说一定是沈先生回来了。沈家铭多少是有些信佛的，以佛教的圣地五台山作为终结之地其实是他的造化。现在，他的姐姐带着他的一撮寒灰回到加拿大去了，但我相信他的灵魂最终会实践他生前的愿望，姗姗地留在北京！

佛教是讲轮回转世的，如果真的心诚则灵的话，我们会看到他的来生。

☆☆☆☆☆

PART NINE
往日情怀

人常说，只有少年的朋友，才能成为一生的朋友。

我与孙伟自小为友，以文相交，皆酷爱写作，但只能仰望星空，未能脚踏实地。之后各投所向，聚少离多。转眼有年，孙伟已赫然成为新闻大家，位高人显，指点江山，激扬文字，影响社会，助力国家。从他的文章及作为上看，料其学养既高，城府也深，体制内外，不仅可以脚踏实地了，而且俯仰通达，为世人所羡。

一日，孙伟偶闲，与之聚笑茶饭之间，忽闻人民摄影出版社即将呈现一部孙伟摄影大集，甚为惊讶。急索先睹为快，果然叹为观止。作品虽为业余之乐，却有大师风范。大师者，心灵也，品格也，非技巧能及之。孙伟足迹五洲，用常人目光，拮取非常境界，无论残垣余晖、旷野树影、彩虹飞瀑、田野静谧、人物百态、动物一瞬……皆呈现出一种最自然、最纯净、最生动、最平和的表情，在此人心浮躁、物欲横流、妖孽四起、乱象丛生之时，已非人所常见，足以直击身心！这让我再次感受到，创作的至高境界，确实离不开"情怀"二字。

我们所崇拜的那些古今中外的大师，那些给予我们安顿和启发的作品，无不充满了深刻的情怀。敬天地、敬神灵、敬祖先、敬法则、敬他人、敬万物，于是有了情怀，有了感天动地的作品，有了影响未来的大师。现在不同了，今天的文化主流，已经仅仅是娱乐，是造假和造作，是感官的消遣，是消遣者点唱的狂欢。天地、神灵、祖先、法则、他人、万物，都不敬了，敬的只是点唱者兜里的金钱。这几乎是文化史上一个从未有过的时期，大师不见了，精英不见了，庄严不见了，思索不见了。因为，谁还在乎情怀？

就在这一天，偶然的，我看到了《点亮视界》，我的心里忽然流泪，因为我张皇失措的灵魂，得到了瞬间的抚慰。

PART TEN
分房杂议

　　唐代杜甫诗曰："安得广厦千万间，大庇天下寒士俱欢颜。"是因其茅屋为秋风所破，有感而发。从唐至今，住房问题一直是中国最主要的民间疾苦之一，因而诗圣的《茅屋为秋风所破歌》，也就成为经久流传的千古咏叹。

　　我们昆仑饭店的职工对住房困难也有着很深的体验，我们当中很多人至今还是光荣的大杂院居民，每天洗衣做饭刷马桶都抢一个水龙头；厕所也是男女合用，冬天尿结冰，夏天屎招蝇；院里总是挂满"万国旗"，有时自己媳妇的大裤衩晾在外面，也能被对门老头稀里糊涂误穿了去满处招摇。可见这大杂院真不愧是北京的特色民居，把北京人的生活烩得五味俱全。还有不少职工虽已住进了"三气"齐全的单元楼，但四世同堂、长幼同堂，以至呀呀小儿，蒙昧早开，乳臭未干便知爸爸半夜三更如何"欺负"妈妈。或两家合住，形同群居，两口子关门斗嘴也要悄声细语，以免家丑外扬；在一个厨房烧饭，总疑心自己的油瓶被对门的动过；两家大人打架，小孩子能在你一转身时就往你刚炒好的菜里啐吐沫。更有甚者，据说某天一家正在过道吃饭，另一家有人路过，不意放了个响屁，两家平时有隙，这时便起口角，一个说你放屁放到我饭桌上来了，也欺人太甚，另一个说你管天管地，还管拉屎放屁？言语不逊，竟大打出手，闹出人命。凡此种种人间悲喜剧，皆为人的本性及弱点与人的生存空间的狭小、冲突而成，倒也有血有肉。昆仑的很多职工，多年来头上片瓦，脚下立锥，盼房之切可以说已到了度日如年的程度。他们对未来生活的幻想和设计，不过是家里多几个平米，少几句争吵，如此而已。

　　正是：民以居为安。所以大约十年前，昆仑饭店的筹建者们在构想大楼主体工程宏大蓝图的同时，便在于大楼鸡犬相闻的长城饭店身后，选中了一块风水宝地，长宽约三十二亩。在饭店主体工程开始不久，这宝地上的一号楼也破土动工了。许多盼房的职工屏息静气看着它一点点增高，新婚夫妇着手备好了全套家具，与子女挤住的老人也望见了自己的晚福。谁也没想到这座多灾多难的一号楼停停建建，如今三十二亩地上的草已经几度枯荣，新婚夫妇的孩子早就上了小学，还只能趴在床沿上做功课；有的老人也终于未能盼到登堂入室以居为安便先入土为安了，而人们还在望楼兴叹。直到去年年初，工程部的同志才告诉我：可以着手分房的工作了。

分房领导小组成立后，做了大量工作。特别是店工会的张主席，一年来躬亲操持、清理。为了确保工程进度，在一九八八年成立饭店新的合资公司时，合资三方就专门约定，从企业贷款中提取五百二十万作为一号楼的建设资金。由于整个儿三十二亩地实际发生的征地费和各项市政费超过了预算，所以五百二十万资金已不足支付。董事会一九八九年又做出决议，继续从贷款中划拨使用。虽然昆仑饭店目前依然有合资前的两千多万累计亏损尚待弥补，并且还背负着沉重的债务，使用在职工宿舍上的钱，连本带息已不下千万，很大地影响了企业利润的实现。企业不是慈善机构，花钱盖房当然不仅仅是为了福利事业，因此我在一年前接受《巍巍昆仑》报记者采访时就说过：分房既要奖励，稳定那些有成绩、贡献大、店龄长的同志，又要缓解住房拥挤户的困难。在后来制定分房标准时，我们就贯彻了这种有利于今后企业经营和照顾困难户兼顾的原则。考虑到饭店是第一次分房，所以杨总和张副总都主张在兼顾之中偏重于后者。所以我们没有像某些合资企业那样，凡中层干部每人分房一套。相反，就是再困难的人，假使是昨天才调入饭店的，也不能无功受禄，对这个政策，绝大多数职工是赞成的。更何况在有资格参加分房的部门级干部中，不少人自愿地放弃了这次机会。饭店党政工负责人虽也都有这样那样的住房困难和要房理由，但一致声明退出争房的角逐，以示让利于民，立政为公。

近一段时间，有很多员工把其他单位在分房工作中出现的种种弊政，互相传闻，在当前社会风气尚未根本好转的环境下，也确实有不少单位用职工住房来拉拢关系和照顾领导，真正分到本单位职工手中的房子甚至不足半数。大家之所以有兴趣议论这些官场流弊，恐怕不仅仅是作为饭后闲谈，我是很能理解这种担忧的。不过至今为止，昆仑饭店分房工作中尚未发现营私舞弊行为，饭店总经理和副总经理也无人往分房小组批过一个条子，递过一个眼神，整个分房工作一直是按规定的制度和程序,在很高的透明度下进行的。尽管住房的供求矛盾是绝对的,而分配的公平合理却是相对的,但我们仍将继续欢迎并接受群众的民主监督。

仅是一些有特殊困难的人,提出得到特殊照顾的希望。譬如已经有好几位离婚无房的同志来找我谈他们目前的难堪处境,说到情不自禁时,声泪俱下。他们可能认为如果不细细道来,我这种无妻无后的光棍简直无法理解婚变的痛苦和给孩子带来的不幸。其实他们不知道我出身于"离婚世家",从我爸爸那辈起,五服以内血亲中,大多对离婚有瘾。我自三岁时父母离异,活到现在头脑中竟没有双亲同在的印象。在这种不健全的家庭环境中成长,内心的失衡和自卑,以及由于童年不幸而给以后的性格形成带来的无法矫正的扭曲,我也一向自认为是有人同情无人理解的。何况同情也不能代替政策,更不能代替办事的程序,所以我还是把他们的情况转呈分房领导小组,由组织公平定夺。尽管我个人主张,对有特殊困难的人应当给予更多一点关怀和支援,因为这些人的生活是破碎的,在这个偌大的世界里,他们想要重建生活的最重要的条件,可能就是一间房子,几尺属于自己的天地。

最难摆平的是八零届的员工,由于人多势众,所以既不能一个不管,也不能包管满意。尽管饭店这次下决心拿出差不多一半以上房子来满足这批年轻家庭对住房的渴求,但依然会有部分没有分到房的人要心怀不满。估计凭交情不会在马路上拿砖头拍我。而分到房的也可能是一间调换出来的旧房,本着暂解燃眉之急,不能一步到位的原则,也只能请这些同志姑且蜗居一时。有几位同志赌咒发誓说,饭店要是给他分了房子,他这辈子就扎根昆仑干革命了。可我必须遗憾地告诉他,尽管分房领导小组的同志对他们的困难已经感同身受,无奈粥少僧多,在他们当中肯定有人不能出现在这一次分房的名单中。而下一次分房是何年何月呢? 我无言以告。

但我相信这次没有分到房子的同志依然会耐心地效力昆仑,因为昆仑的成就并不是以一座宿舍楼为诱饵换来的,而是全体昆仑人的信念、理智、纪律和献身精神的结果。我也相信在那三十二亩地上,会有新厦崛起,它的一砖一瓦,需要我们大家从现在起点滴积蓄。

PART ELEVEN
令我心仪的榜样

　　我与克英先生相识至今约二十几年了,称其为友是他退休之后。在我参加工作的第一个单位里,我和克英先生的关系,是典型的小兵与首长的关系。那时克英先生虽然也算年轻干部,但却是我领导的领导的领导,隔了好多级呢。我们那几位新干部在机关食堂里见了克英先生的面,如蒙点头一笑,都有受宠若惊之感,回家后都要忍不住向家人学说单位领导如何和蔼可亲没有架子云云……

　　后来与克英先生逐渐亲近起来,还是因为克英先生在领导阶层中,又属文人之列。文化的亲和力和笼罩力即便是在革文化命的时代,也是感受得到的。克英先生兴趣广泛,谈吐博学,常有高瞻远瞩振聋发聩之论,偶尔还流露出一两句当年"领导不宜"的观点,使我们与他之间那种上下级式的交谈成为推心置腹的沟通。在我一向的回忆中,和克英先生的交谈是那个时代我为数不多的精神快乐之一。

　　真正把克英先生看做一个文人雅士,还是在他无官一身轻以后,从他的书画词赋中才发现他多年藏而不露的学养、性情,和他做人做事的自在——天养地护的仙风道骨同时又充满生活的情趣——那种既入世又出世的状态真令人羡慕,不知他是生来如此还是因笔墨之趣,陶冶而成。遥想我等枯燥寡趣之辈解甲归田以后,还不知该如何孤独乏味、行尸走肉呢。我虽离退休还早,但心中已有垂暮之态,克英先生在不知不觉中,成了我心仪的榜样。尽管我们很少相聚,但看他的诗文墨迹,神交遥遥,神往切切,既感慨,亦鼓舞。我以我半老之心,揣摩那些已经步入老年的人们,在茶余饭后的清灯之侧,将克英先生的诗词闲自读来,必有沐浴朝阳之感,会更加乐观于生活。一个人能如此孜孜不倦,随情尽致,修养自己也修养他人,在我众多的朋友中,唯克英先生是也。

——《诗词重迹》序

PART TWELVE
好友曾鹏宇

  好友曾鹏宇，少年得志，意气风发，性情豪爽。记者言者，"无冕之王"。更以"小飞刀"自号，天下行走。平日与之交往，言辞敏捷，又不乏通达智慧。他的采访手记，大多视野开阔，透彻有力，引人思索，启发心怀；他的生活杂文，看似信手得来，随意轻松，然其中感悟细致、角度新鲜，用心之切，绝非闲笔可拟也，随身一册，必定开卷有益。曾鹏宇为文为友，皆自然得体，结交者深以为乐。值此文集出版之际，以此寥寥数语，序之凑趣。

——《曾鹏宇杂文集》序

☆☆☆☆☆

CHAPTER TWO
谈情说爱

❀ ....

到死你都会记得，你人生有过一次特别好的爱。谁给你的？就是他给你的。你要感激他，你要感激生活，你曾经体会到了最美好的那一瞬间。

❀ ....

幼儿园里教育共产主义，到了小学教社会主义，到了中学提集体主义，到了大学讲起床叠被子、吃饭排队。这不全倒了？

❀ ....

我的惯用伎俩在于总是让你享受完一段优美的爱情乐章后突然惊愕，突然沉默，突然低头长叹，然后一连数日郁郁寡欢。

PART ONE
听海岩谈情说爱
海 岩 VS 黄 玮

我喜欢特别完美的女人

黄玮：你的小说缔造了一场场美丽的"爱情风暴"，读者都想知道你自己的感情地带是否也斑斓多彩？

海岩：其实，我自己的感情生活是平淡的，甚至是枯燥的。

黄玮：为何故事能洒脱地去改变？

海岩：故事嘛可以编，而自己的生活却很难改变啊。

黄玮：你不是渴望"改造自己"吗？

海岩：改造自己是在个性上，在修养上。你看我现在每天早上八点钟上班，一直到晚上十点下班。还要写东西，这两年我平均每年有八十万字发表。你想想看，生活太规律了。

黄玮：客观上似乎不行，那主观上呢？

海岩：我觉得每一个人的情和爱是有投向的。我呢，主观上这几年好像更多地把爱的激情投向文学创作。

黄玮：反倒是跟作品中的人朝夕相处、情深意长了。

海岩：对，真是这样。每一部作品写完的时候呢，你突然会有一种依依不舍，真是这样。你每天下了班以后跟他们在一起，他们的喜怒哀乐常常影响你这一晚上的情绪。

黄玮：再回到现实中来。比如，知道你在生活中还没有亲密爱人，作为一个编制"爱情童话"的高手，你是不是会收到很多的情书啊？

海岩：有。

黄玮：多不多？

海岩：不少。

黄玮：就没有打动你的？

海岩：这跟网恋似的（不真实）。我比较喜欢在工作生活中接触慢慢而来的感情。好多人觉得我身边肯定是美女如云，但实际上我的生活中确实没有。我没有时间、条件去接触我小说中所描写的那种年龄，那种社会角色的人。小说是想象出来的，生活又是另外一回事。

黄玮：慢慢接触，期待一位像安心一样的女性？记得你曾经说过，《玉观音》里的安心是你最喜爱的女主人公。

海岩：我骨子里向往的东西还是小时候所向往的东西，随着社会变化依然如此。我喜欢的还是那些特别完美的女人，找个爱人还是安心这样的。但是，像杨瑞（《玉观音》男主人公）一样，我也做不到。

我是一个爱情失败主义者

黄玮：另一个事实是，生活平淡的你确实创造了许多动人的爱情男女。你是怎样让这些千姿百态的情感人物定型，开始有生命的？

海岩：说到底，一个作家，他写的人物还是来源于生活。尽管我对很多媒体说，我的故事，这几年的长篇小说，全是胡编乱造。但是，人物为什么会这样，我为什么会编这样的故事，肯定是我对生活的看法、生活中形形色色的人给我的感受、各种社会现象给我的感受，折射出来我这样一种创作的念头，要写这样的人物。

黄玮：不言而喻，发生在这些人物身上的爱情，也是从你的生活或者你看到的生活中折射出来的？

海岩：可能是我看到的类似的爱情，也可能是我完全看不到的爱情，也可能是我想象当中希望的爱情。我生活在这样的时代，向往这样的爱情，肯定是受这个时代，受整个社会的影响。创作来源于生活这个原理，我很信奉。

黄玮：那么，这种来源于生活的又为你所向往的爱情，可以描述一下吗？

海岩：我向往的爱情。第一个，我觉得是美。（我觉得）年轻人的爱情美，并不是说中年、老年人的爱情不美，而是年轻人在外型上更美，更容易给人直觉的美。我观察认为，最美最纯洁的爱，相对来讲，是在恋爱和结婚初期。中年人的爱，往往不是很美很诱人。老年人的爱，相敬如宾，你搀我，我搀你。走完人生最后一段路，这样的恩爱也是非常感人的。第二个，我比较向往那种特别残酷的爱情。我不知道为什么。有人问我，为什么你要写爱情，又都有一个不幸福的结局。我也不断地在反思，我总结我自己是一个爱情的悲观主义者，或者说是一个爱情的失败主义者。因为，我觉得在现在社会上，这样非常单纯的、非常人本的爱情已经非常少了。我写的这些爱情，常常是我们生活中看不到的。我到大学里讲课，很多学生提问，请问哪里有这样的爱情？但也有人说，我原来不相信爱情，但看了海岩的小说，我现在宣布：我改变了，我要按照海岩的模式，轰轰烈烈地爱一次。

所有的爱情，非常美丽、但没有美好的结局，这反映了我对现在这个社会上婚姻观、爱情观的沦落，我感到非常的失望、无奈。从小，我的世界观里面就种下了一颗种子，追求特别单纯的东西。但是我现在生活在一个交易的、商品的时代，我可能做不到我向往的那种特别纯情特别纯洁的境界。但是，我们又在思想的根上——爱那些东西。

我写的小说是"情感消费品"

黄玮：你看待爱情是骨子里的理性，悲观，唯美。可不可以给自己一次机会，按照自己的向往去追求一次？

海岩：我有一个理由，给自己一个解释。我在《你的生命如此多情》里写道：爱情有永恒的吗？爱情是永恒的，永恒在哪里？永恒不是两个人能够在一个状态下、一个激情下永远地保持下去。永恒存在于你的记忆当中，说句俗话，叫做曾经拥有。比如说你爱一个人，这个人让你爱得死去活来，真正给了你对爱的那感受。有一天你们分开了，无论什么原因，我说你不要去记恨他。因为，你对爱的感受此生可能只有一次或者两次，很短。这个感受是你生命的部分，是你记忆的部分。到死你都会记得，你人生有过一次特别好的爱。谁给你的？就是他给你的。你要感激他，你要感激生活，你曾经体会到了最美好的那一瞬间。很多人没有，一生没有。

黄玮：你暗示说你是曾经拥有，并且一直感激这个曾经拥有，所以现在就不特别追求了？

海岩：我已经没有目标了。我（这样）的任务已经结束了。

黄玮：于是，你转身将精力在"情感消费品"的制造，以弥补我们现代爱情的某种缺失？

海岩：唯美的爱情为什么变成了个热销消费品？我觉得我的小说热卖，不是我的文字好，不是我的人物好什么的，可能跟社会现象有关系。也就是说，在社会上它可能是比较缺少。现在写爱情的小说很多，但不少热衷于写隐私，写晦涩的、畸形的爱，这不是一种很好的文学现象。我的东西总的来说还是比较（追求）真善美的这一部分。生活中很多人都做不到，但不等于不渴望，不等于没有需求，不等于不感动。（我的小说）可能会对人际关系、对爱的理解有一些正面的帮助，我觉得这首先是出于人的内心需求。

黄玮：所以，人们会对肖童（《永不瞑目》人物）的命运、对韩丁和罗晶（《拿什么拯救你，我的爱人》人物）的感情结局这样牵肠挂肚。就是把自己渴望而没有得到的那种激情移植到了你的小说里，在享受"情感消费品"过程中过把瘾？

海岩：其实，人们对情感的向往是十分强烈的。只是它被压抑了，不可能成为人际交往的普遍方式。这时，肖童等人的出现，他们的感情，（使）他掉泪。撩拨了他内心的情感，让他缺失的情感得到了补偿。如果任何一样东西都是商品的话，把精神产品引入消费领域去升华寄托人的情感，我写的小说就是"情感消费品"。

黄玮：你认为"情感消费品"的热销是种好现象吗？

海岩：我觉得是好现象。

爱是不等价的，美好的爱是无条件的

黄玮：爱情的真相究竟是被什么东西给异化了呢，以致渐渐失落了纯净美丽，看不到你小说里那样的爱情？

海岩：我们这个时代是市场经济的时代，市场经济的特点之一就是交换，什么东西都是交换。你爱我，我也爱你，这也是一种交换。商品的交换有一个原则，叫作等价。但爱情的交换不是等价的，不一定是你给我多少，我就给你多少，爱是发自人本能的一种对于异性、对于美好的东西的渴望。爱是不等价的，美好的爱是无条件的。但现在你看，无条件的爱、不等价的爱是特别少。

黄玮：爱也现实、功利了？

海岩：当然，不过即便在现代商品社会里，在人生的某阶段也可能会出现那种不等价的爱。特别是年轻人当中，更容易出现这种爱，但这种爱完结得特别快。

黄玮：你认为爱情是没有生命力的？

海岩：我觉得爱情永远是有生命力的。但是，它有一个社会大背景、社会道德的前提。

黄玮：怎么理解？

海岩：人的本性是有同情心和爱心的，再加上后天的教育，可以做到（让爱的生命力保持）。但是，这和道德水准相关。教师节前一天，我的办公室里等了很多家长拿着我的新书要签名，很晚了，一直等我从外面回来。因为，明天早上孩子要拿着送老师去。一本书二十二元，有了作者的签名，老师也觉得有意思。家长送不起贵的，就想到了这个法子。流行给教师送礼这个现实，是不是也从某种层面上折射出我们如今的道德水准？我还听到一首歌唱道：只要自己开心就……这里面包含的道德观和价值观很令人震惊。这不是一些具体个体或者群众的事，而是我们整个社会的事。

黄玮：所以，你的小说一直试图承担一种道德教化的功能。你认为对爱情的考验，实际上是一种选择，而选择过程中最大的难度是道德。

海岩：是的。从绝大多数人的本性上说，人可以在稍微损害自己利益的情况下做些有利于他人的事。但是为了他人而让自己做出巨大的牺牲，付出最大的成本来做好事，是绝大多数人都难以去做的，因为这违反绝大多数人的本性和能力。所以呢，宣传雷锋，应当着重于把雷锋当时的社会风气建立起来，社会的道德制度建立起来。有一次有个单位组织学雷锋,上街给人理发,修表。那天正好刮风,天气不好。这下麻烦了。不是动员理发师给人理。而是要动员别人让你理。路人不肯,因为不舒服嘛,就动员内部的员工,求求你学雷锋,你去让他理,形式主义就到这种程度。我们现在弘扬社会正气,爱心呐、真情呐,我感觉到效果还不够理想。主要原因在整个社会性的基础制度、基础教育上缺乏一些举措。

黄玮:对道德水准的提高,教育很重要。

海岩:上次有一个儿童节目的主持人来采访我,让我发表对儿童教育的看法。我说我觉得(现在的教育)有点颠倒了。幼儿园里教育共产主义,到了小学教社会主义,到了中学提集体主义,到了大学讲起床叠被子、吃饭排队。这不全倒了?应该从小学开始教育。慢慢递进上去。你先要让他做一个好人,爱父母、爱朋友、爱花草,让他建立道德的心态和心理秩序。首先,他应该是个有爱心的人,也就是要让他作为一个人,他爱一个人应该爱的东西,他应该去建立或者释放自己的这个爱心。然后,才可以把爱心推而广之,去爱国家、爱共产党、爱社会主义。这个爱心,你要从小培养。

黄玮:你的意思是说,一个人从小培养的爱心,决定了他爱的基础和能力。

海岩:是。爱必须是广义的。为什么呢?因为爱是相通的,爱不是交换,而是奉献、付出。

黄玮:一个实在的问题,我们内心既然有对爱心与真情的渴望,又该采取怎样的行动去拯救?

海岩:我的观点是:第一,希望我们的社会有更多的制度安排,来保障人的爱心,在不用承担过大风险和成本的情况下能释放自己的爱心,对别人奉献自己的爱心。如果要承担巨大的风险和成本的话,那么我想,在社会建立普遍爱心是不现实的。第二是教育。道德的教育是一个为人处世的教育,有一个特点就是要从小做起,从孩子抓起。当你二十岁,世界观已经形成了,你再跟他说什么,他已经有他固定的看法了。现在,我们的教育太注重于"智",而忽略了"德"的培育。

孤独比爱情更永恒

海岩:有时候看到杀妻,杀夫这样的社会新闻,我总是想,你和他肯定有一段爱情的,在一块厮守,可能还有个孩子,这个过程你是感受过的,怎么还能动刀去杀啊,我觉得特别残酷。我就是想写这一类的事儿。我会老去想,为什么?(我)找个理由去解释,那就是这些人是没有爱心的人,他随时可以为了自己的利益而去妄为,在关键的时刻,他没有一点爱心来挽留他,(让他)不要去做这个事儿。没有爱心的人我觉得是特别恐怖的人。千万不要跟他交朋友。

黄玮:你交朋友首先是看他有无爱心?

海岩:我觉得是这样。

黄玮:你还养了很多小动物,在这些小动物身上,你寄托内心种什么样的情感?

海岩:我觉得人和动物之间的情感,实际上还是人的情感,一是渴望交流,二是渴望释放爱心。你要是想释放爱心,适合养猫,你要是想得到爱心,适合养狗。养宠物还是因为有一些人和人交流中得不到的东西。很多养宠物的是老年人,儿女大了很少有人来看他,很少有人陪伴他。

黄玮:你呢,是不是因为内心深处的孤独?

海岩:我觉得知识分子多少都有点孤独,尤其是年龄越大,越觉得孤独。有时候我甚至有这样一个命题:孤独可能比爱情更加永恒。我理解的孤独是精神生活层面上的东西。

黄玮:能不能谈谈你父母?

海岩:父母老了,就像孩子一样了,而现在我在家里的角色特成熟。我的事,他们不出主意;他们的事,反而要我出主意了。

黄玮:一个家庭中角色分工虽有不同,但亲情和关爱仍然是彼此给予分享的,你和你的家人之间是怎样的?

海岩:我的父母是特讲感情、讲回报(的人),他们是既有孔孟传统又有共产主义红色激情的综合体,这对后代的教育比较好。但是,我所受的教育也有不好的地方,就是让我对阴暗面认识不足。他们让我看的都特晴朗,是蓝蓝的天,看不到阴暗。所以,现在我如果看到阴暗的东西就特别恐慌。不能接受。应该说,我对爱和情的观点,很大程度上是受到了家庭的影响,是父母的潜移默化。

PART TWO
和网友"谈情说爱"

爱情理性比感性难得

"丫丫"等几个网友问我:"爱情中人还能保持理性吗?太理性了会不会变得很无聊?"

我觉得爱情中的感性和理性其实并不对立。爱情因感性而激动,因理性而安全,而持久。追求爱的人往往不缺乏感性,但却缺少足够的理性。在爱情萌发阶段过分理性固然会使爱情索然无趣,但毫无理性又会使爱情早夭或伤及自己的感情,或使本可终成眷属的恋爱无果而终。

当然,"理性"这个词用在爱情上各有各的理解,定义不同。如果把理性理解为全无激情的算计,那种冷静当然特别无聊。

永恒的爱情

网友"小女人小文章"说:"其实说实话,我认为人过了二十五岁很少会再有纯感性的所谓爱情,每一个有过经历的男男女女在开始一份感情时心中早已开始打一个'小九九',所谓结果的悲悲喜喜,是当事者的一场游戏罢了。其实大多数过了也就过了。我信有爱情,但不信爱能长久,不变是暂时的,变才是永远的,差别在于变得更好或者更坏。"

我觉得有过纯粹爱情的人很多,将爱情进行到底的人很少。爱情的永恒不应理解为爱情时间的长久,而应理解为爱情对人生的意义。爱情留给一个人的记忆对他的一生无比重要,它能让人看到人性的光辉和生活的美好。

爱情的过程,过程中的感受,本身就是爱情的意义,哪怕最终未能白头到老,也值得永远珍藏,铭记心上。有过真爱的人和从未真爱的人相比,不枉此生,有幸为人。别去在乎短暂,别再抱怨背叛,感激爱的经历吧,感激爱过你和你爱过的人吧!

还有网友问:真正的爱情是不是可以超越很多东西,比如:年龄、仇恨？爱情是不是一种宗教？

我认为爱情有多种:革命式的、宗教式的、宗法式的、性爱式的、柏拉图式的、父女式的、母子式的、同志式的、单恋暗恋虐恋式的……只要有爱的本质,形式并不重要。

舍利取义

网友"断角蚂蚁"说:"常听某些男孩说,只要找一个有钱的老婆,那就可以在事业上少奋斗二十年。在男孩的心里,爱情和利益是如何度量的？当爱情遭遇利益,男孩又会如何处理？"

我觉得男孩找个有钱老婆,比女孩找个有钱丈夫的几率可少多了。几率少的事还是不干为好。所以,大多数男孩是有自我奋斗精神的。相反现在的女孩不喜欢白手起家的倒是比男孩多些。

无论男女,当爱情遭遇利益而两者不可兼得时,多数人将舍义取利。这是我们这个功利社会的制度安排,非个人良心和舆论感叹所能扭转。纵有少数舍利取义的,也是令人感动的特例,特例再壮观,不能代表常态。

爱情万岁！理性万万岁！！

网友"焦糖布利"问我:"你对暗恋这回事儿是怎么看的？如何才能使暗恋成为现实？"还说这是困扰他(她)的"一大难题。"

我觉得暗恋既美丽又痛苦,是人生的一份独特的经验。我看到的情况是,暗恋很少有变成现实的。不如鱼死网破挑明了试他(她)一回。或成功或遭拒,总比独自辗转要痛快些。遭拒了还可以继续暗恋,直到你彻底厌倦或他(她)终于感动的一天。

当然,如你分析遭拒的可能性更大,现在就选择退出最好!或把双方关系调整为兄妹或密友的感觉。这是最理性的姿态,可以避免给双方带来无尽苦恼。理性应是处理麻烦的主要依托。

爱情万岁!理性万万岁!!

性和爱于男人总是难解难分

网友"北鸥"说:"女人是先爱而性的,而男人好像是可以因性而爱的,你怎么看?"

这当然是常见的情形,大多数男人无性则无爱。性的吸引肯定是多数男人爱情萌发的前提。但对不同的男人而言,性的吸引力不仅仅是女人的相貌体肤,还有女人的学养、经历、谈吐和对男人的体贴关怀。这些精神上的美,同样可以引起很多男人的性趣。

在很多时候,性和爱于男人也是难解难分的。

所谓婚姻

有网友让我用一句话形容"婚姻"二字,这太难了,每个人在婚姻的不同阶段(包括尚未走入婚姻的阶段),对婚姻的感受和态度都是不同的。态度不同,形容也会不同,比如:婚姻是爱情的结果;比如:婚姻是爱情的坟墓等等。我今天一时想不好我的感受,就说一个长句子吧:婚姻是一男一女以长久共同生活为目的的自主自愿的结合。这是婚姻法的条文呀。

男人重女性外表

网友"小可"问我,"为什么男人都喜欢美女?你也是吗?"

"小可"问这个问题不会是刚失恋了吧?

我觉得男性看女性大都注重外表,女性看男性则有些不同。如果说,十八岁前的少女看中男性外表的还较多的话,那么女性越成熟、知识层次越高则更看中男性的学养、地位、性格和由此综合形成的风度,而男性年纪越大越迷恋异性的外表。这是两性生理特征和社会心理习惯使然，有一定普遍性。我对不熟悉的异性当然也会把外表放第一位。

另，"小可"是女孩吗？别灰心，虽说男人都喜欢美女，但我估计你的外表也不差呦。女孩子逐步提高知识水平和举止修养，这些能够提高自身气质，气质能改善相貌。如果再碰上了了解你并喜爱你个性的男子，定会结成金玉良缘！相貌不出众的女孩子靠自己的学识、品德、个性和气质上的全面，一样可以让男人拜倒。一般来说，上述这些素质美女们都是相对差些的。

☆☆☆☆☆

PART THREE
厌倦恋爱的人可以读海岩小说吗？

　　我又出了一本新书，名叫《拿什么拯救你，我的爱人》。

　　以前写《便衣警察》时，在扉页上写了"献给公安最前线，献给我的战友们"这样一句话；而《永不瞑目》的前面，也有"献给人民公安五十年，献给共和国的新纪元"之类的献辞；《玉观音》则是"献给让我们获得安详、梦想、包容和爱抚的所有女性"，那么现在这本《拿什么拯救你，我的爱人》呢？我试图这样开宗明义："本书谨为正在或准备恋爱的男女而作。"标示着这不过是一部纯粹的爱情小说而已。

　　在某些读者看来，我的小说都是关于爱情的，所不同的是，这一次恋爱的主角，已不再是非男即女的"便衣警察"，而是几个最最普通的都市青年。他们在各自无法逆转的挫折中，寻找等候着自己失而复得得而复失的亲密爱人，倾诉着人间常见的离愁别恨和重逢之喜。关于这部小说，我奉劝各位：对恋爱不够热衷的人，不必看了。我的一位对儿女情长一向冷漠的朋友看后说出了自己的感觉——可以忽略的恰恰是书中那三位痴男怨女的缠绵和忠贞，真正让人凝神静息的，其实是这故事中时时流露出的对饥饿的恐慌和对宿命的疑问，是那场人性的光辉和人的生物本能之间残酷搏杀的模拟。

　　也许某一天我们也会碰到与书中三位年轻人相似的遭遇，我们将如何应对，我们会成为他们当中的谁？我的惯用伎俩在于总是让你享受完一段优美的爱情乐章后突然惊愕，突然沉默，突然低头长叹，然后一连数日郁郁寡欢。

　　这依然是你可以事先预料的"海岩小说"，尽管我这次所选择的事件以及书中人物所选择的走向，或许让你始料未及。和我的其他小说一样，这个故事的前半程依然进入缓慢，一点点男女私情俗常往事被说得轻描淡写，看上去甚至有点漫不经心言不及义。因为我仍然企图按照一位眼辣的批评者所比拟的那样——海岩小说如同刘易斯的短跑，正是由于前半程的铺垫积蓄，才牵引出后半程的奔腾之势；正是由于前半程的朴实无华，才让你相信后半程过分的戏剧性冲突也是真的。你唯一需要告诫自己的是，海岩的爱情从来生于虚拟，如果你试图在自己的周围按图索骥，那你肯定是让海岩骗了！

——《拿什么拯救你，我的爱人》序

☆☆☆☆☆

PART FOUR
谈爱情

现代社会是物质化的，人们各忙各的，也比较实际，特别是我们国家正处于一种极大的转变过程中，这种转变对人本身来说非常残酷，人们顾不上去关注那些"虚"的东西，像道德与情感，这种关注甚至比在纯商业社会下还要少，但对这两方面的关注又是人的本能，人们喜欢我的作品，其实是一种情感消费，人的情感需要宣泄，需要抚慰，而我的作品给了大家这种机会。

《永不瞑目》播出后，引发了不小的争论，我发现，这些争论都是关于道德与情感的，而不是针对文学作品本身的争论。有人说为了国家、公众的利益而去牺牲一个人的生命，以当代的道德观来看是不可取的；而有人却认为，为了国家牺牲个人是我们中华民族的优良传统，西方是把个体的生命看做第一宝贵的，我们的道德观与西方不一样。还有人认为肖童是为爱、为了一个女人而牺牲，所以没什么可歌可泣的。相反的观点则是在这个社会里，为了纯洁的爱而牺牲，何尝不是一种美丽？每个人都有一套自己的思想，使《永不瞑目》成为一个论坛。

我喜欢让主人公置身于一种两难抉择中，从小说的写作技巧上来讲，也应该这么设置。有人说现代的年轻人缺乏激情，以自我为中心，爱情也变得非常实际。有些读者问："你写的这种爱情还有吗？"我心里知道，即使有，也很少，但这是很多人内心的向往，人可以看不到、做不到，但不一定不向往、不感动。我相信，当像肖童一样的小伙子看到一个他非常爱的女人时，那种属于人类本能的激情就会自然流露出来。

虽然这个社会一切都变得现实与快速，甚至爱情也可以"速配"，但从人的内心来说，还是渴望真诚、深刻，甚至轰轰烈烈的爱。

PART FIVE
谈幸福

　　幸福就是幸福感。古代人吃一块烧焦的肉和现代人吃到一顿满汉全席得到的幸福是一样的。人要调整自己、修养自己，才能达到一种幸福。要融入生活、感谢生活，才能永远生活在幸福的状态中。我小的时候有个邻居，是个女孩，她爸爸妈妈不在家的时候她老想给自己做吃的，今天煮点红豆儿啊，明天弄点山里红啊，煮啊加糖啊捣成泥啊地弄，我看着就烦，她却乐此不疲，然后就特别兴高采烈，就好吃啊！这种做法我现在想想呢，太哲学了，她太幸福了，她这样的心态太健康了，太好了！她把生活已经享受得如此肆意，比我们这种苦大仇深的好多了。我就要以她为偶像！

☆☆☆☆☆

PART SIX
遥不可及的幸福

　　我是属于旧时代的人，对二十一世纪唯一有所预知的，是全球化的竞争和魔鬼般的科技将人类生活的走向变得不可预知，人类固有的幸福观也将随之崩溃。

　　譬如我，我的热情还留在年轻时的原处，我不忍已经变小的精神空间被蜂拥而来的物欲填满。我看到每一个势利的面孔就想：你还向往纯粹的爱情吗，还把这样的爱情当做幸福吗？还是像我一样，仅仅当做理想中的幻象？这就是我为什么总喜欢在倾心描绘这个幻象的美丽时又执意让它毁灭的原因。

　　也许没人想听一个不幸的故事，但听了常常又被感动，因为在这个数码氛围的时代里，有太多的人在精疲力竭的竞争后会突然感到无趣，感到幻灭，感到自己的脆弱、渺小和自私，感到幸福的结局其实是多么遥不可及！

——《平淡生活》序

☆☆☆☆☆

PART SEVEN
为无爱时代作爱情小说

去年某日,北京某报,称某老者病于途,路人皆绕行,致其冻死街头。旁有编者按语,痛责见死不救者冷酷无情。今年某日,上海某报,有新闻照片报道某老妇病卧路中,围观者众,却无援手。照片一侧的文字除声讨外,亦有表扬,曰幸有好心人呼来老妇亲属,将其扶起送入医院得以抢救云云。

读京报新闻时,虽震撼不已,但料想之中,因类似现象,早不绝于耳。看沪报图片时,感慨之余,又存疑惑:人既好心,何不尽快将老妇扶起急救,反而舍近求远去喊亲属?包括那位摄下此景的路见不平者,有调焦取景按快门的工夫,为何不先救人于危难之中,以身作则?

世上人情,想来如此淡薄。

难怪我的小说始终被舆论质疑——现实中还有如此纯粹的爱情吗?原来我所倾心的那种举案齐眉的境界,早已不是男女爱情乃至整个风气的常态,我确实在粉饰生活,凭空杜撰,随意拿捏呢。

于是更加感叹两千年前的先哲孔子,以一个"仁"字为内核创建儒学的苦心。儒者,社会及他人所需之人也;仁者,两人相处时应持守之道德也。在先儒的学问中,"仁"的基础其实就是爱心。君臣、父子、夫妻、兄弟、朋友之伦常,即是互相施爱于对方,所谓君贤臣忠、父慈子孝、兄友弟恭,然后由小及大,由近及远——老吾老以及人之老,幼吾幼以及人之幼,将爱心推己及他,广而大之,遂令天下德行其道也。

古人说:"人之初,性本善。"爱心原是人之天然本能。又说:"子不教,父之过,教不严,师之惰。"爱心也需后天教化与培养。且爱心犹如一座宝塔,须从基础开始,分层而建。即是先儒所指修身、齐家、治国平天下之递进关系。人生在世,先要自我修炼,养成良好性情,承担家庭责任,孝敬父母、善待妻儿,方可忠君报国，建功立业。现在，我们教育后代之方法，常常忽略此天然之顺序。孩童时代，咿呀学语，便有许多声音教授其爱党爱国爱社会主义，这固然重要，但问题出在，他爱不爱父母，爱不爱他人，爱不爱花草动物，似乎就不那么重要了。长大成人也如是，只要你声称爱党爱国，其余均属个人小节，无碍于财路及仕途。

但我想，一个缺乏基本爱心的人，一个连对父母、朋友、妻小都不愿尽责的人，一个很少怜悯、同情和体恤他人的人，会爱国吗？如今，高喊爱党爱国爱社会主义口号于个人之功利，有益无害，所以喊者甚众。至于能否在国家需要时挺身而出，只有自己清楚。

当然，把爱心的缺失仅仅归罪于教育未免失之偏颇。多年以来，宣传教育的事倍功半，并非错在本身。耳听为虚，眼见为实，存在决定意识依然放之四海而皆准。当辛勤劳动已很难致富，当不义之财可一夜暴发，当本应在思想上立于社会前列的知识精英沦为社会下层尊严不保，当无数不平等现象从个别转为普遍，因而导致的社会心理失衡和价值观的逐渐异化，就不是简单靠提倡些什么弘扬些什么所能救药的了。

或许也不该归罪于那些见死不救的围观者和绕行者。本来，人的善良本性加上后天的教育，完全可使芸芸吾辈在轻微伤及个人利益的情况下，做出有益他人之事，譬如伸手扶起病倒老人甚至将他送到医院。但如果做出此种有益他人之事需付出高额代价，譬如扶起老人后可能被老人或他的亲属诬为肇事者，继而索取养老送终的资费，而又无人愿意为你做证的话，那么从最简单的成本收益率分析，成本远远大于收益的事，不取收益但需付出巨大成本的事，恐怕我等绝大多数凡夫俗子都要遮颜绕行了。

如此看来，只有当社会更重视基础德育，同时做出有效的制度安排，使善行义举不必承担过大风险，甚至可以受到一定奖励；使不仁不义难逃直接惩治，无须等待来世报应，只有这样的现世报成为社会运行的基本常规，公德之普及才足可期待，尽管在我们每个人的胸襟里，都藏有博大之爱心。

我的读者曾赐我醒悟，他们对我那些纯情小说喜爱之甚，远远超越小说价值本身，似乎说明：越是在功利化的社会里，人们对于单纯的爱，美丽的爱，渴望越深！

PART EIGHT
谈家庭

　　因为经历的原由我不太重视家。我希望的家是比较私密的、独立的，我不希望一大家子在一块儿生活，最好是一个人。一个人也叫家呀，独居。回家以后只面对自己，我需要个人的空间，否则就像在舞台上演戏一样面对很多人，累也不能有累的表情。

　　并不是所有的家庭成员都让你放松，每个人的生活方式都不一样，照顾别人就得放弃自己，对很多人来说像四世同堂似的天伦之乐，简直是人间地狱。夫妻之间刚开始和结尾比较好，到最后实际上就是一个习惯，像一个人一样了。

☆☆☆☆☆

PART NINE
谈男人

　　男人老一点（当然太老了不行，那就成老小孩了），价值观日趋成熟，而精力、思维又没有到退化程度、陈旧的程度，所以，我认为四十岁的男人是二三十岁与五六十岁之间的桥梁，是青年与老年之间的桥梁。

　　四十岁的男人吸收新生事物的能力没有退化，允许这个世界是不完美的世界，是有缺陷的世界；允许不完美的、有缺陷的人能快乐幸福地生活。

　　四十岁的男人，比较少幻想，比较务实，功利性淡，活得比较放松。像我，在成就感上走得高一点，因此对功利看得很淡，对事物看重过程，达不达到目的是次要的。这与重结果而轻过程不一样。如果看重结果，就会不择手段。这种状态，二三十岁的人是做不到的。有句老话"少看三国老看水浒"，说的大概就是这个意思吧。

　　以前我生活得挺累是因为我太执著，很多事情老想做好，老想达到自己的目标。所以我反省以后，觉得这样不好。现在如果说我活这么多年没有白活的话，是把我的目标虚了，把目前的事儿实了，做不成就做不成，瓜熟蒂落，水到渠成。

☆☆☆☆☆

PART TEN
谈女人

我对女性一直是赞美的。男人是要结果,不达目的誓不罢休,而女人就不这样,比如对爱情,女人对爱是宽泛的,追求的是一个过程,是厮守,是珍惜,甚至说话、聊天、做爱的过程,都要细细体味,包括抚摸在内的各种奥妙的感觉,男人就不这样,完就完了。

而且从生理构造上来说,女人是包容男人的。所以女人的生存能力比男人强。

女人的心是细腻的,所以她们容易成为文学作品中的中心人物。

这个社会比过去更丰富了。现代女性有着更复杂的人生,更麻烦的问题。她们独立性更强,不再是男性的附庸,同时生活、事业、家庭的压力与负担也更重。女人有时候总是希望和男人一样,你能做的事我也行。我不喜欢这样,女人太像男人,可能她自己喜欢,但她周围的人不会喜欢。如果天下女人都和男人一样了,这个世界简直没法过了!太不美好了!

我们公司有许多女经理,比较像人们常说的"女强人",说话风风火火,做事雷厉风行,但她们真正的长处,却是极其女性化的一面。她们与客户谈话、打交道,与同事相处时,还是女性的魅力,就是那种特有的温情、柔软的东西,特别能够让人接纳。

我在作品《玉观音》里提到了观世音菩萨,她是佛教流传到中国后,才被演化成女身的。她是"慈悲"菩萨,在佛教里"慈"代表给予快乐,"悲"代表拔除痛苦,也就是说,中国人认为女性更能给他们带来"慈悲"。

女人天生具有母性的本能,母性当中又有一些天然的特质,使女人比男人更温柔、更宽宏大量。男人想找人倾诉的时候,更愿意去找女人。在《永不瞑目》中肖童的形象受到人们的喜爱,尤其是女性的普遍喜爱,他是那种从少女到老太太都可以喜爱的男人。因为他让女人心疼,能够触动女人心中最温柔敏感的那一部分。

有一次剧组的女孩子们聊天,她们说,也许让一个帅哥吸毒,并不会有太多的感受,吸就吸吧,那是他自找的;但如果让肖童吸毒,她们就会惊奇:"这么乖的孩子也会吸毒?"她们会更加觉得他令人心疼。这就是女人爱的本能。

也许现在的女孩子谈恋爱、结婚都很实际,不会像《一场风花雪月的事》里的吕月月那样,不顾一切跟着一个男人跑了,也就是所谓的"私奔",但我觉得每个女人都暗藏着私奔的心。她即使是一个好妻子、好母亲,也有突然放纵一下自己的想法,只不过现实生活让她不得不约束自己的行为,甚至压抑自己的欲望,让她明白,什么事都要照顾到方方面面。当然,这种放纵更多的是思想上的放纵,所以,女性更需要情感消费。

☆☆☆☆☆

CHAPTER THREE
那一场风花雪月

海岩:唯美是我的理想。

海岩:有点冤枉,我是一个胸怀大志的人,但这几年确实是做小儿女状,撒了点儿娇。

海岩:作家是最倒霉的人!

PART ONE
三巨头面对面

海 岩　赵宝刚　刘燕铭

海岩的爱情想象

读海岩的作品最大的问题就是你爱不爱他剧中的人物,剧中的人物能不能使你爱。海岩的爱情想象让人们看了之后会有一种满足感,会有一种欣悦的感觉。

——赵宝刚

赵宝刚：我看海岩的小说,最早是拍《便衣警察》的时候。我觉得小说的魅力要超过剧本。比如说我读了小说,我当时读完之后获得种感觉。比如施肖萌在冬天的学校里,在雪地里她点了一个炉子,然后拿扇子在上面扇着。我就觉得那种氛围的描写特别有味道,特别有诗意,可是在拍的时候就没了。尤其是《便衣警察》的后半部分,就弄成一个为案子而案子的东西,就把当时最早延续下来的一种感觉给弄没了。我现在是这么分析的,我当时也没认识到这些,我就觉得好像是跑偏了,不是原来小说想说的那个东西了。这是我对海岩小说的初步认识。等到多少年以后我当导演了,就遇到《一场风花雪月的事》,也是燕铭跟中心一块导的戏。让我看本子嘛,我就回去看,看完之后呢,因为在这之前导的戏都没有这一类的,我想他这类的就叫"爱情想象"。我在最初看的,比如说以前有一部戏叫《宁死不屈》,讲的是姐妹俩都是共产党员,都被德国法西斯送上刑场。姐姐被斩的时候一点不心疼,斩妹妹的时候哭得不行,回家就想,唉,这么好一姑娘,没了。我就获得这么种感觉,这种感觉就是观众深深地爱上了剧中人。

读海岩的作品最大的问题就是你爱不爱他剧中的人物,剧中的人物能不能使你爱。但是我们生活中的人物呢,他太现实,太真实,不容易引起人们那种根深蒂固的、非常浪漫的、非常扎实的那种爱,往往他都有误差。那么海岩作品把这个缝儿给填补上了。比如说很多五十岁以上的妇女她也爱看,可能她二十多岁的时候爱上过一个小伙子,或者她没有过这种轰轰烈烈的爱,这种心动的感觉。比如陆毅演《永不瞑目》,老太太看着也感动,哎呀我年轻的时候也遇着一个小伙子,虽然不如陆毅吧,可也着迷过。再个它有个爱的完整性,它的爱的过程是很完整的,而我们生活中的爱是不完整的,往往不能达到海岩小说中的这种爱的高度。所以人们看了之后会有一种满足感,会有一种欣悦的感觉。那么到了影视制作当中,你选的演员,片子拍摄的审美情趣,又能够符合人们的想象,就是说大众审美情趣,如果没有超过这个范畴,人们就会接受。

海岩:宝刚对爱情故事的评价,跟我对自己的看法特别接近,就是一种幻想的爱情。人们其实是需要幻想,特别是在一个现实的社会当中,特别物质化、金钱化、利益化、功能化的社会当中。人与人之间的交往都是带有一些交易的性质,交易的原则充斥着社会的每个角落,每个领域,不一定是现金交易,但是交易的性质存在,那么真情的东西、纯粹的东西少。但是我觉得人的天性是需要这种纯的东西,后天的教育也叫人需要一些纯的东西,特别是我们这个国家,包括西方一些国家的教育,它的宗教教育和他的社会教育,也都是使人对"爱"有种向往,无论是爱情呀、亲情呀都有一种向往。刚才宝刚说因为在社会上很难实现,现在不像上世纪五六十年代的时候,那时候还有一种比较纯洁的爱,不一定是爱情但是比如同志之情啊、战友之情啊、家庭亲情啊等等,现在这个时代这种东西少了,那人们对幻想的需求是个客观的存在。但是恰恰现在的文学作品特别强调现实主义,有时还把生活的真实性给夸张了,比方说生活中有拉屎,生活中有呕吐,那我就集中精力写这些现象,你说它真实吗?它肯定是真实的,但是我觉得他是把它给夸张了。那么我的东西呢,至少这几年这几部里边,首先是塑造了一个非常真实的社会,一个大环境、大氛围、大的人际关系和一个大的时代背景是真实的,通过一些细节描写使它真实化,让观众认同这个时代,我不是写一个童话,写一个发生在森林里的童话,一个白房子里的事。然后在这个背景下又写了一个幻想出来的爱情故事,可能就使得像宝刚这样的,我原来以为像他这样一个知名的大牌导演,大概是一个现实主义的导演,因为你看他以前拍的什么《过把瘾》,什么《编辑部的故事》,都是非常写实的,但是突然他喜欢上我的作品,我觉得他和我在这一点上,在这个时代缺乏幻想的这一点上有共鸣的地方。

海岩作品的美学意义

理解海岩的东西美学意识是根基,海岩的作品有他根深蒂固的美学基础。有这种美学的基础,他才能营造出这种美的气氛。

——赵宝刚

赵宝刚:我觉得海岩作品最根本的东西是它不是在迎合观众,它实际上是在导向观众。读海岩的作品,人们为什么喜欢,这实际上是一个美学导向问题。这个导向就是海岩小说会将你带入一个非常美丽的意境当中去,这时候你就会沉迷在其中,我相信任何一个人,只要他有我们说的这种"爱情感",只要他有这种"爱情感",就会喜欢海岩的小说。我们说读海岩的小说要有"爱情感",看爱情小说也要有"爱情感",其实喜欢海岩小说的人与不太喜欢海岩小说的人相比他的"爱情感"或许更好。也有一些人可能不太喜欢海岩的小说,他认为海岩的小说太缠绵,或者从文学的角度说不太实际等等,在生活当中不太可能找到这种实际的爱的过程。但是这个人呢,怎么说,我就是觉得他缺乏"爱情感"。我觉得读海岩的作品感受最多的,是他的那种影响你的美学意识。反正我读海岩的作品第一遍是一个感觉,第二遍又是一种感觉,所以现在在这本《拿什么拯救你,我的爱人》我已经看了很多遍了,几乎每一场我都很细地琢磨过,因为它里面蕴藏很多很细微的东西,你如果不把这个东西体现出来,它的生命力就不够,因为他在设计的时候,每一点每一滴的"爱情感"都融在文字里,当你把它变成影视作品的时候,它在表面的情节性可能不是很强,那你又没有把其中的内涵表现出来的话,这个东西就不够"电视剧"了,你必须把这个东西体现出来,之后观众就接受了,为什么呢?因为这个东西是观众想象不到的。比如说我没有遇到美好的爱情,我特别希望遇到一个姑娘像罗晶晶。好!那么你来描述,你真正希望遇到什么样的爱情过程。可是他只是一种感觉,他说不出什么具体的。而海岩能说具体的。这样就满足你的阅读感觉了。只有读海岩的小说,你才能知道具体的。理解海岩的东西美学意识是要基,海岩的作品有他根深蒂固的美学基础。他有这种美学的基础,他才能营造出这种美的气氛。如果这方面不到位的话,他就不会这么受欢迎。

海岩:唯美是我的理想。

我们看过好多作品,从文学本身,它的美学感觉在逻辑上不完整,今天顺着这个路走,明天顺着那个路走;还有一些作品,作品本身的美学感觉是有,但是导演没这么解释,演员也跟着没这么解释,甚至作曲的也跟着没这么解释,那么这个作品就支离破碎了,不知道在说什么。但是要让我评价我的作品,是不是我的作品文学性就高了呢?我不这样认为。我始终不敢说我的小说就是文学性强,这主要是因为我的业余的地位。所以有人问我,是不是你的东西就是故事性强?我就说,对!对!我的东西就是故事性强。还有人问我,你为什么会走红啊?其实我不过只是说了一些传统化的故事,典型化的人物,还有节奏,以及老百姓喜闻乐见的、贴近生活的是非观念,我就说这么几套。今天是由于宝刚他把我的一些,我不好意思说的优点说出来了,什么他的美学观念,他的幻想,梦幻的东西是怎么样,那我就呼应两句,表面上是呼应宝刚,实际上是夸我自己。

赵宝刚:美学意识要是玩好了,玩透彻了绝对能导向观众,潜移默化地,(观众)他绝对受影响。

海岩的文学描写里,美学方面的意识确实是非常强,所以他在小说里的细部描写已经把这些东西点到了。比如说他对一个房间的那种描写的痴迷,因为他是搞设计的,他的美学意识已经达到一定高度,他是以一种俯视的角度来看待大众生活的，那他就会以一种俯视的角度把这个场景描写得非常细致，甚至是桌上摆了一盆什么花，放一个什么样的茶杯，都描写得非常细致。那我要求道具，杯子就得是这个意思。不是这个意思就不行，所以这些细部的体现，恰恰是海岩作品的灵魂，他又把这个人物放在一个很无奈的环境当中去，或者是事件当中去，或者是人物关系当中去，然后你再把它提炼出来，这样观众肯定会爱看。

还有一方面就是我刚才说的他作品中的美学导向，什么叫创作者？创作者是高于老百姓的思维的人，就好比设计这个茶杯，茶杯我也会做，但是为什么一溜茶杯中，人家偏偏买这个，这是有道理的。这就是创作者的美学意识要高于老百姓很多，这样你才能有导向作用。我导电视剧的时候有一个宗旨，当我的所有情节的共性色彩完成的时候，当基本的矛盾冲突因素完成的时候，我就不再考虑老百姓了，你爱看不爱看，我一点也不管你，我就玩我的美学意识，你多多少少都会受我的影响。我不管你爱不爱看，你争论，争论才好呢，我不管，我就是要我的美学意识，我是在其他因素都定了之后，反正不会有失误了，我就开始玩这个了。这个东西要是玩好了，玩透彻了，绝对导向观众。你潜移默化地，他绝对会受影响。比如说我们今天的长安街，为什么能设计成这样，就是因为美学意识太差。但是我们到了上海就觉得它的那种设计那么到位，为什么呢？咱们北京怎么就不行呢，北京的设计全都是由各大部委的设计院弄的，你比如说设计一个房子，他自己就没住过大房子，他怎么能设计出一个舒适的大房子，他都不知道怎么布局才舒适，你是从课本来的，你怎么知道什么地方需要开个门，这房间里需要怎么摆家具。所以我觉得海岩虽然是个搞文学的，但是他的美学意识好。

海岩作品的细节

海岩的东西真正的功力是在他的细部描写上，他能把一个假事说得特别特别真，而且让你相信。

——赵宝刚

赵宝刚：《拿什么拯救你，我的爱人》，我反复揣摩过故事的合理性，这个也跟海岩探讨过。海岩也有过解释。可我现在还是能把这个故事推翻。但是从文学角度来说，有一个阅读心理的过程，他的技巧在于在读者阅读的过程中，能够巧妙地把故事弥补得非常合理，而且在细部也调整得非常合理，于是乎也就看不出来它原来的虚构，并且从逻辑上也不是说不通，因为它是个作品，不是个真事。如果说我是一个法官或是一个办案人员，我是一个逻辑性非常强的人，我不会犯某种错误，但这是一个作品，咱们就钻这个空子，该说这个事的时候咱们不提，等你明白过来的时候，情节已经过去了。事实上等电视剧看完以后，没有多少观众会这么细的，像我们这样掰扯这件事。但是我必须有一个自我合理，比如说这个地方有问题，我会问海岩，他会给我一个解释，然后我会自我合理。我这个导演属于那种，凡是我拍的戏，也许有观众会提出不合理的地方，但是我都会给你一个合理的解释。海岩的东西真正的功力是在他的细部描写上，他能把一个假事说得特别特别真，而且让你相信，所以我拍海岩的东西，历来就是，没有别的，必须把它拍像。

海岩：表象的故事，我用来表达我想表达的情绪，我的部分世界观。我的部分幻想，我用了一个比较优美的故事来包装，来承载。

我觉得读者喜欢看我的作品有两个原因，第一在表象上就是衬衣，穿得非常舒服。像宝刚刚才鼓励我的，我是有一定长处，表现在细节编织上有一定的精巧性，这个细节也不是那种很着痕迹的，当然大的故事胡编乱造的痕迹是很明显的，但我在细节上把它弥补，让你进入到那种氛围中去，对于情节上的胡编乱造，读者会忽略会原谅。宝刚也是一个造梦的高手，他用他的画面和音乐对人物进行解释。所以《北青报》称我们是"梦幻组合"，虽然是抬举我们，但我觉得也是说得很对，因为他用这种视觉上的感觉来再现我的小说，我觉得是非常不容易。很多人说你的小说就靠情节，你的情节好啊，包括很多人看这本情节性不强的《拿什么拯救你，我的爱人》，说什么前面还行，后面怎么又不行了等等，他关心的是这些情节。所以宝刚说有文化的、有"爱情感"的人读的深度,他和作者交流的程度比较深,而民工、家庭妇女也会喜欢,为什么呢?因为它有一个非常通俗的包装,一个凄美的爱情故事。现在做文学、做小说的,一说故事性强,就习惯地带有贬义。我今天看见林斤澜说的一段话,说:写小说还是要写故事。林斤澜有七十岁了吧,活了这么大岁数,研究了一辈子小说,发现故事是小说的起源,是大众,不是文艺家,喜欢小说、喜欢文艺的根源,他不是听你表述一个什么理念、什么思想、什么技巧。所以他说,回来回去,还是故事最重要。因此我说,表象的故事,我用来表达我想表达的情绪,我的部分世界观,我的部分幻想,我用了一个比较优美的故事来包装,来承载,按宝刚刚才夸奖我的,说我是用几个比较扎实的人物,来叙述我对生活的看法,我觉得这是我对我的小说中的情节和爱情在小说中位置的看法。当然第一我是"警匪作家",必须有案子;第二我是"言情作家",写言情的。那我就说宝刚同样是言情片,他为什么不去拍琼瑶呢?要说言情,那比我言得厉害呀,那哭哭啼啼的;要说警匪,那情节比我厉害的太多了。所以我说宝刚他看上我的作品,可能就是他说的——有与众不同的东西,首先是在情节和言情背后的东西,是我对生活的看法,这可能投合了他,他也认为这投合了部分社会的心理。其次人物是文学性的,是扎实的。

赵宝刚:要特别的贴近人物,他凭什么布置成这样,你要营造什么气氛,他在这个环境中呆着会使人感受到一种什么样的氛围,这是个特别重要的问题。

比如说现在我们就牵扯到韩丁的家,当然之前有段文学描写,就说这是他父母的房子。那罗晶晶第一次到这里来,现在显示的是一种浅灰的调子,里边显得是非常干净整洁,这里我弄了一个时空,就是他带她到父母家去之后,再回来,这时离初次来是三个月的时间,这时候再看这间房子就非常的色彩斑斓,充满了女性气息,从表面上看他们已经非常温馨了,那她还有个走的过程,当她走的时候把全部的东西都拿走,只留下一张大的画,天天看着他微笑,他又回到了原先的那个状态当中去。而在这之前罗晶晶给观众所造成的印象,实际上是一种假象,片子的那种凌乱,那种色彩……当然这几个阶段观众可能不会意识到,但是你会给他带入到这种状态中去。所以海岩的作品中这些东西可能都写到了,但是如果你不去琢磨它,只是把房间一布置,很好看,很舒服,那它就不帮助表现人物,比如说有这种情况,一个美术人员带着他的美术意识去营造了一个家,但是这不是韩丁的家,一个律师的家。很多的艺术作品,通篇的东西都是艺术家用自己的个性和审美情趣而营造了一个环境,当然这个是需要的,但是你要特别的贴近人物,他凭什么布置成这样,你要营造什么气氛,他在这个环境中呆着会使人感受到一种什么样的氛围,这是一个特别重要的问题。我现在就在选外景,整天就在拿着摄像机拍,什么时候拍到不像北京的佳景了,哎!这就对了。而且我这回是城市里使用银灰调子,所有的建筑都是选用那种银灰色的现代建筑,就是几何色彩比较浓的那种,线条比较简洁的那种。江南则是那种像油画似的,细部有那种古朴的质感,桥啊门啊是很陈旧的那种,底蕴很丰厚的那种,虽然可能它是个水乡,但水乡出来的人和一般农村、县城里面出来的人不一样。

海岩故事下的思想

> 海岩的小说,包括《玉观音》,包括《你的生命如此多情》,都是通过一个爱情故事传达了一种思想,这种思想包括了社会的各个方面。
>
> ——赵宝刚

赵宝刚:我们曾跟海岩探讨过关于隐藏在他的爱情故事后面的是什么东西,你真正想通过这个爱情故事讲的是什么。这可能是为什么海岩的小说既能够得到圈里人的认可,又能得到老百姓喜爱的原因,因为它既有个凄美的爱情故事,又有一个故事背后的思想。学问高的人看得可能深一点,一个基本的观众可能看的就是戏剧的框架。还有他的东西为什么能够引起很多争论,比如说我们现在正在讨论韩丁和龙小羽扮演者谁演谁的问题,讨论来讨论去,就讨论到剧本的内容,像罗保春、程瑶这些副线人物,你比如说程瑶,海岩的原意就是她是一个热心肠,吃她们家、喝她们家还住她们家,你说这合理吗?她就是心眼好,说可以这么说,可是怎么把她演出来？还有她长什么样,找一个特丑的？不行！找一个好看的？这人又好看心眼又好,这样观众的感觉就不一样了。如果说再要点文学的真实性,那我可能应该找个不太出众的、比较平易的这么个人,可这么一个人给人印象不深,因为她形象平平,戏又不多,那我还是得找一个好看的……所以海岩的作品你要揣摩,他不但给你写出来,还给你留有一定空间,这个空间就需要创作者进行影视改编的时候来填补,或者叫一种表现,要给他体现出来。再比如说四萍他妈,就那么点戏,唉呀,有意思,越琢磨越有意思。你想,那种状态,而且那几场戏都是特别好看的戏。其实海岩的书我都特别喜欢,但是相比较而言,《拿什么拯救你,我的爱人》是继《永不瞑目》之后的三部作品中我最喜欢的。我最喜欢的不是它的故事情节,而是其中的人物。像《玉观音》中的杨瑞,他只不过是当今社会中存在的一类年轻人,他可能以前对女性玩世不恭,因为现代青年的思想有共同之处,后来突然遇到一个女孩,一发不可收拾,一根筋走到底,跟着就发掘出了这个女孩的身世……再比如毛杰,毛杰的根基是什么,他原来家里是干吗的,后来走私了,走私之后又怎么一夜之情,怎么开始报复……这些人物我就没有像喜欢韩丁、龙小羽和罗晶晶还有祝四萍这么喜欢,我特别喜欢四萍这个人物,还有罗保春,这个人物非常准确,因为海岩干过企业,知道一些企业领导的心理和过去社会上存在的一些问题。我为什么说这些呢？比如说《你的生命如此多情》里边的国有资产到私有制的这么一个转换过程,这中间出现的一些问题和当事人的种种心态,这不是个爱情故事,它里边讲了一个非常深刻的社会现象。就是这样的一些东西使得作品显得非常的扎实。像《玉观音》这个作品,我觉得这部作品应该更像部电视剧作品,它是个更适合于电视剧的东西。《玉观音》所表现出来的思想性,可能不如海岩其他的作品,但是它作为影视的素材,它的故事色彩太浓烈了,为什么它受到了这么热烈的欢迎？就是这个原因。作为一个爱情故事,我想海岩要想编出比这更好的来,恐怕难了,这故事太绝了。但《拿什么拯救你,我的爱人》可能就不如《玉观音》故事性强,但是人物扎实,所以我非常喜欢。

海岩作品的内核

> 他所有的作品都是表现出来一种向善的东西,人与人之间的真的东西,善的东西。
>
> ——刘燕铭

刘燕铭:宝刚有一句话特别打动我,海岩的东西,看完了你心里也跟着颤,心里也跟着激动,可是让你说,说不出来,让我写也写不出来,但是你跟着它看自然地就被打动了。我不会去评论海岩的东西,但是海岩的东西,原来是在《啄木鸟》上发过,那么后来《一场风花雪月的事》小说一出来,我看了以后就特别激动,从那个时候起才算是真正认识了海岩。虽然海岩的这几本小说我都看过,就我个人来讲,我最喜欢的还是这一部,而且就完成的影视作品来说,也是这一部把小说体现得最好。我非常喜欢他的东西,因为说实话我喜欢的书确实不是很多,而且我喜欢的题材大都是关于战争的、英雄主义的题材。

但是儿女情长的东西就是他的能吸引我。比如说我当时看《玉观音》的时候,我看到早晨四五点,第二天上班接着看。所以我们今天形成了这种合作,当然我是代表"海润"了,对海岩作品的这种忠贞不渝主要是因为喜欢,而且他的一些描写能够引起(我)心灵深处的一些震撼,很多地方,很多场景,看着看着就让人觉得心里一揪。他说的"警匪的外衣,情感的内衣",然后思想是里边的"肉"了,我特别欣赏这句话。我觉得他确实是,他所有的东西到最后都是表现出来一种向善的东西,人与人之间的真的东西,善的东西,我觉得这种最终的引导性就特别好。

> 我想表达的不是爱情本身,而是人性的那种美好啊,肮脏啊,无奈啊。我同时想表达人物命运和人物思想在我们这个时代很容易出现的走向。
>
> ——海岩

海岩：我想我的作品里除了对真情的幻想之外，还有一个对人本的幻想。人本的幻想就是人们幻想一个非常干净的、非常优美的欲望，在两性之间。那么我看到很多小说把这个人本的东西写得特肮脏，我的东西是希望尽量把它写得干净一些、纯净一些。我刚才和宝刚说，一个读者，他喜欢一个人物、一段情感、一种环境、一个故事，我们通常说是因为他的经历啊，他的情绪啊，他的共鸣啊等等，其实还有个因素就是他的性心理。说一个人他喜欢某个人物，比如他喜欢陆毅、喜欢罗晶晶、喜欢林星都是因为一种性心理，这是种人本的东西，是人天生具备的一种基本的东西、一种欲望，不肮脏。那么你怎么把它写得优美，包括我们刚才谈的选演员，你看演艺圈的这些偶像，为什么把男孩子推出来，女孩子会喜欢？唱得很烂，文化也不高，为什么会喜欢他？因为他符合了她对纯情的幻想。第二，我非常赞赏、也非常感谢宝刚说的，我的作品除了爱情故事之外还有思想。我想这也是他比较喜欢我作品的一个重要原因。如果我只是写了一个爱情故事，优美的爱情故事，或是曲折的爱情故事，他可能不会特别感兴趣。所以过去王朔说我是"披着狼皮的羊"，我觉得他说得很对，但也不完全对，他认为我是"警匪外衣言情内核"，事实上很多人都认为是这样。我觉得我实际上是"警匪外衣言情衬衣"，我的内核，我实际上想表达的不是爱情本身，我想表达的是人性的那种美好啊，肮脏啊，无奈啊，这是社会性的，这是这个小说社会性的部分，我同时想表达人物命运和人物思想在我们这个时代很容易出现的走向。想表达人性中美好的一面，以及这个时代和我们的文化背景，还有我们国家的现实中不太美好的现象，以及我们这个民族的集体无意识，两者之间的这种冲突的悲剧——我对这个感兴趣。

三方合作

好的影视剧的制作一定是各个方面的完美结合，要有好剧本，好导演，好投资商，投资商的眼力和他的判断，以及他的整体运作。

——海岩

海岩：我觉得作为投资商，燕铭他不是个艺术家，不是作家，不是导演，但是平时我跟他在一起，他不光谈我的作品，他谈很多别人的作品，他具备一个投资影视、投资艺术的老板最重要的一点。我过去看一个电影叫《红菱艳》，它里边有一个老板，我认为那里的主人公是那个老板，虽然它也写了一个爱情故事。这个老板是不写歌、不跳舞也不编舞的，但是他是一个鉴赏家，搞艺术的老板一定是个鉴赏家。当然，刘燕铭出品的电视剧中，有一部分他不一定完全喜欢，他可能认为市场好，目前正好卖这一类的作品。比如说他不喜欢古装戏，当然不是说古装戏不好，这是他个人的喜好，但是他也拍了一些古装片，因为古装片好卖。就是说在他投资的作品中，有一些商业上的考虑，但也有一些作品，是他不太计较利益的，他是喜欢。如果他纯是为了赚钱，他不会请宝刚拍，因为可能宝刚贵一点吧。因为海岩的作品不会卖不出去，收视率在各地也还可以。有人提意见，提意见我不管，我已经卖出去了，而且在现在这个时代，还有一个说法就是"批评也是好事"。你看《笑傲江湖》，全都在骂，好啊，就是成功了。时代是这样，这是商业规律啊。没人理，这就比较麻烦。骂，也是成功。夸，也是成功。没人理，这就是失败了。但为什么我愿意跟燕铭合作，就是因为燕铭把你的作品当他的一个爱好来对待：我喜欢，一定要弄好它。一般的影视剧的制作是由多方面的因素决定的，不一定是光有好本子就能行的，它一定是各个方面的完美结合，要有好剧本，好导演，好投资商，投资商的眼力和他的判断，以及他的整体的运作，导演的二度创作和改造。成功的剧本拍得很烂，甚至历史名著，受到历史承认的名著，拍得很烂的，不计其数。"越是名著拍得好的越少"，这话我不知是不是事实。所以我觉得，最傻的导演才去拍《红楼梦》呢。看过小说的人肯定有他的想象，你去拍，比较傻。观众看作品，喜欢就是喜欢，不喜欢就是不喜欢，为什么不喜欢？我以前对作品的印象，我的那种期待，你没有给我弄出来。这个作为个导演来讲，很麻烦。幸亏我没金庸那么大众，看我小说的人还是少数，所以不会给宝刚和丁黑造成多大的问题。

刘燕铭：观点上的一致是我们合作成功的另一个原因。

海岩的东西,我真是觉得就像是《魂断蓝桥》那个电影似的,你看完了老想着,它都是生活中没有的东西,但就是因为没有,才那么叫人心动。就是他自己说的,最后结局没有一对有情人成眷属,感情上全是悲剧,从《一场风花雪月的事》到《拿什么拯救你,我的爱人》,全是这样。我们这种观点上的一致,是我们合作成功的另一个原因。关于以后的合作,就是刚才赵宝刚说的,肯定会忠实于原作。从导演来讲,不会篡改他很多东西了。海岩说这是个节奏的问题,你把他这个给改了,那后来的很多东西就衔接不上,就达不到那种效果了。从我们制作方来说,也是想通过跟导演的合作,真正地把海岩的东西,他的精髓的东西反映出来。从制作和发行上,包括从演员的定位上,到目前为止,我们可能还是比较让海岩满意的吧。所以我想,这个还是一种合作的默契。

  我的地位一是导演给的,一是投资商给的。碰上一个知己,由他来执导,就成功了;碰上一个知己,由他来投资来运作整体的发行和导演的选择,就成功了。

——海岩

海岩:我觉得并不是因为宝刚的功力比其他的导演高多少,而是因为——大概首先是因为——我们"臭味相投"吧。我喜欢他对生活的解释,我欣赏他的那种综合的能力,喜欢他对现代生活的那种敏锐的和本质的看法,这是我对宝刚的看法。有一次何东问我,说你喜欢导演什么呢?我说我喜欢赵导的文学功力,赵宝刚不是编剧,他要是写小说,不见得比我好到哪去,但是赵宝刚对文学的鉴赏力,我觉得要好过很多的导演。比如说我的早期作品《便衣警察》,导出来以后有它的长处也有它的短处,其中短处就是它把文学性降低了。那宝刚对文学的这种判断力是好多的导演所没有的。现在好多的导演,包括演员,不是他们的表演技巧或是导演技巧不好,但是文学上老是漏洞百出,这是我信任宝刚的地方。另外他的电视剧,你们知道艺术这个东西,什么东西一旦上升到艺术的高度,就有一些说不清道不明的地方,你说不出它为什么好,为什么不好,这种说不清的东西如果一定要说明的话,就叫趣味,趣味是有等级的,所以又叫品位。好多导演不是学问不够,也不是技术不行,包括一些作家,一些画家,它是一个品位的问题,我觉得宝刚的东西就是有品位。古人说"文章千古事,得失寸心知",你的作品好在哪里,微妙在哪里,可能只有你自己知道。万一碰上一个知己,由他来执导,就成功了;万一碰上一个知己,由他来投资来运作整体的发行和导演的选择,就成功了。必须是除了"寸心"之外还有几个人悟出了其中的妙处,一些有价值的东西,悟出了其中一些微言大义,从一些不起眼的细节当中构建出了某种味道,并且他用一种艺术的修养把它再现出来,就像宝刚刚才说的,用什么演员,画面用什么调子,几个场景对比,还有节奏的控制,音乐的铺陈等等,小说中的一般读者不去注意的地方,而导演注意到了,利用到了,最后把它表现出来。所以我认为,文学如果摊上一个好的导演,给它再现了,使得很多人不读书,或者读书而没有悟出个中三昧的,通过导演的文学理解强化出来,体现出来,我想这是一种对文学的弘扬。因为现在不是阅读的时代,所以这是对文学没坏处的事。大部分的电视剧,要么是直接从小说来,还有作家自己改编的,绝大多数作家自己不写剧本,可能是不屑、不舍或是不喜欢,所以不写。这样就导致了编剧的整体文学水平偏低,继而导致上述现象。我就见过一位很有名的编剧,他向我介绍自己时郑重地说我曾经是个作家,现在沦为一个编剧。

只有编剧和导演的真正合作,才能使作品达到完美。

——**刘燕铭**

刘燕铭:现在看到的电视剧作品,我也不知道比较火的几部剧里,导演和编剧到底是怎么合作的,但是我们运作的戏已经一千多集了。这里的导演和编剧我肯定是都认识的,这些戏里头,合作得最完美的他们就算一对。我觉得这种合作首先是一种信任。有信任才会有默契。而且我觉得海岩作为一个编剧,在中国目前的电视剧市场,他有一个贡献,就是他把编剧的地位给提高了。我接触的编剧很多,但在海岩之前,没有一个编剧能对电视剧的形成产生那么大的影响。

包括很多非常有名、非常优秀的编剧都跟我发了很多牢骚，说我的东西原来怎么好怎么好，但是现在给改得面目全非了，我也不知道找谁说去，也不知道忠实于原著有没有一个界限。类似的情况很多，我过去的感觉是，编剧就是给导演打工的，你费了很大心血搞出来的东西，拿到导演那儿，导演可能只作为个参考，因为导演都把导演戏当作是一个再创作的过程。但是我觉得海岩他影响了很多编剧，后来很多编剧在拍摄电视剧的过程中有了更多的发言权，甚至是一些决策的权力。那么我觉得宝刚非常尊重海岩的意见，同时我认为只有编剧和导演的真正合作，才能使作品达到完美。

再谈到今后怎样提高商业品牌，使之在市场上增值这个问题，我可以说，海岩到目前为止，已经真正成为"海润"所有电视剧的一个品牌。但是同时，我们也确实做到了把剧本放在第一位，海润拍的电视剧，为了保证其文学水平，大部分是从小说里选的。这样在一九九七年我们跟上海文联签了协议，后来又跟作家出版社签协议，就是说这些出版社出版的东西我们都有优先权，他们为什么同意我们这样做，就是因为他们看到了海岩。现在基本上这几个出版社里比较好的东西，在还未写完的时候我们就知道了，因此，我们在剧本方面的运作还是成功的。说到制作，我们现在还是一种工作室的形式，这种形式的目的就是力图避免主创与制作及发行部门分开，这样在操作上较为容易。接下来是发行，海润的发行是有口皆碑的，当然这里有个原因是：海润本身有一个广告公司。因为电视剧的广告产生的效益相对于卖片子要快、稳，利润也高，更有利于资金回笼，投入下一部电视剧的制作。关于希望将海岩的作品改成电影，这方面一直在和海外的导演谈，虽然他的作品在境外不多见，但是他作品的题材又往往是一个国际话题。比如我们正在跟关锦鹏谈《拿什么拯救你，我的爱人》，还有《玉观音》的电影版权。我们希望海岩作品有海外市场，已经有一些大公司介入，像"索尼"、"哥伦比亚"，还有"时代华纳"等等。

☆☆☆☆☆

多谈点主义，少研究些问题

PART TWO

海 岩 VS 余韶文

现实主义与浪漫主义

余韶文：你怎么看待现实主义？你认为你的创作方法是现实主义的吗？体现在哪些方面？你的很多作品都在紧张激烈的情节之外触及了很尖锐的现实问题，这是否有意识的？

海岩：我不是一个专业作家，平时对文艺理论钻研不够。从我从事文学创作以来接触过的文艺理论或者说法，说到现实主义我觉得也有不同的定义。比如西方有西方的现实主义，东方有东方的现实主义。当然还有批判现实主义。在革命文艺以后又有革命的现实主义，以及像毛主席讲的革命的现实主义和浪漫主义相结合。我们过去学习到的理论，像毛主席说的，比现实更高、更集中、更典型地反映社会生活的，反映时代发展潮流的，反映人类走向的，这才是现实主义。在这个理论下出了一批好的现实主义作品，也出了一批我认为是非常不现实的作品。在同一个理论下可以出非常现实的也可以出非常不现实的作品。对我的作品，评论界也有不同的说法，有人认为是现实主义的，比较贴近生活真实，反映这个时代的一些现实问题，也有人说是浪漫主义的，或者说是伪现实主义的。觉得我写的人的情感，人的这种爱情关系，现实当中很难找到，是幻想出来的，比较虚的东西。我觉得这两种说法都对。我自己比较喜欢的风格是那种很童话的故事。但细节的安排我又喜欢很写实的，人物的对话，人物的语言，人物的状态，人物每天做的事情，细节是非常写实的，我的大部分作品都是这样的风格。可能有人认为我的大情节太戏剧性了，或者太浪漫了，就以此来说我不是现实主义作家。有人看到我写的生活，细节、场景、人物的关系比较逼真，又说我是现实主义。这两种说法可能依据的方面不同。我是最不喜欢那种大情节是真的，非常真实，或者就是一件真事，通过很多虚假的细节和人物关系把它搞得很假。所以我看到有的人批评某些作家写得很假，而这位作家会站出来说：我写的是件真事。能把真事写假，我认为是作家的悲哀。这说明他没有把事件的本质，把真实感，通过他的创作转达给读者。所以我不太在乎别人说我的书是现实主义还是浪漫主义，或是现实主义和浪漫主义相结合的，甚至什么都不是。我们现在倾听理论界文艺界的批评也比较少，现在好像也没有什么文学批评，现在书出的也太多，也评论不过来，都是些抓住新闻热点的书评，文学上是不是有评论价值先不管。我觉得现在不仅仅是小说远离读者，理论化的书评也没人看，也远离读者了。

余韶文：正如你刚才所说，你的小说常常是把假事写真了。那么在你动笔时，有没有先入为主的想法我想写个现实主义的作品？

海岩：没有。我只是说我对生活的眼光是这样一个看法，那我就选择用这样的一个方式来表达。我现在这种表达方式适合这样的内容，倒没有把它事先归类到哪一个"主义"去。但是我的创作受革命文艺的影响是最深的，追根溯源就是毛主席《在延安文艺座谈会上的讲话》。从我创作的历史看，我最初接受的就是这种文艺理想的影响，即革命的现实主义和革命的浪漫主义相结合。我是不是结合了另当别论，但我是受这个影响的。所以我会自觉不自觉地去遵循一个典型化原则。比方生活中我看到这个事不典型，太古怪了，不代表什么，不能说明我对生活的普遍规律的看法，我就不选用，它多生动我也不选用。我选择的人和事，包括他们的行为，他们的情操，他们的某种心态，他们所处的环境，都反映我对这个世界的看法。典型性是指代表性。所以我可能是受典型化理论的影响比较深的。

余韶文：前段时间争论较多的《你的生命如此多情》，吴长天国企改革这条线在你小说里是辅线，而吴晓与林星爱情这条线是主线。你的小说往往有这种特征，即辅线是现实主义的，而主线是浪漫主义的，你是怎么把握的？

海岩：我的小说肯定有现实主义思想的因素，肯定有一批读者认为我是现实主义的。但我确实喜欢革命的现实主义和革命的浪漫主义相结合，我的本性也是这样。坐下来静想我会有很多浪漫的东西，就是生活中没有的。生活中的那些东西我不想写进小说，我喜欢写那些特别美好的东西。明知道现实中不可能有，但我会向往。比如我写我爱上了一个仙女一样的人，这个仙女不是穿着轻纱插着翅膀的，可能穿戴上与我们周围的人一样，但她的很多表现是仙女。我的小说中生活场景和事件都是比较现实的，而爱情这一部分却比较浪漫，不是生活中最常见的那些家长里短、锅碗瓢盆。我会不自觉地成心把爱情写得特别美丽，特别美好。

乐观主义与悲观主义

余韶文：你觉得你是个乐观主义者还是悲观主义者，你怎样看待生活中的事物和美好的东西？

海岩：我觉得我过去受的教育过于理想化了，看光明多，长大以后一看社会上的丑恶事物精神上便有些不堪重负。和我不相干的事我也会觉得不舒服，我肯定是时而乐观，时而悲观的。听到好事很乐观，听到坏事很悲观。创作上也是这样，但以悲观为主。不过像《玉观音》，这个结尾是悲观的呢还是乐观的呢？我觉得都有。我是个喜欢写优美爱情故事的人，越优美越好。为什么写年轻人呢？我也不是说老年人的爱情就不美，也很美，写年轻人是除了情感的美之外，人也很美。人连皱纹都没有，都是漂亮的孩子。美丽的爱情，纯洁的爱情。但是你看，我几乎所有的小说都是悲剧，主人公往往都不得好死。这也反映了我既渴望美又觉得这个美容易成为悲剧，又不相信生活中有真正完美的爱情。有，也要毁灭。

余韶文：能不能说你的长篇爱情小说，都是乐观主义的过程，悲观主义的结局？

海岩："禾林小说"曾经请我写一篇关于小说结局的创作谈，我写的意思就是"爱情难有结局"。"禾林小说"的原则就是爱情一定要大团圆的结局，为什么找我写关于小说结局的文章呢？因为我所有的小说都不是大团圆的结局。我是这样回答的:我觉得别人看我的小说对我有误解,觉得我是一个特别爱情至上的乐观主义者,特别相信爱情的纯洁。我说我其实是一个爱情的失败主义者,是个爱情悲观主义者。

人道主义与存在主义

余韶文:你小说里对人的价值很注重,给读者的感觉你是个人道主义者,你怎么看?

海岩:我觉得中国在不断改善人的生存环境,这生存环境不仅仅是空气、交通、住房,也包括人生活在这个社会中的各种人际关系。我觉得在我们某些地区、在某些社会阶层里面,对人的尊重是不够的。也就是说对人的价值我们自己就是忽略的。尤其是中国从计划经济转到商品经济的社会转轨期间,金钱的地位、利益的地位是最重要的,包括人与人之间的交往,包括恋爱,他找的不一定是人,而是这个人的金钱、地位、条件……很多很多的因素。那我觉得这也可能是人的一种异化。比如说我写《永不瞑目》时,肖童死了,紧接着我就写了公安厅的庆功会,说这一仗打得如何漂亮,要不是一个特情人员不幸身亡,那就圆满了。大家都在庆祝。对一个特情人员的死,该怎么办就怎么办,说就报个烈士吧。那观众就不干。因为观众看到的是肖童对这件事倾注的生命和情感,你这样轻描淡写,观众就不干,就产生了悲剧感。悲剧感就是鲁迅先生说的,有价值的东西不被承认,把有价值的东西撕碎,毁灭,这样的场面在我们这个社会中是存在的。那么谁真正体会到他的价值呢?欧庆春,只有欧庆春一个人,给他买衣服,买领带,弄花,找他父母,所以她最后在内心说我们两个的关系是我们两人独享的秘密。我们这个社会,对人的价值,对人的情感,我觉得还没有到在每一个角落都受到尊重、关注的份上。我觉得文学应该关注这些。不是说谁故意不人道地对待人,而是人的价值,人的个体情感,常常是被整个社会所忽略的。

余韶文:能不能说你作品里的悲剧通常是人道主义的悲剧?

海岩:我认为是这样的。我认为在这个社会的某些角落还存在着对人的价值,对人的个体情感不够尊重,不意识的现象,作为文学就是呼唤这个东西。我看过刘心武的《如意》,一个看门的老大爷喜欢上一个格格,一直不能如愿,粉碎"四人帮"后可以结婚了,前一天却得心脏病死了。格格在屋里哭,这时作者有一句旁白:这个世界很大,一个人死了,但是只有一个人为他哭。这个电影是很多年前看到的,现在想来仍然感动。

余韶文:你这次的新作《拿什么拯救你,我的爱人》,人道主义似乎得到空前的强调,像对龙小羽判决上的审慎,对四萍的批判与怜悯……这是出于一种新的尝试还是其他什么?

海岩:不是。我这个小说没想重点表现人道主义的问题。我主要想写一个很贫穷的人,我现在对社会上很贫穷人的心态有兴趣,他们想的,就像龙小羽说的:贫穷使我没有尊严,没有快乐,我一早上醒来就想着今天中午到哪儿能吃上中午饭,晚上到哪儿去睡。他想的都是这个,没有快乐。这样的一个人,当他面对一个机会,当这个机会要丧失的时候,他的表现是什么?是很平静的,丧失就丧失吧,还是要拼命挽救?甚至要违背自己的人性,违背自己从小的生活信条,做一些不择手段的事?我是想写这些东西。《爱人》这本书主要是表现一个人的人性教化和他的生存本能、生物本能之间的搏杀,他的人性部分,他从小受的教育是不能杀四萍的,四萍再怎么样,他这一棒子都劈不下去。但是当他面临最严重的生存关口时,他还是把这一棒子劈下去了。所以这是毁灭他自己人性的,这一点我觉得对他自己也是非常残酷的,最痛苦的是这个。

余韶文:说作家是人类灵魂的工程师,是不是他的人道主义要比别人更强烈一些?

海岩:从要求上应该是这样,因为文学是人学嘛,他不是写风的,不是写月的,他是写人的,他是关心人的。我觉得在现在的作家当中我算是比较强烈的。

余韶文:当韩丁意识到救了龙小羽就是失去了罗晶晶,但他还是去救了,我觉得这里面的震撼力对于一个人来说不亚于堵枪眼、炸碉堡。

海岩:我写的时候反复体会,我甚至把自己摆进去,设想我特别爱一个人,但我做成了一件事,这个人反而得离我而去了,我还能不能做?我反复体会发觉我能做。为什么呢?因为韩丁这样做对龙小羽是生死的问题,对他自己只是一个爱情丧失的问题。他不做,这个心也是没法安的,一个有正常良知的人,他会去面对这个痛苦的。那么这种给人的震撼是属于人性的,这时候善占了上风。这也是一种人道主义。

余韶文:你小说里有很多个人的悲剧和痛苦,以及由此产生的命运的荒谬感,不知是不是受存在主义之类哲学思潮的影响?

海岩:我是业余作家,各种文化思潮对我的影响肯定有,但是比较浅,不是很系统。比如萨特的存在主义的东西,我只是略知一二。我主要还是受自己对生活的看法的影响。我对个人和社会,个人和集体产生的矛盾和冲突,是比较关注的,有兴趣,如此而已。

理想主义与英雄主义

余韶文:你在写《便衣警察》时,主要人物比如周志明心中充满了理想主义。写到后来,你笔下人物心中的理想主义越来越少了。你觉得是因那时的社会现实和现在的社会现实不一样造成的,还是你自己思想的变化造成的?

海岩:主要是外界环境不一样了。比如说如果我把雷锋那样的状态写到现在这个社会中,那就不够真实了,你没看见报纸上就登过有人学雷锋进了精神病院的怪事。现在的青年如果都写成周志明那时候的心态,那也有问题。他们受的不是这个教育。不是生长在那样的社会大环境下,他怎么能有那样的心态呢?你比如说我写韩丁,韩丁的心态和周志明是完全不一样的。现在有没有雷锋,周志明那样的人?有,但很个别,文学上不能按普通人物写。如果让韩丁得了遗产先捐给希望小学十万块钱,那样倒是高尚多了,但读者还能接受他吗?接受不了。

余韶文:如果那样就只有理想主义没有现实主义?

海岩:理想主义也不是,那叫伪理想主义,伪浪漫主义。所以应该说是时代在变化,人物的心态是随着时代变的。《便衣警察》后来出版剧本时,在后记里我写道,有人建议我写续集,我当时说,多少年以后社会都发生变化了,如果周志明还是这样一种心态,他会被人笑话,成为一个笑柄。但是我又不愿意改变他的形象,所以不写续集。我要是写一个四五十岁的周志明,写成一个大款,跟人做生意,整天……这个我受不了。这不是周志明。但你要还是写原来那样一个周志明,他不成傻子了吗?主旋律也是分时代的,现在这个时代,你"五讲""四美""三热爱",你有善良之心,你有纯洁的理想,你有爱国之心,已经是主旋律了。

余韶文:除了理想主义之外,英雄主义也是你小说的一个亮点。不过《便衣警察》那种英雄主义是一种关乎国家的、社会责任感的。而现在你作品里的英雄主义大多已经不是堵枪眼,炸碉堡,而是更人性化的……比如为了爱情,属于比较个人化的英雄主义。这在你创作中是不是有意识的一种转变?

海岩:这一点我意识到了。现在这个时代普通人的爱国心一般是不表现的。只在特定的环境下,比如"申奥"成功,表现出来。所以我写《永不瞑目》,肖童先是因为爱情,才要去公安局做这个事。在小说里肖童有段独白,大意是这件事他做得久了,进入到缉毒队伍的氛围去了,升华了,所以决心一定要做好,要做得漂亮,他有对国家、对祖国的自豪感。他同学看不起他,以为他吸毒,他心里暗暗地想:你们不知道我现在在做什么,我现在是为国家做事,我是一个英雄!他自己非常有自豪感。所以我认为肖童也是一个英雄,他是一个革命烈士。人们以为他完全是为爱情,其实不是的。小说里是写他做的一切是为了国家,包括他的"七一"演讲,他自己原来也觉得这是什么烂词儿啊,但到他戒毒时,他情不自禁地念这个词,特别虔诚,这时候他心里想的是"黄河大合唱"。有一段是《东方红》的旋律。到了那时候,他觉得《东方红》是代表了国家的,一下子他热血沸腾,他已经是变成了这样一个精神状态。这个状态是在特定的时候产生的,而不是一上来就是我为了爱国我怎样。现在长期的和平环境,商业竞争的氛围,年轻人已不是周志明那样的状态,但肖童这样的状态我认为是会产生的。在孤立无援、绝望的时候,他会产生他爱国的思想,他要为国家做这个事。还有《玉观音》里的安心,她回到缉毒队伍有多种原因,包括她要报答她原来的丈夫,包括为她死去的儿子报仇,才放弃了这样的一场爱情,回到队伍中去,但是也包括她多年来受的教育,她的禁毒理想。所以我写安心时,杨瑞问她为什么大学毕业还跑到那个小地方,她说,你不知道,你进入到公安队伍时间长了以后,那种氛围,就像一个"场",在这个"场"里你是随着转的。在这个氛围里,你渴望战斗,渴望贡献。所以她回到缉毒队伍中也包含了大的理想和英雄主义情结。

唯物主义与唯心主义

余韶文：你笔下人物命运太牵动人心，令读者在为之唏嘘不已的同时常常感叹造化弄人，甚至油然而生一种宿命感。请问你是唯心主义者还是唯物主义者？

海岩：我是唯物主义者。在唯物还是唯心这个问题上，从我的作品来分析我这个人会不直接，那是我这个人的某一种情绪，不完全代表我的世界观。我的世界观基本上还是人的存在决定人的意识，这是唯物主义的一个核心思想。一个人的举动都不是凭空而来的，都是环境对他的影响。我觉得《拿什么拯救你，我的爱人》是典型的唯物主义写法，就是一个人的存在决定一个人的意识。

余韶文：但是为什么你的作品有时传达给读者一种人定不胜天，人没法跟命运抗争的消极情绪？

海岩：人定胜天是唯物主义的思想，人在某种情况下不胜天，也是唯物主义的。自然界太大了，物质太大了，人的主观能动性太小了。可能是我写人的善良愿望、心情和社会现实相拼搏的时候，人的一方老是比较弱势，给读者造成了某种错觉。把这样一个态势写得比较明确，可能是我对生活的一种情绪吧，不代表我的世界观和我对外部世界理论上的看法。确实，很多人说看我的小说心情不舒服，会忧郁，看的时候放不下，看完后又堵着口气。我不否认我作品的个别段落调子是稍微灰了一点，稍微沉闷了一点。我要给自己的作品加一点亮色并不难，但这并不等于唯物主义。网上有些人特别希望我写一个《永不瞑目》续集或者A、B版，比如肖童没死。那我觉得纯粹从阅读角度分析，说明网友还是喜欢上这个人物了，他们还是喜欢大团圆的结局，这是中国人的欣赏习惯。美国人也这样，你看美国电影绝大多数是大团圆结束的。我是逆读者欣赏潮流、欣赏规律而动的，其实不好，对我的小说销售是不利的。有人看我的小说和电视剧就是中途放弃的，因为他们不忍心看下去。再比如我可以把《拿什么拯救你，我的爱人》再多写一章，就是让韩丁和罗晶晶又走到一起了，我可以把这一万字写得非常美，两人幸福生活重新开始，但那就不是这个味道了。

PART THREE

言情只是暂时的，最喜欢写政治

海　岩 VS 解玺璋

有好多人觉得我身边肯定是美女如云，但我的生活中确实没有，……那些都是想象出来的。其实我最喜欢写政治小说，大的人物，大的政治背景，大的事件，我对官场很熟悉。我不希望别人说我是琼瑶。

解玺璋：《便衣警察》是你的第一部文学作品吗？

海岩：在部队的时候，写过一个独幕话剧，在师里参加过文艺汇演，那时才十六岁。

解玺璋：从《便衣警察》到《拿什么拯救你，我的爱人》，你感觉到没有，在你的作品中谈情说爱的成分越来越重了？

海岩：写《便衣警察》的时候没怎么涉及爱情，主要是写那几年对人们的生活产生重大影响的政治事件，像天安门事件，粉碎"四人帮"，老干部平反，写的是大的政治变动当中一个人的命运的起伏。那个时代读者都特别关注国家大事，"四人帮"倒了，"天安门事件"怎么评价，平反不平反？谁受委屈了，谁又出来工作了？整个社会都关注这个。现在这个时代不同了。

解玺璋：为什么后来你的作品中爱情的成分越来越重了呢？

海岩：我没有有意识地转，原因之一是时代发生变化了，一般的读者可能会对更人性化的东西、更个人化的东西更关注，以小见大地思考社会，思考人生。

解玺璋：从《便衣警察》到后来的写作，中间好像空了一段时间？

海岩：大约十年左右，中间写了一些散文和中短篇小说。

解玺璋：再写长篇是什么时候？

海岩：《一场风花雪月的事》，那就到了上世纪九十年代了。也不是有意写的，我是一个很被动的人，很少主动想做什么事，有人拉我参加一个海马公司，还委了我一个副理事长，王朔是理事长，还有朱小平和莫言，合写了一个《海马歌舞厅》。还有一个叫张策的，拉我合写了一个《警察本色》每人写四集，分给我一个走私的故事，我就写了一个走私小提琴的，正好当时王立平找我，问我认识不认识国际刑警，说团里有一把意大利小提琴，让人给带出去了，那时叫叛逃，不回来了，想让国际刑警帮助追回这把意大利小提琴。我当时就给国际刑警中心局的局长写了封信，希望他能关心这件事，他们派人去找了，据说到现在也没追回来。我想，写别的走私都比较俗了，就写这个走私小提琴算了。写到一半时觉得四集容纳不了，我希望写八集，人家不同意，说别人都写四集，凭什么你写八集？我说那我退出算了，也不行。我就换了一个案子，一个绑架的案子。那个剧本就放起来了。有一天收拾东西，翻了出来，觉得写了一半怪可惜的，就把它改成一部小说发表了，出了单行本，然后改成了电视剧。

解玺璋：你是不是特别不喜欢别人说你是言情作家？

海岩：不是。我可以说是言情的，但不太希望别人说我是"琼瑶"。琼瑶在文学上、商业上，在这个时代，她有她的运作方式，有她的写法，有她的道理和价值，但我作为一个读者不喜欢她的东西。

解玺璋：有人把你比成她吗？

海岩：有人比呀，说海岩也像琼瑶一样，现在有人又迷海岩了，他们从效果上类比，其实我从效果上也没达到琼瑶那个程度。

解玺璋：你觉得你的小说和琼瑶有什么区别呢？

海岩：我觉得琼瑶的东西从主题到故事甚至到语言更模式一点。我也有模式，但不像她那么模式化。我的小说有现实的部分，也有虚幻的部分，但她的东西现实成分太少，太假。还有就是我的读者比她的读者年龄层次普遍要高，她的读者是中学以下，上了大学还特别迷恋琼瑶就有点让人看不起了。我的读者可能四十岁、五十岁的都有，大学生和都市白领，特别是一些女士，对我的东西很喜欢。

解玺璋：其实我倒觉得你有些像张恨水。

海岩：张恨水的东西我没看过，琼瑶的东西我也没看过，但我看过她的小说改编的电视剧。

解玺璋：我以为你和张恨水所走的道路恰好相反，张恨水开始写的是比较纯粹的爱情故事，所谓言情小说；后来则越来越多地增加了社会性内容，有人称之为社会讽喻小说，比如后期创作的《魍魉世界》《八十一梦》等。你在开始是比较注重社会性描写的，而慢慢地社会性描写在你的小说中就被淡化了，进入到一种更个人化的描写，越来越言情了，越来越娴熟地写青年男女之间的恋爱，几乎是很纯情的那种。

海岩：但上一本《玉观音》我还是写到了一些社会背景，写到一些从体制里出来的人的状态。《你的生命如此多情》也写到了国企改革的情况。这本是比较纯情一点。

到少男少女的生活空间去想象

解玺璋：一个男性作家，四五十岁的年纪，写小男女的爱情，怎么找到他们的那种感觉和状态？

海岩：有许多人觉得我身边肯定是美女如云，这种事不少，但我的生活中确实没有，而且我也没有时间和条件接触我在小说中写的那种年龄、那种社会地位和身份的人，基本上就是想象出来的。为什么还要写呢？因为有的人越是年龄大，越沉迷于他的青春往事，留恋那个时候，有一种情结在里面。我工作和生活的环境中接触的人以四五十岁以上的男性为主，年轻女性接触很少。我是想脱开这个环境，到少男少女的那样一个氛围和生活空间里去想象，这是我个人的一个心态。我怎么能熟悉他们？主要是凭想象，我也觉得挺吃力的，因为我的想象是基于我年轻时的状态，那个时候的人际关系和语言，与现在的年轻人是不一样的，差别非常大，价值观、行为方式、思维方式，都不一样。

解玺璋：从你的书看，你对这一代年轻人的把握并不太离谱。

海岩：这个岁数的人看了，有不少还说特别真实，这样就刺激了我的创作。

解玺璋：我觉得你对他们还挺了解的。他们的爱情观呀，行为方式呀，还就是那么回事儿。

海岩：我这几年写的小说，从《一场风花雪月的事》开始，包括《永不瞑目》、《拿什么拯救你，我的爱人》、《玉观音》，还有《你的生命如此多情》，全都不是熟悉的人物和环境，比如说我没有上过大学，但我写的主人公是个大学生；我没有去过云南，但《玉观音》的故事发生在云南；我不了解模特，还有记者和律师，但我写了他们。后来我就发现我瞎编的能力比较强。我为什么不写我熟悉的人和事呢？其实我最熟悉的是商界的事、官场的事，这是我的宝藏，我想留着以后再写。我稍微露了一点点的就是，我相对比较熟悉的《你的生命如此多情》中吴晓的爸爸吴长天这条线，他和他周围的助手啊，市长啊。

解玺璋：这个人物写得好。

海岩：这个人物我本来是作为一个配角的，在小说中是非常非常配角的，但是因为熟悉，一不留神写多了，很多读者和观众对他的喜爱超过了主角。但我现在写的都是我不熟悉的人和事，不熟悉的地点和环境。

解玺璋：你在揣摩这些人的时候总有一些沟通的渠道吧？总要通过什么人有所了解吧？

海岩：这些年我确实没有接触过这些人。单位里熟悉的人，我每天打交道的四五十岁的男人，他们就不认为这是我写的。他们说，这是你写的吗？酸得倒牙了。我平常在单位里的形象、说话、口气和个性，跟我写的东西距离太大。

有计划写一百万字的政治小说

解玺璋：你喜欢写小男小女谈恋爱，和你的性格有没有关系？

海岩：主要是因为我写的这些东西，从《一场风花雪月的事》开始，比较受市场和青年读者的欢迎，被他们起哄出来的热情所影响，便沿着这个路子往下写。大家都说你写这个好，我说不写了，大家都说别不写呀。我说我写个老年人谈恋爱的吧，比如吴长天他们的事，一帮人比如赵宝刚就说，我可不拍。

其实我最喜欢写政治小说，大的人物，大的政治背景，大的事件，这是我特别有瘾要表现的东西。我对官场很熟悉,我可以写得比《国画》那一类的东西不次。我过去看柯云路写的官场,发现他连官场的常识,基本的原则、党内生活的基本规则都不懂,可能党章都没看过,县委书记说的话,做的决定,都不对,常识性的错误很多。我还特别想写惊险题材,比如推理小说,还想写改革开放以来经济领域的人和事。

解玺璋:周梅森写的那种东西?

海岩:我应该不是那种风格,但是同一个领域里的事,我应该写得更真实一点,因为别人写这个东西,周梅森也好,柯云路也好,像采访一样。他们不像我这么多年,在官场和商界的一个岗位上,我自己完全是在这个圈子里生存,我的喜怒哀乐,我的一次次的危机,是这样渡过来的,这个企业的好坏,生死存亡,都与我相关。我每天面对体制上的问题,我对整个国家的经济环境和政策,对这些人物的情态,都一清二楚。在这方面,我会强过这些作家。我希望把一个经济领域和政治领域的事写得特别可读,特别惊心动魄。但我一直没有实施,其实我曾计划写一部一百万字的长篇小说,叫《摩天大厦》,讲的是一个像国贸中心这么大的建筑群体在这个城市从立项到建设到经营的整个过程。我写了第一部的前半段。第一部的名字叫《迷宫》,实际上是写在经济建设中政治权力的迷宫,各种矛盾纠缠在一起。我们的一些丑恶现象并不是改革开放以后从资本主义社会传进来的,而是从内部滋生的。后来就停下来了。现在观点经过整合还可以用,但是故事要重新考虑,所以就放下了。你说我为什么单对小儿女状感兴趣呢,有点冤枉,我是一个胸怀大志的人,但这几年确实是做小儿女状,撒了点儿娇。

解玺璋:和你接触比较少,我一直以为你可能是特别婉约的一个人。

海岩:其实我的经历都是全武行,当警察时都是做侦查工作、刑警工作、治安工作,经商也是做实业,我管六千多人,拳打脚踢,在单位里的形象是强硬的,接触我多的人,在单位里经常看到我工作状态的人,都知道我在单位是比较"霸道"的。我这人是完全不婉约的。

解玺璋:看来有些误会,我是通过小说来想象你。

海岩:很多人第一次见到我,一愣——你是男的呀?

解玺璋：你和一些作家不一样，比如你愿意写的东西你压得住，而你并没有多大兴趣的东西，写得还不错，或者说写得很好，这也挺不容易的。按照新文学作家的个性，我只写我愿意写的，我不愿意写的就不写，我不知道你是不是有意识地适应市场，是不是和你的职业有关系？

海岩：不是的。我刚才说想写推理、探案的小说，想写官场和商界的东西，我觉得它们的商业价值可能比现在写的这类东西还要大，无论书还是电视剧都有卖点。我干了十年警察，写推理探案这类东西也擅长，如果只考虑商业价值我可以写那些很男性化的，都是我亲身经历的事。我没写完全是因为状态不好，我基本上要在晚上十点以后才能拿笔，早晨八点还得去上班，还有很多送往迎来的应酬，确实累。在这种情况下，长期不读书，不思考，要进入一个非常好的创作状态，非常困难，而且我又不会电脑，挺辛苦的，你看我的手，很硬。所以我现在不能挖掘我的那块宝藏，没条件。

解玺璋：下一步准备写什么？

海岩：我曾经说过，《拿什么拯救你，我的爱人》是我写的最后一部所谓纯爱情小说，不是说我不能写了，我是担心读者已经看腻了。

☆☆☆☆☆

PART FOUR
写作没人比我更业余
海 岩 VS 孙 红

十九岁的"老干部"

孙红：听说您当过十几年警察？不大像呀……

海岩：是的，我还当过很多种警察，做过刑事警察，治安警察，搞过政治保卫，干过劳改……

孙红：您好像是个挺大的公司的"头头"，而现在经常可以发现一些作家做着经营方面的工作，您是不是就属于这种？过去学过什么专业？

海岩：噢，我们还没有互换名片、递名片，侣海岩的名片上这样写着：锦江（集团）有限公司副总裁，锦江（北方）管理有限公司董事长，总经理，北京昆仑饭店有限公司董事长；中国旅游协会副会长，中国旅游饭店业协会会长，中国国有资产青年总裁协会副会长，中国作家协会会员，北京第二外国语学院兼职教授……说起来惭愧，我什么专业也没学过。我没上过什么学，甚至没有上完小学，四年级都没有毕业，"四人帮"给耽误的。从那时一直到现在，我没有再进过学校的门，也没有参加过任何自学、高考或者是补习。

孙红：那知识从哪里来？至少文字功底在那样的年龄上还不可能太完备。

海岩：知识？就是工作呀、社会呀。另外有的时候也看一点书。我不是个爱看书的人，从小就是个不上学的人，到处"漂"啊，就没有养成看书的习惯，看书看两三页就头疼了，没有人家说的那种阅读的快乐。

孙红：后来就当警察了？

海岩：先当兵,很小的时候。(笑)更不上学了。在部队倒是学了些知识和技能。我们搞飞机维护,我负责电器,就学到不少电器方面的知识,非常专业。等复员回来就到了公安机关。当警察是半年以后了。那半年里干过一些杂七杂八的工作,先当过炊事员,表现不错提拔做汽车修理工——这又是学技术了!后来又做团支部书记、团总支书记、团委书记,"官运亨通!"(笑)其实我当时才十九岁,就是因为出来得早啊,我十九岁就是"老干部"了(笑)。那个年代只要人老实、听话、拼命干活,好像用不着多少文化。

我的小说不带采访痕迹

孙红：干过这么多年警察,您写公安题材的小说,自然轻车熟路。

海岩：是,是。这样的生活我熟悉。

孙红：但是现在有许多作家没有做过警察,也写公安题材小说,而且写得相当不错。

海岩：要不怎么叫作家呢。他们可以通过采访,看看案例呀,到派出所、警队这些基层单位去了解情况,和警察座谈呀,体验生活。这样当然可以写。目前多数公安题材小说是反映案件的侦破过程的,在侦破过程中穿插对警察日常工作生活的描写。这种东西它好看,因为和平年代里对敌斗争多表现为警匪斗争,看着挺过瘾!我的写作如果说和别人有什么区别的话,就是我通常是把警察的生活作为一种背景,把警察这个职业作为一种背景。我写人,警察也好,记者也好,商人也好,该面对的人生问题,当然是在社会背景之下。

孙红：您的作品基本都是写警察的?

海岩：是。之所以这样,一个因为我确实对警察的生活非常熟悉,再一个我听人劝,劝我就守住一个领域写。从包装的角度来说,就让大家知道我是专门写公安题材作品的,这种作品多了,感觉上就有了一个自己挖出来的坑。作家如大海,茫茫无边,就某个题材寻找作家时,可能每遇到写公安,人们就会想到我。这能算个品牌吧。其实一个人能干好一件事也不容易。我干过警察,有编辑对我说,各种公安小说里,我写的明显不带采访痕迹,没有局外人视觉感。

孙红:您读过谁的同类题材小说?

海岩:别人的?没有。几乎从来不读。要说二十年里读过某一篇也难说,但我基本是不读的,对别人的作品没有印象。相关电视剧有时候看两眼。我不是说我不读别人的公安小说,而是小说我基本不读。

孙红:自己的会不会回头再看?

海岩:校对书稿的时候读,完了也不会再读。又得说惭愧了,我工作多,每天都挺忙活。就是读小说也基本是在厕所里面——也不像漫画上画的那样,一读一上午,不可能,我也就是五分钟的事。翻一翻。

孙红:有人说不读书,有时候会觉得心里没底,对很多新生活,包括新技术不了解。照您说的您基本不读书,有没有这种感觉?

海岩:不读书,就显得比较浮躁。我就浮躁,读书时间长一点就看不进去,白天忙活那么多事务性工作,脑子挺满的。(又笑)大概办企业的人俗,这种压力还相当大,一下子换换脑子去读学问,进不去!就是这么个状态。

孙红:那您写了这么多小说,不是总在换脑子吗?

海岩:我写东西也就是晚上。从事旅游饭店业的人都知道,应酬很多。我们公司下属有十个大单位,这十个大单位的工作于我就是全天候的,所以每天八点,我自由散漫点,八点三十分也在办公室里送往迎来的,一下子得到晚上十一二点,甚至更晚。但没有特殊事情,平常我基本到晚上十点可以开始写东西。

孙红:天天如此?

海岩:过去写点什么是这样,现在好像有点变化,年龄大了。但是困了也坚持,撑着眼睛也会写下去。我写的是长篇,每天不写出两三千字,到什么时候能写完呀?!再说,写时间长了我就烦了。每天就是这么写,有时候真是撑着写。

孙红:写作的时候,您总能沉浸在作品当中吗?

海岩:当然。有时候,哭过。

小说改剧本，我全自己来

孙红：据说《永不瞑目》曾经引起争议？

海岩：是的。争议还挺大。我觉得我是按照弘扬主旋律，以革命英雄主义的激情来写的。但是就有人看法不同，因为显然小说中的人物不是保尔，不是董存瑞式的。那么主人公这种带有新新人类特征的都市青年，突然走到那样的一种境遇当中，最终献出了生命，算不算英雄？对于英雄的定义有很多种。另外，我们的公安机关在这里的作用，以及与牺牲者的关系，与传统的公安英雄形象，英雄产生的方式之间的不同，也成为争议的一个焦点。有些同志不能接受。

孙红：但这个电视剧的收视率挺高的。

海岩：是这样。我听到的消息，有的地方收视率达到40%—50%，这是破纪录的。调查反映说，这个电视剧是严肃的，而且催人泪下——不是说催人泪下就是好戏，就深刻，有的戏让人哈哈一乐之后也受益匪浅。我们这剧让人感动，在现在喜剧、轻松剧，甚至闹剧占主体节目的时候，它起码有一点新鲜吧。

孙红：电视剧剧本是您自己写的，但我经常听一些作家讲，他们不愿意亲手把自己的小说作品改成剧本，因为两种创作方式有很大区别。甚至有作家说，作品改编成影视剧后，有一种被糟蹋了的感觉，您觉得是这样吗？

海岩：我的小说改编成剧本，全部由我自己完成，我是编剧。作家往往感觉他的作品本身优于改编的影视剧作品，这很正常。创作过程中，作家的想象空间是多么大呀，到影视剧那里，就要受到导演、演员、拍摄环境、资金等等条件的限制，好坏不说，肯定和作家的思路不完全一样。作家当然一般都最忠实于自己最原始的感受，经过别人再去感受并且用别样的方式去演绎，结果肯定不一样。这也是没有办法的事。

孙红：如果差别太大，您一般会做出怎样的反应？让步？

海岩：有时候你不让步也不行。你当然可以找导演去说。但且不说导演和你路数是不是一样，一些客观条件也会成为制约。比如说就这么些钱，租场地也就那么大，那么个条件，但一切都不是想象得那么差，他们也答应了，可搞了半天演员就是不出戏，或者许多东西没到位……拖延？费用谁付？电视剧已经非常商业化，工厂化运作了，有的时候就是一场一场在赶，差不多得了，没有你细琢磨的工夫，艺术上的强求一致不可能。再加上每个演职人员对生活都有自己的理解，他们会提出某些地方在他们看来不合理、不够味的意见，会加入自己的创作。你能说哪个更高明？每个人都渴望表现自己。作家更多的靠的是笔上功夫。导演和作家关系好，或者导演特别喜欢这个作家的东西，有问题好协商；名气大的作家，编剧，受到的尊重与信任可能还多一些，有的没什么名的小编剧，看到改过的脚本都不认识了，而且现场改动的情况也太多了。我觉得，大家彼此协同是很重要的。

孙红：您参与拍摄过程吗？

海岩：我不跟拍摄。除了改编，我参与一部分策划工作，比如全剧拍成什么样的调子，另外参与导演和主要演员的选择。

孙红：《永不瞑目》演员的挑选工作您都参加了？

海岩：不是"都"。主要的几个我参与了。我和投资商的合同是导演、主要演员的人选我要算一票，剧本的再改动，要经过与我商议。自己的作品总该更符合自己的意愿一点吧。到目前为止，我写的剧本，除《便衣警察》外改动都不大，包括台词、场景、情节。

初出道时我自荐

孙红：《便衣警察》是您的第一部长篇小说，当年一个业余作家出版一部小说也很不容易。您是不是遇到伯乐了？

海岩：在《便衣警察》之前我写过一些法律方面的文章，偏重知识性，在法制报、法制类杂志上发表，都不是文学作品。《便衣警察》我是晚上偷着写的，白天得上班，我们家里人都不知道。我家当时住在朝内大街，就在人民文学出版社斜对面，我经常骑车从那门口路过。小说写完了我就寄给他们了，离家也近。我跑到出版社门口看清门牌号码，就寄了。

孙红：那么近干吗不自己送去？

海岩：怕面子上不好看。按照规定好像投稿三个月应该有个答复，可我等了三个月也没见回音，就自己去找他们了。他们也找不着那稿子了！稿子挺厚的，将近四十五万字呢！我找到一个编辑室，编辑问我写的是什么——他们还没看呢。人家又告诉我，他们那儿投稿的采用率是千分之二，自己组的稿子都发不过来！如果你写的是公安题材，你可以投到群众出版社去，那是公安部下属的出版社。我心说我就是公安部的，怕同事们知道我写小说，才往别的出版社投稿的！后来找到书稿我对编辑说，我写了六十章，你们随便看一章，哪怕一页也行，看到您不愿意看为止，只要您觉得它是块馒头不是块石头，您就接着咬下去……然后我就走了。过了一个月，一个老编辑敲我家的门，告诉我书稿已经经过三审，准备出我这本书。当时是一九八五年，一般出版一本书大约需要两年的时间我的这本书用了半年，一印就是十万册。当时印一万册的书也不是很多见。

孙红：有作家说写某种题材小说，比如警察刑侦，是为了通过作品让更多的人了解这个领域的人的生活和状态。您在写作之初想没想过要通过您的小说让更多的人了解警察，让您的作品成为一般人与警察之间互相沟通的一个路径？

海岩：没想过。我个人认为文学作品不是非要具备这样的功能，也不是非要承载这样的任务。至少我个人没有这样的写作动机。有的人认为创作是受到生活的启发，有冲动，有的人认为创作是受到好的文艺作品的熏陶，而我从事文学创作，好像受的是一种相反的作用力的影响，是地摊儿文化，是滥的地摊儿文学，滥的影视剧作品使我开始写小说的。我觉得既然那么滥的东西都能印出来都能卖，那我写写可能也行，兴许还就比这些滥东西好点儿——听着不大神圣啊？原来总觉得当作家是个挺神圣的事，非一般人可为。

我的小说全是瞎编的

孙红：那您就这么"一写而不可收"了？可能您是个特例。

海岩：我现在写作基本是有人相约，许以重酬。命题作文比较多，人家说你给我写一个禁毒的,比如《永不瞑目》,全国禁毒委约的,我就写了;人家说你来一个走私的,我琢磨琢磨也写了。谈好价钱,约定好交稿时间,就是这样。电视剧也是,人家让我写,我问问多长的,二十集,二十一集?放三周?好。十集的?不要,挂不上广告,不好卖……我是根据要求来写。

孙红:您这样一部一部地写,而且每一部还都能各有特色,总能写得下去?评论说您是"编故事能手",您觉得是吗?

海岩:故事当然都是独立成篇了……其实我缺乏生活,都是瞎编。禁毒?我根本没有参加过;"风花雪月"那档子事儿,我也根本没经历过;我现在写的《你的生命如此多情》是说记者的,我,我也没当过记者,不熟悉。也就是说,我的小说里有很多不是我生活里能够亲历的事,我熟悉的领域都在企业界内部。至于其他行业,接触很少,也就是些做生意的,日常交朋友的没有。

孙红:一般来说,创作来源于生活,有生活才有素材,才有体会。在这方面您又是特例?

海岩:人从生活中获取积累是不同的,有的是许多具体的事件,有的是各种各样的人物,有的是各式语言。我从来不太留意这些。我对生活积累是设法丰富我自己,不断提高自己的思想、品位,寻找对生活的感受。通过这些方面的提高,找到对生活的基本规律、基本逻辑的认识和判断,使我对一般事物能够把握得好。至于具体的故事、具体的语言,我从来没有刻意收集积累过。我可能注重对于情,情趣,生活规律的记忆,这些记忆指导我写小说,告诉我写得准还是不准。其他具体的细节、语言、情节,肯定都是编的了,这没什么可回避的,也不像鲁迅先生说的那样脸在山西,衣服在北京,口音在河南,不是那种"杂集"式的,完全就是生造!没有什么模特或所谓原型。就是编一个故事,融入我对于生活的理解,表现我对生活的理解。

孙红:您有没有觉得自己了不得?

海岩:没有。没有什么可了不得的。我倒是觉得作家是最倒霉的人!人家随便炒炒股就挣几万,作家爬格子很辛苦!有人说演员不容易,一天不知跑多少场子让导演们挑来挑去，几月也不见得选上一个戏，很被动。其实，演员没有作家被动。最多没被选上不能参加，可作家呢？惨的就是写完了没人用！没人看上，没人给您发（出版），没有导演愿意编你这个内容！劳动完了全白干！演员没上戏那是还没付出劳动呢。另外，作家的竞争对手太多了！不像演员，导演，得经过专业训练或您得长怎样的一张脸——这是个范围限定，可谁听说要求作家得长成什么样了？只要您有笔、能写字，您有胆子！很多人觉得这是个无成本的，不需要专门训练的行当。像我这样的，看了两天地摊儿文学不都写了吗？还冲进了作家的行列。要知道，有多少人在写呀！都觉得自己能成个作家。剧本，你到任何一个电视台、电影厂去看吧，都是一屋子一屋子放着！采用率很低呀！

孙红：您的作品采用率好像很高。

海岩：我的采用率高一点，百分之百吧。我写过的文字没有没发表的，我写过的小说没有没改编成剧的。

孙红：您不觉得这是因为幸运？

海岩：我没想过幸运不幸运的问题，好像一切都来得很自然。从《便衣警察》以后，我发表小说就没有幸运不幸运之说——写了就能发（出版）。我没有经过苦苦求告、苦苦等待的过程。倒是现在因为在这方面有了一点名气，总有人约我写，甚至说你写吧，写出什么我们都要，就算一个滥东西我们也照价收。我没经过由不行到行的过程，从一开始就行。

孙红：您走到今天这个位置上，包括写作的名气和您今天的职位，都是自然而然的？

海岩：我其实非常感谢周围的人，我的领导，我的同事，我的同行，都给我支持，给我机会，甚至给予我喝彩。我真正的影响力是在我们旅游业里，业内人士对我是信任的，我感谢他们。

孙红：在旅游饭店业里获得认可是因为您做这方面工作，那么获得作家协会会员资格就不是那么容易吧？

海岩：这是一九八九年或者更早，有点忘了，加入中国作协的，那时候我已经发表了一些中短篇小说,还有《便衣警察》。加入作协特难!要有两个以上的会员做推荐人,然后由作协召集各大出版社,各大文学刊物的负责人开会评选,再由作协书记处进行投票,才决定下来。特难!比加入地下党还难!这我得说我很幸运,发表过我的作品的出版社、杂志社都是比较好的,人民文学出版社,《当代》等等;我的推荐人是两个很有影响的,一个是当时作协的书记处党组书记冯牧,一个是当时中宣部的文艺局局长孟伟哉,他们给我写的评语写得很好,说我的作品是有质量的。当年我还参加过一个相当重要的会议,是中国青年作家创作研讨会,有中央领导同志参加,当时所有参加会的青年作家的名字都登在了《人民日报》上,半个版。今年中国作协"五代"会的时候,我因为事情多没去开会,还缺席当选了,公安部最近出了一部《中国公安文学史》,其中以一个作家为独立章节的,我是唯一的一个,评价都是"里程碑"、"最高峰"什么的。我在公安文学方面也是得到认可的。

孙红:您说自己不爱看书,那除了写小说,还爱好些什么?

海岩:我的爱好比较多,一直爱好体育。我原来是公安部机关篮球队的,在北京市公安局劳改队也打篮球,甚至完全脱产打篮球——曾经,我们单位领导找我谈话,做思想工作说的都是,你不能总是这么四肢发达头脑简单,总得学点文化吧!我过去给人的印象就是打篮球的!前年我们锦江集团北方公司举办运动会,有一场游泳比赛,就在二十一世纪游泳馆里。我也没想参加,已经十几二十年没游过泳了,可那天空调坏了,我西服革履地坐在主席台上,一身汗!我说干脆给我一个泳道我也游去吧,凉快凉快。结果得一冠军!我的照片还登在"北青报"上了。我一般不愿让我照片上报纸,不过那次我挺高兴!因为在登我照片的那块版上,有我最喜欢的两个人,一个是罗纳尔多,一个是乔丹!就是那么巧!我爱好体育,还爱养猫养狗,养了很多。为了宠物,我愿意接受采访。把我养的猫啊、狗啊的照片登报纸上!我的照片就算了。

我是个真正的业余作家

孙红:感觉您对自己改编的电视剧都挺满意?

海岩：还行。比一些电视剧拍得还算好。导演有导演的才华，人家文学素质不见得比作家高，但是他对于影视的熟悉，对艺术手段的运用，作家没法比。现在也有些作家自己去导了，叫做所谓"文而优则导"。

孙红：您有没有想过要这样？

海岩：没有没有。我不会，因为我不可能离开我的工作。

孙红：您喜欢自己现在的这份工作？

海岩：我不喜欢。但是我不可能不工作，我总得生活呀！我这种年龄的人好像也总得有个组织吧！我不是说生活有多大经济问题，可人总有些习惯吧。我不像有人说的那样是自己下海的，我是组织分配来的！原来我被分配到公安系统下属的企业里，是正常调动，我还不愿意去呢！但以后就开始做公司，包括汽车公司、贸易公司等等，都是组织调动。后来还当过公安部的企业管理处处长，昆仑饭店一九八六年开业的时候，把我调来做副总经理，总经理是美国人。等饭店归锦江集团时，我被暂时留用，他们觉得我挺好就让我正式留任了。一九九〇年，上海新锦江饭店开业，五星级，相当于上海的国宾馆，我又去做了那里的总经理，干了几年回到北京，挂了个董事长的头衔，不再做具体的经营工作了。我现在主要是负责锦江集团在北方地区的事务性工作。昆仑饭店现在属于上海方面，我也就等于是上海派来的了，是上海任命的干部。我呆的地方可全都是国家单位，我是国家的人。

孙红：原来一直以为您是个专门写作的，这么看来，您甚至从来没有从事过与文字比较贴近的工作。那怎么就开始写起小说来了？

海岩：我是业余作家！大概全国的作家没有比我更业余的了。第一，人家的那种业余可能是每天下午五点可以下班；第二，多数的业余作家，百分之九十八以上的，从事的工作与文字或者文化有关系，比如某个出版社、某个编辑部、某个文化公司，也可能是记者，是和写有关系的。我呢，几乎风马牛不相及，而且我每天工作要到很晚，还不爱看书。

PART FIVE
你的生命如此多情
海 岩VS何 东

我的小说都是以写女性、研究女性为主

何东：看过《一场风花雪月的事》，再看《永不瞑目》，发现你笔下的爱情，压抑而残酷，而且有个共同的特点是：男人纯情、善良，追求理想化的爱情，女人则残酷而现实，粉碎了理想。现实中人们一般认为男人更现实，女人理想化色彩更重些。

海岩：这个呢，是以前有一个搞电视的人跟我说，你要记住现在是男人的时代，所以你写东西定要符合男人的口味，重点是写女性，因为男人要看女性，看典型的、真实的女性。

我的小说都是以写女性、研究女性为主，男性是一摆设，假设有这么样一个人，所以你看女性都是非常丰满和现实的、复杂的，男性呢有点假，是概念，是摆设。

这部戏我是想写欧庆春，她作为一个警察慢慢被感动的过程：从很政策性地接触肖童，到被感动，又失望。然后再感动，这个过程是有意思的，是文学的。肖童就是偶像价值，没有多少文学价值。如果说他也有一些文学价值，就是个大学生，为了爱，最后心甘情愿地参与缉毒这个事情，写出新新人类，或者说带有新新人类特征的人，怎么变成英雄。他这个英雄和董存瑞、黄继光这种传统英雄不一样，他是到了一个氛围里，突然做出了英勇献身的事儿，符合这个时代的一些特征，我没拔高肖童，他的毛病都有。

这个戏虽然是个偶像纯情剧，但是挺反传统的，很多人受不了说，"怎么这么

写警察呀,这么写英雄呀?"

有人没看全,中间落了一集半集,或者你上了趟厕所落了几句台词,你可能会提出意见,比如有个网民说"不能搞色情间谍、色诱,这是周总理定的",他没有看其中的几段话,才会这么问,我是干公安的,这些我知道。

何东:据说在旅游饭店业内,您达到的地位比在文学圈里更高,也有很多传奇,比如说您凭脚趾头就能分辨出床单是多少支纱的,极其专业。

海岩:在旅游饭店圈算是个人物,跟文坛里的地位完全不一样。"脚趾头"什么的那是吹牛,不能知道多少支纱,但会知道是纱支高还是纱支低。

五星级饭店董事长干嘛写小说

何东:当个大饭店的董事长,这是多少男人恨不得马上撂下书和笔想去高就的职位,可你干嘛还非要腾出专门工夫和精力去写什么小说?

海岩:写小说对我来说就是一种业余爱好。科学家研究人脑左脑和右脑。左脑管数字化、程式、知识、记忆的,右脑管感受、协调的,同样是动脑子,我当饭店经理用左脑,写文学小说用右脑,这样左右交替也是一种互相休息。

另外,现代社会的人实在太过于功利化、物质化、官能化了,而对精神、情感方面相对就比较淡漠。但这并不等于人们心里就没有这些了。也不等于人们对纯真和高尚就一点也不向往了,我用小说来完成这种向往,至少也能净化自己、感动自己吧?

上月底,有家出版社为我出了一套四卷本文集,他们让我写一篇总序。我在其中就只能把自己归为文学上的一个"票友",至于"票"得如何那另当别论。我最主要的精力还是放在企业管理。在企业管理方面成绩比写小说要好些。有人说我是几面开花,可我觉得自己在文学界却是几面都不讨好,虽然我很喜欢文学,但与文学界距离较远。我把自己归为"票友",就不用和专业作家去攀比了,反正就是玩玩票嘛。

有一次中国作协举办活动,当时作协一位领导,把我介绍给写《丑陋的中国人》的台湾作家柏杨,他说我是中国作协会员里在企业界做官最大的。柏杨当时就问,"作家和企业家是完全不同的两种人才,不知道你是怎么把这两样结合在大脑里的?"

何东:没错。这也是许多人对你感到不可思议的地方。

海岩:其实我也没有故意去结合什么,或者从心理学上讲我是双重人格,上班时非常理性,处理事情政策性很强也非常理性;可一下班我又是一个非常感性的人,小说写到动情处我自己会哭,甚至一般人觉得没什么大不了的事儿也可能很触动我。事情分开讲也许就这么简单。但我觉得如果增加一些感性的东西,比如对人的了解、对社会的了解等等,其实对管理企业、对做生意都是非常有好处的。

有一回,一个杂志让一位国企老板和私企老板面对面"斗法"。他们请的国企老板就是我,我的对手是刚刚从英国留学回来又在华尔街工作过的私企女老板,我们辩论的就是这个问题。她就认为经理、企业家就应当是理性化的人,不需要太多感性的东西;我则认为感性对企业管理,特别是对人的管理不但相当有用而且非常有效。中国和欧美不一样,欧美国家经济方面的法律非常健全,整个经济规律非常完整,它有章可循,可中国就不一样,在计划经济向市场经济过渡期间,社会、经济大环境千差万别,企业家如果只按成规和死数字办事是不成的,你如果不了解中国人的人性,就很难处理好企业内部的矛盾。

我是以文唬武,以武唬文,给我自己找个不高的定位。你别往高里评价,我难受。你也别批评我,我挺听不得批评,而且还不一定改得了。

我在文学界受到的评价,比我的实际票房差。

何东:商业上的成功与否与书的文学价值有没有必然的关系?

海岩:商业上成功的可能是文学上非常成功的,也可能是没什么价值。也不一定相反,商业上成功,文学上一定是坏的。

这有点儿像《泰坦尼克号》,观众面大,你说它好。你说它差,大多数人还是能被感动。你说凡是被感动的都是傻瓜? 这也不是,你说它就多么深刻? 这也没有。

有些非常优秀的作品是非常简单的,把简单的情感说清了,甚至哪怕重复别人说过的，但说得好，表达得好，或者演员选得好。就行了。

何东：从《便衣警察》开始，您的长篇小说好像都被改成电视剧了，无一漏网，这是一种偶然还是你有意为之？

海岩：第一部是偶然，后边是——现在小说没人看嘛，想让更多的人看就得上电视了，电影现在看的人也不多了。

我写当然还是写小说了，但会选一些可以改成电视剧的做故事，所以导演看上为什么喜欢呢，就是因为容易改成影视的东西。

我最近写的这几部东西有点"偶像"描写在里边，所以从小说的印数上来说，最好别登照片和年龄。

何东：为什么要往偶像型创作上走？有偶像意识的人越来越低龄化，这不是缩减观众和读者群吗？

海岩：现在《永不瞑目》的肖童就是个偶像，网上全是说"我爱肖童我爱肖童"，而且爱他的人年龄层次跨度非常之大，有相当一部分是老头老太太，拿他当自己孩子那么心疼，陆毅在外地参加影迷会，他们上去，要摸他脸！

我在写作上是凭感觉靠兴趣

何东：一个人能同时干好两件事，那你肯定是个神经非常健全、性格非常刚强的人。

海岩：我心理素质的确还成。比如我刚拿驾驶执照一年之后，开起汽车别人都认为我已经有十年驾龄了。另外，我对动手的东西特别行。到锦江公司工作之后。有一次公司开运动会，就在二十世纪饭店游泳馆。他们听说我以前是游泳的，就让我也下水玩玩。我说已经很久没下水，就不游了。正巧那天馆里的空调突然坏了，大热天里我坐主席台上西装革履弄得汗流浃背，于是我索性叫别人帮忙找来游泳裤，也下水跟大家掺和掺和。本来就想凉快凉快，没想到游得快点就拿了第一，当时《北京青年报》还为这事登了消息呢。

何东：鱼和熊掌不可兼得，可在你身上，当老板和写小说，就愣是兼而得之了，当公司经理和文学创作，哪一样更难？

海岩：我觉得酒店业的老板和一般企业经理还不太一样，它需要具有各种知识和品位较高的人。这品位里不仅包括文化和艺术品位，同时还包括物质品位。你得了解物质享受分什么层次，客人能不能接受等等。而写小说更是一种精神上的劳动。我觉得写小说是靠天分。那不是完全靠辛苦就能干得了的。比如说一个作家拼命看书，拼命做笔记，拼命吸收各种知识，就能写好小说了吗？不一定。个人的精神劳动，个人的审美判断，我觉得在这两样东西里都有一定的天分。我这人在写作上其实一点都不刻苦，也不爱学习，就是凭感觉、靠兴趣完成，我认为写小说其实就是一种本能，你说猫抓老鼠是训练出来的吗？要是狗，你再怎么训练，它也抓不了老鼠啊！对我来说，好像还是做企业更难一点，可企业里的人又都认为写小说更难。所以我在文学界里就说自己是企业家，又在企业界里说自己是写小说（常狡黠地一乐）。

当片儿警的愉快回忆

何东：听说你早先当过十年警察，那时是干交通警、派出所片儿警，还是机关文职警察？

海岩：片儿警我干过，交通警也干过；当时全市整顿交通把我抽到交通段，在街上干了半年；区公安分局也干过，而且是具体办案，记得有一个案子整整审了半年；后来在公安部机关也干过。我最早还在劳改局工作过。所以交通、治安、劳改，预审、侦查我都干过。我从小就比较喜欢像当警察这种特别军事化的职业，用现在的话来讲就是很"酷"的职业。我感觉那种生活不但很浪漫很过瘾，而且还能把一个人的智慧、勇敢、责任感比较突出地集中在起，很符合我的人生追求：冒险、刺激、浪漫，每天有各种各样的故事发生。不让人感到腻歪。就天性而言，我就不太喜欢过于平淡的生活。

何东：现在你是一位头衔很多的董事长，另外又作为一个颇有成绩的作家，再回过头看那十年的基层警察生活，它又给你后来的人生留下了什么痕迹和影响？

海岩：我的许多作品都以公安生活做背景，这可能就和我那十年当警察经历有关。当然我也干过其他职业,可我都没写过,这说明我一直比较喜欢警察工作,它不但对我在文学上很有帮助,而且对我整个人生也有影响,警察机关是一个半军事化的、对敌斗争的社会管理机构,这对一个人的组织观念、荣誉感很有影响。

何东:相比起当初《便衣警察》,总觉得你后来的几部书和电视剧,都少了些平民视角和底层烟火气,而更多了饭店味儿和贵族气,不知你是否同意我这种看法?

海岩:如果你作为一个旁观者感受到了这一点,我想那可能是因为我的生活经历已经发生了一些变化,所涉及的社会层面也在变化,但我对自己是否平民化、贵族化、文学化,从来都没有刻意关注和追求。

可能自从做了饭店经理,我确实远离了一些生活,这对创作也许不是好事。实际上我们这些人是从一个浪漫纯真、尽情玩命的年代里走过来的,虽说那时"极左",但我确实感受到了当时年轻人的忘我精神,那时男女之间的爱情也至纯至真,但这种爱情现在越来越罕见了,还有许多别的事情,也越来越不纯粹。

我是个崇拜忧郁的人

何东:从你连续创作的几部作品中,总能让人感到有那么一种内在的忧郁情调,这是不是和你的个性有点关系?

海岩:我是表面外向实际内向。表面外向是因为我从事工作的需要,比如警察、企业管理者,都要求性格外向。内向是我内心始终都有一种孤独感,有些心境是别人永远都无法理解的,即使亲人也一样,自己的灵感、向往的东西不能和别人沟通。有人说爱情和死是永恒的,可我觉得孤独才最永恒,尤其对知识分子更是如此,我的内向就是源于这种孤独,而且随着年龄增长而加重。

第二是我从来都是被动人,比如我从没有主动想要调动过工作,我不会主动为一个人生目标去采取什么具体而积极的行动,我就是顺着走。前好几年,你来采访我,我就说我是信天命、尽人事的人。我对未来听其自然,顺着走,先把眼前的事认认真真做好。比如我喜欢一个女的,我绝不会去主动追求她,我觉得被动比较快乐。

我确实是个崇拜忧郁的人,忧郁有很强的封闭、自恋的色彩。我在《一场风花雪月的事》里就写过对忧郁的崇拜,觉得它特别高尚,特别深刻,特别过瘾。这不是装出来的,忧郁达到一定程度会达到内心快感。

我从来就不欣赏喜剧,不是说它不好,而是因为它不合我的本性。

何东:你性格中某些复杂的成分,是不是与小时候的家庭影响有关?

海岩:我三岁时父母分居,到九岁时他们离婚。童年不快乐的人,要么特别脆弱,要么特别坚强。我觉得这两点我都有,有坚强独立的部分,也有脆弱敏感的一面。第二呢,小时候看父母闹矛盾,那是对孩子智力极大开发,因为总要在夹缝中确定自己的位置,还要兼顾好与长辈间感情的距离,既不能偏向父亲,也不能偏向母亲。我后来对许多事情的适应协调性,与他人良好相处的智慧,就是从小这么锻炼出来的。但是像我这样的人也会落下一个毛病,心里总是缺少安全感,对很多事都持有保留态度。比如说,写小说我为什么不愿意做专业作家,不能完全投入,总怕把命全押在这里面靠不住。有人说我姓"侣",一人加两口,得吃好几口饭,有多种谋生途径,不能完全吊死在一棵树上。

还有点,一个孩子在不幸中成长起来,要比在幸福顺利中成长起来成才的几率多一些。同样,爱情顺利的人很难写爱情小说的,因为再没什么能让他心里真正激动的东西了。我为什么特别敬佩史铁生呢,他是瘫痪,肉体上相对静止,大多数时间是自己独处,他内心世界必定非常细腻发达。有时他写一个很小的生活细节,但他揭示出来的那种味道却会让你感到震撼。再比如我自己,小时候家庭不幸福,我就关着门幻想一切。像这种智慧的开发和心灵的感受,都不是能从课本里得到的。

何东:你成家之后是不是比不成家日子过得更好?

海岩:这个问题可让我怎么回答呢?它含有太多个人隐私的成分。我认为男女之间的感情,两个阶段最好,初恋新婚时最好,还有人老了儿女离开身边,两个人相依为命也很美好。那么还有个阶段是成家后,双方都忙于事业,感情最容易矛盾。特别声明,这可不是说我自己家,而是泛指。上次我接受一家杂志访谈时,讲了别人跟我开的一句玩笑:中年男人有三大快乐,升官、发财、死老婆。没想到他们就把这玩笑当我说的话,做成标题登出去了,真是把我毁了一道。

何东:你这个"一人吃两口"的"侣"姓,很怪,我查字典了,没有这个姓。

海岩:是没有。我们家原来姓"余",我爸爸还小的时候我奶奶跟我爷爷离婚,就把我爸爸原来名字中的"吕"字加上单立人当作姓。"侣"百家姓里没有,是自己想出来的。

☆☆☆☆☆

PART SIX
谈喜欢的演员

  我为什么喜欢姜文呢？我觉得他可能是演员当中看书最多的演员之一。因为挑演员的原因，我到中戏、电影学院去过，我问过一些学生，你们看小说吗？说不看。一本都不看？一本都不看！那你们文学课上什么呢？文学课就是一些名著节选，老师讲讲，然后写一些感想什么的，整部书，尤其是当代作品，整部书看下来的少。我问过陆毅，你看小说吗？他说我看的第一本，可以称作正规文学小说的就是《永不瞑目》，这时他已经快大学毕业了啊！

☆☆☆☆☆

PART SEVEN
谈喜欢的作家

　　就我看过的，我比较喜欢有这么几位：一个是王蒙，我喜欢他早一点的作品，比如《坚硬的稀粥》，我觉得他现在的作品有一点像绕口令似的……太绕了。我喜欢王蒙是喜欢他的思想性，他像一个思想家，他有比我们更深刻的思考，更宏观的思考。

　　还有一个是史铁生，他是个残疾人，他的作品，对人的心理的开掘深度是一般作家所不及的。为什么呢？我觉得是由于他肉体相对静止，整日坐在轮椅上，也没有什么社会活动，那他的精神领域就开掘得非常广大，他经常冥思默想。所以我觉得他是一个精神上的巨人，他的东西，即便很简单的事，你会感到他提供给你的更深刻，一般人还想不到这个层次。还有一个女作家，叫王安忆，我很少喜欢女作家的作品，我觉得女作家写得过于细腻，就把人写得不太像人了，不太像生活了。王安忆就非常大气，她的东西比较有历史感，而且她叙述一件事特别从容，文笔也好。还有一个，阿城，他是有学问、智慧的作家，特别有中国的智慧。

☆ ☆ ☆ ☆ ☆

PART EIGHT
谈《便衣警察》的写作

　　我生长的年代是一个文学的年代,当时《红岩》《林海雪原》等一些书在社会上的影响很深。我的那个年代文字一旦印成铅字,就成了真理,很神圣。直到后来我在小报摊上买到一些低级小报,什么都有,我就开始彻底转变我的观念,我想我写的肯定比那个好。

　　我这样想,也这么做了。一九八二年,我写了第一本小说《便衣警察》。

☆☆☆☆☆

PART TEN
谈《永不瞑目》

  很多人想当然地以为，我当过警察，肯定搞过禁毒，所以把贩毒分子和吸毒者写得那么真切。其实，我接手写禁毒电视剧《永不瞑目》的时候，我对毒品的知识基本是空白，我没缉过毒，也没去过戒毒所。我全部禁毒知识来自《青少年戒毒教育手册》《国际戒毒指南》和我国的《戒毒法》。从这些书中，我了解了毒品的分类，吸毒人员的分布，吸毒程度的确定，吸毒的危害等等。基本上掌握了毒品知识，写出来不会太外行或出技术上的错误。

  我写《永不瞑目》最初是国家禁毒委的同志约我写个禁毒题材的小说，我就写了。当时我连什么叫"海洛因"，什么叫"大麻"，都不是特别清楚。后来我就看了一些这方面的科普书，以及国家教委发给中小学生的，告诉他们"什么是毒品"，"毒品有些什么问题"的小册子。我从这里面来了解一些关于毒品的知识。了解了以后我吓了一跳，感觉非常恐怖。所以我写了这部作品。一些我的同事看了后都说，一定要给他孩子看。倒不是艺术上怎么打动他，而是他觉得他孩子看了后再不会碰毒品了。

☆☆☆☆☆

PART ELEVEN
谈《玉观音》

《你的生命如此多情》里林星的选择可以叫大义灭亲，但是大义灭亲要看灭的对象是一个什么样的人，偏偏吴长天不是一个杀人恶魔，甚至在很多方面是道德楷模，被很多人看做成功的偶像，这时的大义灭亲就不是一个简单的通俗小说的俗套了。作家是有一定矛盾性的：把吴长天写得很坏再大义灭亲很容易，但我不希望这样来解释生活。这种复杂性也就是我的作品与一般商业小说根本的差别所在。不过吴长天还不是最典型的，这样复杂性的人物在我笔下迄今为止最典型的应该算是《玉观音》中的毛杰。年轻人会非常喜欢他的善解人意和对爱情的执著，但他同时又是一个实际意义上的罪犯，这份复杂的情感判断会更令读者和观众下不定决心。

过去我们的世界观和价值观是统一的，而现在不同年龄、不同阶层甚至不同性别都有不同的道德。我的作品只是如实反映了这种道德标准的混乱，并非有意借关于道德标准的争论制造商业性。

☆☆☆☆☆

PART TWELVE
谈《你的生命如此多情》

　　现在的年轻人与我们相比长处在知识与能力上,短处则表现在面对个人利益时比较自私。现在是一个信仰不足的商业时代,而独生子女的一代又没有学会怎样与他人相处,他们用不着学孔融让梨了,因为从小就没有这种需要。在这样的环境下长大的孩子跟我们肯定存在着巨大的观念冲突。前不久我听到一首歌唱道:只要自己开心就好……这里面包含的道德观和价值观很令人震惊。如果我笔下的年轻人暴露出种种道德上的问题,也许和我平时对他们的一些看法有关。

　　在中国文化中,私德是大于公德的,儒家道德追求的次序是修身、齐家、治国、平天下。先要自我完善,然后推己及他——老吾老及人之老、幼吾幼及人之幼。所以林星的做法在一个法治传统的社会里是很平常的,但在中国行不通。《你的生命如此多情》中对吴长天的描写最突出的是"道德治企",突出表现了他传统的儒家道德观。比如规矩和品德谁更重要,比如吴长天说要为尊者讳、为贤者讳、为长者讳等,这些观念有积极因素但也有糟粕。如果对私德强调过多,将不利于中国现代社会的发展。但是眼下,私德大于公德仍然是一个无奈的现实。从这个意义上说,让观众就道德问题进行充分地争论也许是一件好事。

☆☆☆☆☆

PART THIRTEEN
谈《拿什么拯救你，我的爱人》

　　《拿什么拯救你，我的爱人》写的是社会底层都市青年的互相帮助、互相拯救，展开了强烈的心理较量。小说反映了都市青年的爱情观，重点表现了由于人们的生存境遇不同而具有的不同人生态度。大量的心理描写，对于我小说的语言是一个考验。

　　我是想通过一个纯情的故事来表现不同生存环境中的人对事物的选择判断。不同的生存状态决定了一个人的思维方式，也决定了一个人对爱情的态度。看完整本书之后其实就会忽略缠绵的部分，更多关注人性和生命的东西。说穿了，我其实打着纯情的幌子，借助年轻人这个载体来反映一些人的生存状态。

　　"纯情故事只是我的一个幌子。"

☆ ☆ ☆ ☆ ☆

CHAPTER FOUR
我有两种痛苦

❀ ....

　　　我没有真正意义上的青春，才拼命写青春，写爱情，没什么拼命写什么。

❀ ....

　　　看我的作品有两个特点：一是放不下，二是不舒服。

❀ ....

　　　看海岩的书吧，流几滴眼泪也挺痛快的。

PART ONE
真　相

"任何事都有真相，但不是任何事都能够清者自清。"

——引自《舞者》

多年以来，关于我统治着一个创作团队的传闻一直就有，我始终当个笑话来听。这几年更有不少人自称"海岩枪手"到处招摇，这个"祥"某只是其中比较弱智的一个，他为他的新书做此噱头让人不知他下面如何收场。感谢他说我仗义疏财把钱都给他了。

我单位纪委今天还问我"那你的钱是打哪来的？"所以"祥子"真敢现身，恐怕找他刨根问底的不止一个。他若真有娱乐精神为何总是躲在幕后，站出来亮相岂不更可实现你所要的"成就感"么？如果"见光死"真的成就了你的知名度，那你总比现在躲躲藏藏更容易挣到钱吧。你不是就要这个吗？

现在很多不惜以丑陋示人的男女据说都挣到钱了，你不妨一试，总比你在网上说海岩的稿费都让你拿了真实得多。我在一部作品中说过：有些东西是必须真实的，比如荣誉……而对你来说也一样，比如金钱！连你拥有的金钱都不真实，你不是白玩了吗？

☆☆☆☆☆

PART TWO
浊　清

　　近日有网友再次问到关于我是否有"枪手"的问题,这个怀疑在文学圈内外已经持续很久,论据似乎不无道理:海岩毕竟在一个拥有万名职工的大型企业担任主要负责人,每日工作十个小时以上,居然还能在近十年的时间里,以平均每年八十余万字的产量发表作品,成为中国平均年发表字数最多的作家,这几乎是不可能完成之任务。于是捉刀代笔之说自然不胫而走,关于海岩背后有一个创作班子的传闻极获认同。也常有人告诉我某某写手在外公开宣称在替我写作,替我写《玉观音》,替我写《拿什么拯救你,我的爱人》……这个猜疑我已经回答多次,早就懒得再做辩白。在这里最后一次向关心我的朋友做个交代:我从一九八二年写作《便衣警察》至今为止的最后一部作品《五星饭店》,每个字都是我亲笔所写,修改校对也无人代劳。所幸我不会打字,因而保留了八百万字的手稿。这些手稿的影印件在作家出版社出版的《海岩作品绘图本》中已经刊出,以示清白。

　　我知道有不少作家和编剧确有"助手",挂名而不命笔的现象并不鲜见。还有不少艺术家的作品其实是他所谓的"工作室"创作的,大腕儿们通常并不事必躬亲,一向倒也无人追究。不知道怎么我这个业余作家反倒成了众矢之的,沾上一身嫌疑。我也有"工作室",但"工作室"成员仅我一人,徒有虚名而已。想当初我也试图学过一阵电脑,可惜半途而废,谁料换"笔"未成竟因"祸"得福,试想我若现在拿不出一字"手迹",怕真是跳进黄河也洗不清了。

　　我过去当警察时,法院对公安机关做出的笔迹鉴定有个认可标准:认定一个人的笔迹时,需要收集他的其他字迹进行比较,而收集他的其他字迹必须达到七十字以上。也就是说,有七十个字的鉴别比较,鉴定的结论就可以成为合法证据,用于定案了。

　　各位朋友,所幸,我有八百万字!

PART THREE
书的印象

　　我是个业余作者,每天诸多公务,疲于应付,写作和阅读的时间难免局促。多年来我读得最多的是与企业有关的资料类书籍,其他的书籍则涉猎不多。对各类小说更是很少关注。偶尔看一些泛文化类的书籍,也不过翻翻而已。

　　林清玄的散文集《身心安顿》是我近年印象较深的一本读物。它把人类在涉过大悲大喜,生死荣辱的河流之后所应抵达的纯粹境界,称之为"身心安顿"。一个身心安顿的人可以进入一种自在的状态,不再受到物欲世界的诱惑侵扰。于是在创作小说《玉观音》时我就给女主人公起了"安心"这个名字,是想表达对这一境界的追求与向往。有读者据此认为《玉观音》是一部宗教小说,有"人皆可成佛"的命理玄意。

　　读者喜爱一本书的理由肯定是不一样的,比如,我读丛维熙的《走向混沌》时,是被它展现出来的历史的严酷和真实所震撼。我曾经经历过类似的时代,但往事如烟,丛维熙用小说把他的亲身经历逼真地再现出来,让我们重新回到数十年前,那些被激活的记忆把我惊得闭气息声,身上出些冷汗,也由此有了阅读的快感。而我读王蒙的散文和小说则是被他作品中的智慧和思想打动。作家王蒙其实更像一个思想家,他对客观世界常常有着比我们更深入也更宏观的视野。

　　任何书籍都应当包含读者已知和未知两个部分。如果一本书的内容全是未知的,不免流于天方夜谭,与读者的沟通想必很难。如果一本书的内容全是已知的,又会使阅读变得枯燥乏味,缺少价值。对我来说,衡量一本书优劣的标准之一,就是书中已知和未知的比例,是否恰如其分。

☆☆☆☆☆

PART FOUR
我有两种痛苦
海 岩 VS 高红十

我没有真正意义上的青春，才拼命写青春，写爱情

高红十：你的长篇小说创作，从较多地关注社会政治，转变为写少男少女的情爱，而这二十年来你的身份，也就是你自己的工作、生活范围却并无大的变化，为什么会有这样的题材转变呢？

海岩：变化是因为时代，时代变得很不同了。写作《便衣警察》的一九八二年，赶上新时期第一拨"伤痕文学"、"问题小说"的尾巴。我自己由于家庭影响，青少年所受的教育，强烈有感于那个时代政治风云对个人生活，特别就个人情感生活的巨大影响。老子当了"走资派"，子女倒霉"下放"，一切，包括女朋友、爱情什么的全完了；老子解放了，一切又得以在阳光下重新开始，这不是俗套，是真实的生活。我的《便衣警察》与那些"伤痕小说"又有些不同，很光明，很英雄，很丰硕，结局也很完美。我也写了少男少女的情感，但特别乐于并自觉地写了政治风云对个人命运的主宰与影响。该书发行了三十万册，当时几乎没有像眼下这样大轰大嗡的炒作，我更无名，也不凭借电视剧播出后书籍发行的回潮，说明创作本身的感染力，小说引起相当多读者的共鸣。

高红十：后来创作的变化是摒弃了以前的想法，逐渐从政治淡出么？

海岩：《一场风花雪月的事》是由一件国际刑警帮助追回中影乐团一把意大利小提琴的案子引起的。当然书写出后与原案很不同。主要写一种人文与人本的冲突，警察的职业性与人性的冲突。在写《永不瞑目》之前完全不了解不熟悉毒品这块。写《玉观音》缘于几年前看到的一部反映禁毒的专题纪录片《中华之剑》，里边有一个专搞化装侦查，破毒品案子的公安，由于破的案子多，他的身份逐渐暴露不宜再在原地原样生活，只好由组织安排他和他的家人隐名埋姓背井离乡……出于对他安全的考虑，镜头前的那张脸被遮蔽上了"马赛克"。看到这，我感到强烈的震撼：谁能想象得到在社会主义的阳光下，还有这样生活的一类人呢？在写《玉观音》时，我想起这一幕，并把这个人物变成年轻美丽的女性——安心。至于《你的生命如此多情》和《拿什么拯救你，我的爱人》既没有生活原型，也没有道听途说，完全凭观察与想象创作的。先从某些生活现象中产生某种观点（理念），再由观点幻想出人物，围绕他或她再有一组人物，人物演绎出故事。我用小说验证我的观察所得和是非判断。

题材的变化根本是由于时代变化了，时代的价值观道德观变化了，同样有情感冲突，命运起伏，主要缘于人性与社会性责任感的冲突，金钱，物欲，权力的调控。政治干预大大减少了。同样谈恋爱，背景不同了。

高红十：你自己的年纪在长，而你小说的主人公却永远年轻、时尚。有时我纳闷，你怎么会以越来越年长的岁数，了解和理解相距越来越远的年轻人的生态和心态呢？

海岩：总是写年轻人是因为我喜欢青春，我不喜欢中年和老年。我没有真正意义上的青春，才拼命写青春，写爱情，没什么拼命写什么。但是，你读过我的多部小说，可以发现我的情爱小说与一般言情小说不同，那就是始终投注了我的一道人文关怀的目光。小说有故事，强调情节，但也有更复杂的人性揭示和人情铺排。结局却不完全商业，不像好莱坞把美好的事物打碎，用悲剧搅动读者，直抵内心最柔软的深处。有朋友说，你的小说写得挺美，可是看到结尾就不舒服了，令人可怜，慨叹，令人扼腕，一连几天郁郁寡欢。这也说明创作上我是尊重自己情绪的作家。

高红十：我认为你的小说既传统又时尚，既现实又浪漫，可为什么总要把结尾写那么惨呢？

海岩：有一家知名小说公司也发现这个现象。他们搞了一个命题问卷：你认为二十一世纪的小说创作还要坚持幸福的结局么？我应邀做了如下回答：我是属于旧时代的人，对二十一世纪唯一有所预知的，是全球化的竞争和魔鬼般的科技将人类生活的走向变得不可预知，人类固有的幸福观也将随之崩溃。譬如我，我的热情还留在年轻时的原处,我不忍已经变小的精神空间被蜂拥而来的物欲填满。我看到每一个势利的面孔就想:你还向往纯粹的爱情么?还把这样的爱情当作幸福么?还是像我一样,仅仅当作理想中的幻象。这就是我总喜欢在倾心描绘这个幻象的美丽时又执意将它毁灭的原因。也许没人想听一个不幸的故事,但听了常常又被感动,因为在这个数码氛围的时代里,有太多的人在精疲力尽地竞争后会突然无趣,感到幻灭,感到自己的脆弱、渺小和自私,感到幸福的结局其实是多么遥不可及。

高红十:能不能试着把你的小说按满意度排一下序?

海岩:不好排,只能说各有特色。《便衣警察》时代感最厚重,《一场风花雪月的事》较重情调,《永不瞑目》悲剧感最强,《玉观音》人物及故事情节更饱满,《你的生命如此多情》时尚,比起前几部,《拿什么拯救你,我的爱人》写人物内心世界更细腻。

假如有一天我再也编不出爱情故事,那就说明我的浪漫情怀和年轻心态已彻底老去

高红十:哪部文学性更强一些?

海岩:《你的生命如此多情》和《拿什么拯救你,我的爱人》。

高红十:你的小说全部由你自己执笔改编成电视剧,除了《你的生命如此多情》外,基本获得成功,《永不瞑目》更使肖童的扮演者陆毅成为拥有千万影迷的青春偶像。你是怎样看待写小说与写电视剧关系的?

海岩:北京某报做了一个排行——对当代影视有影响的十名华语作家,排序是这样的:十、琼瑶,九、古龙,八、池莉,七、金庸,六、苏童,五、刘恒,四、李碧华,三、海岩,二、张爱玲,一、王朔。(据悉,还有类似的排行,"海岩"都名列前五位)对这个排行当然是见仁见智。该报对我的评价是:海岩的影视从完全商业运作出发,却达到一定文学的高度——

高红十:有点歪打正着的意思。

海岩:我并不首肯。我在写小说时,还是从文学的规律出发投入写作,不是为了写电视才写小说,更不是电视剧出来后再攒小说。

有一点要说明的,并非所有的小说都适合改编影视,有的小说只适合阅读。我的小说很传统,适合改编成影视可能具有以下四个因素:一是有性格鲜明的人物,二是有相对完整的情节,有人说我特别会编故事;三是善恶是非的判断是大众可以接受的;四是情节的进展有一定的速度和节奏感。

剧本写出来后我基本就不管了,以后的运作靠投资方和摄制组了。

高红十:目前创作状态和今后打算?

海岩:我的写作完全业余,只占用生活中十分之一的时间,每晚十点以后写,精力和体力绝非最佳。细心读者可能会看出来,书中有的段落写得顺溜,有的枯涩。顺溜的是休息日写的。

近一年感觉疲累,只往外掏东西,没时间补充,激情和灵感大不如前,也许真的不再年轻。在我的全部作品中,今年的《拿什么拯救你,我的爱人》是故事性最强的一部。我在写完此书后对某位记者说过,这或许是我的最后一部爱情小说。其实也没什么,不过是思想更悲观了,我甚至想,但愿它不是我见好就收的绝笔。当这个念头出现时连我自己都吓了一跳,因为它并非缘于对寂寞文学的失望,而是缘于对我自己的失望。我最怕向读者坦白的是:我已经枯竭了,没有灵感,没有激情,没有创意,只有对读者的恐惧。

我最熟悉的生活其实在商界和官场,这一段积累才是我真正的宝藏,目前为止基本还没动用。如果我有一天再也编不出爱情故事而不得不过早动用这个"家底",那就说明我一向引以为荣的浪漫情怀和年轻心态,已彻底老去。

高红十:能不能做一下自我评价?

海岩:我是一个正统又传统的人。年轻时所受教育呈现眼前的世界极其光明、灿烂和纯情,后来长大走入社会,当警察,当国企老总,商界官场见识了太多黑暗,我时时受到理想与现实激烈冲突的煎熬。我有两种痛苦,一种被认为太先锋太时尚为世俗所不容的痛苦,一种时代走得太快,不年轻、落伍的痛苦。

高红十:或许这就是你创作的激情与动力所在?

海岩:但愿。

PART FIVE
潘岳诗文褒贬

我与潘岳,早年为友,来往不多。道他常自诩人生坎坷,其实早已少年得志,年纪不大便官居上品;又知他喜欢舞文弄墨,偏爱五言七言,但多少有点"为赋新词强说愁"的幼稚,这年头老大不小了还写诗,不幼稚么?

潘岳每有新诗,必送朋友先睹为快。我总是奉命研读,却苦于无动于衷。虽叹此友博学多才,博古通今,行万里路读万卷书,历史知识和文学修养以及诗人的豪气,都很了得,但觉字里行间过于慷慨激昂、直抒胸臆,作为一个在朝为官的人,如此不知韬光养晦,不幼稚么?

潘岳的诗不能说不好,但用文言古韵表现代之事,感时事之慨,我等凡人不免拗口难读。潘岳第一次令我动容的,其实是他的散文。一篇《攀越雪山》,写得何其好啊!顿觉幼稚之说原是大大的冤案。《托起草原》也很精彩!《蜀南竹海行》亦颇传神!潘岳的散文几乎篇篇都好,因为这些年指点江山、激扬文字的政治诗文已然久违,一朝得闻顿觉满耳轰鸣,振聋发聩,瞬间可令狭窄的胸襟变得博大,短浅的目光变得高远。历史荣辱、国家成败、文明兴衰,也都重新变得引人注目,让人思想万千了。

还因为他让我突然觉得自己年轻,让我突然记起也曾有过的少年激情。我们那一代人的青春,总与红色理想,山河壮志,忧国忧民,以天下为己任的人生信念,密不可分。随着容颜老去,世事沧桑,理想之火渐渐低迷,人也大都变得消极和猥琐了,而让我格外惊讶的是,潘岳竟然没变!

时光的"锻炼"使很多人退隐为仙风道骨的"山人",堕落为只问五谷的"俗人",但是潘岳,依然像我们年轻时都曾渴望的那样,执著于做一名被社会和民众所需要的"儒者"。这是我在潘岳的散文中分明看到的情怀。沿着这样的心迹线索重读他的诗，成见中的幼稚已荡然不见，只见到一腔热血，一以贯之。我承认，像潘岳这种壮怀激烈，精忠报国的心态，这种共产党人传统的自信和骄傲，这种对民族对历史的舍我其谁的责任感，我们很多人，也包括我自己在内，不常有了。我们不常有，可我们都希望那些从政的人还有，都希望那些官员们还能保持潘岳诗文所弘扬的那种热血之心，赤诚之心，忘我救世，立志不朽！

我特别喜欢《攀越雪山》结尾的那声咏叹："……香格里拉雪山，是中国人自己的雪山，不可不攀越！"自从共鸣于这声咏叹之后，每当我想到潘岳这个名字，心中都会生出同音的象征和感念。

《潘岳诗文选》读后信口雌黄。

——《潘岳诗文选》序

☆☆☆☆☆

PART SIX
谈写作

我写"生活中怎么会有这种事呢？"的故事

我的定位是写北京的都市生活，北京青年的爱情。我想中国最不雷同的作家是我，有点大言不惭。但我现在可以马上写商场、写政治，都可以，而且我想我也有这个能力写好。但我的选择是在写"杨志卖刀"后紧接着写"林冲卖刀"。金庸先生评价施耐庵时说，施耐庵的优秀就在于他敢于这样，别人恐怕是避还来不及。所以我也这样做了，我想让读者看看"杨志卖刀"和"林冲卖刀"到底有什么不一样。

从文学的角度上来说，我想是因为我传统，我用传统的方式来写小说。现在文学界用传统的方式来写作的倒是少数派了，多数人是不遵循传统的风格的。什么是传统？就是在一本小说中有完整的故事，有戏剧性的冲突，有典型化的人物，有贴近生活和时代的善恶观念。现在的小说觉得这样不特别，传统的东西反倒成了一种特别了。

我的小说往往在借爱情表达一些别的东西，如命运、如道德观，以及这个时代年轻人、老年人不同道德观的冲撞，在整个社会中个人命运的渺小，不被人重视的无望。《拿什么拯救你，我的爱人》一书，就在表达人的生存状态，导致人行为方式、思维方式的不同，某些关键的岔口，就会选择不同的方向。

读者喜欢可能是因为细节、人物的味道不露痕迹地迎合了他们，还有对人物、语言的细微把握。实际上单一的爱情和案情有很多人都这么写过，关键不在于写什么，也不在于怎么写，还是在于水平。况且畅销并不能代表水平。如我能接受金庸，却不能接受琼瑶。

我的小说比较传统,有性格鲜明的典型人物。我不太赞成按主人公的职业把文学分类,文学就是文学,是为了表现人的命运、人的观念。在我的作品里,案件只是背景,主人公不论从事何种职业,他在生活中的状态才是文学主要表现的东西。设置的职业、事件,都是为了表现人物的生活态度,我的作品关心的是人本身。

现在有两种文学深得人心,一种是写老百姓的身边事,如《贫嘴张大民的幸福生活》,大家看了非常有共鸣,觉得写的就是我的朋友、我的邻居、我的亲戚,特别贴近生活,这种文学是因为熟悉而吸引读者的兴趣。还有一种是写不可能发生之事,与现实生活距离非常远,让人觉得"生活中怎么会有这种事呢?"这也能构成一种欣赏的兴趣,我的作品属于后者。

其实人都爱关心生活中看不到、遇不到的事情,这与猎奇心理不同。当代人的生活看起来比从前丰富了,但大部分时候,我们都是在做着周而复始的事情,我们几乎没有空闲静静地思想。如果有一天,突然被一部小说或影视作品刺激一下,便会调动出内心很多感受和思想。

在创作方法上,我采用了一些好莱坞的模式,即大情节上看上去简直胡编乱造,但人物的语言、感觉、场面的细节等小地方却非常真实。我不喜欢那些大情节非常真实,甚至是真事,但具体到细节、表演上却极其虚假的作品。文学创造应该把假的弄得像真的,而不是把真的变成了假的。

人从生活中获取积累是不同的,有的是许多具体的事件,有的是各种各样的人物,有的是各式语言。我从来不太留意这些。我对生活积累是设法丰富我自己,不断提高自己的思想、品位,寻找对生活的感受。通过这些方面的提高,找到对生活的基本规律、基本逻辑的认识和判断使我对一般事物能够把握得好。至于具体的故事、具体的语言,我从来没有刻意收集积累过。我可能注重对于情感、情趣、生活规律的记忆,这些记忆指导我写小说,告诉我写得准还是不准。其他具体的细节、语言、情节肯定都是编的了,这没什么可回避的,也不像鲁迅先生说的那样脸在山西,衣服在北京,口音在河南,不是那种"杂集"式的,完全就是生造!没有什么模特或所谓原型。就是编一个故事,融入我对于生活的理解,表现我对生活的理解。

　　我写小说都不是有模型的,也不是亲身体验,只是一种想象的东西。这些故事在现实生活中不易找到。如果我的作品通过对人物命运的描述、对情感的渲染能对读者的生活态度、处世观念以及心灵和情感起到一种陶冶或抚慰,从而使他们产生一种阅读的快感,我的目的也就达到了。

我喜欢在小说结构上炫耀自己的技巧

　　我的强项是结构,我在结构上的智慧是其他作家不能比的。很多业内人士总结海岩电视剧的"通病"是进入剧情慢。我认为"进入慢"的毛病是先天性的,但是前面好似漫不经心、游离于整个故事之外的那部分内容都是有用的——没有一处闲笔,都为后来情节的推进提供着动力。我的小说的整体结构和快速进入剧情是无法两全的。

　　说到"言情",我的确不是一个为言情而言情的作家。我作品中的道德冲突比较多。像《一场风花雪月的事》、《永不瞑目》、《你的生命如此多情》,都是通过案件表现人的情感,通过情感表现人的道德观念、道德冲突。道德冲突在现实社会中是有一定典型性的,双方都有一定的合理性,所以冲突起来才有力量。

　　我的小说是比较传统的,有文以载道的东西。我不愿意被人称作"通俗小说作家"。现在的"通俗文学"中有许多我不喜欢的、和我风格不一致的东西,把我们相提并论肯定是不科学的。比如《蓝桥遗梦》是最典型的"通俗文学"作品,但它和琼瑶的东西能划为一类吗？无论从情节和语言文字,都不在一个层次上。

　　我已经反复地被人归类过了,有什么"公安文学"、"警探文学"、"道德文学"、"法制文学"、"畅销文学",还有的说我是"商业文学"。而我现在不太喜欢把我归到某一堆儿,归到哪儿都不能说服我,让我安身立命。我到现在也没有搞懂什么是"纯文学",什么是"通俗文学",如果硬要我对号入座,我比较倾向于"畅销文学"。我不太喜欢琼瑶的作品。我写小说玩也好,闹也罢,反正是蛮辛苦的。一下子把我归到他们那堆儿,我就白干了。如果说我的作品是"商业小说"我也没有意见,因为我是从商的,"商品"这个词儿,在我们心目中是非常崇高完美的,最优质的东西才能称得上"商品"。

我们在工作中提出一个口号：要我们的产品完美无缺。我们还在不断挑我们产品的缺陷，使其不断变化以适应变化着的客人。

在自己的企业里，我是一个合格的商人；在文学上，我自认为是一个有良知的和有基本责任心的作家。我的作品在商业上的成功很自然，不是因为我追求它才如何。我说我的作品都是胡编乱造，因为我不能写我自己的经历和生活中感受最深的那部分，每个作家最敏感的那部分是他自己的宝藏，现在的状态我没有能力开发，可能将来不干这个工作了，多读书、多思考之后再去写作。我现在写的更多是感觉上的东西，一种理想的生活状态。

☆☆☆☆☆

PART SEVEN
谈影视文学

　　我写东西有点工厂化，比如说写到缠绵悱恻、最激动的地方，球赛开始了，我完全可以停下来马上看球，属于德国狼犬那类，和中国的藏獒比它有一个优点，就是兴奋和抑制的转化速度特别快。

　　我在大学里讲"商业时代的写作"时说过，现在的写作不是你要怎么样、他要怎么样，而是你要意识到所处的这样一个时代，已经是全球经济一体化的时代、信息化的时代和知识经济的时代，和大工业时代的写作手法、读者的阅读习惯完全不同，上网一点击什么都有了，作家对读者不再拥有知识上的笼罩性。就像索尼公司总裁说的，这是一个信息处理时代。前阵儿读一位女作家的新作，开篇仅女主角在沙发里的坐姿就写满了一页纸，文字流畅，人物跃然纸面，可到底有多少人像我一样有兴趣去读这种东西呢？信息量不够，就引不起更多人的阅读渴望。现在的作家有个毛病——我写作，我不讨好读者，你爱看不看，我写我自己感动的东西。我可能跟他们立足点不同，我是从商的，商品在我头脑当中的印象非常崇高，是没有缺陷的，而你的全部声誉和信誉构成你的商品。我们文艺界内部对商业化的写作、商品化的艺术品定位是比较低档的，和艺术呈对立面。而在一些商业国家，像美国，影院都有商业院线和艺术院线之分，按中国人的理解，"商业"一定不敌"艺术"。可实际上只有质量上乘能让观众掏腰包的影片才能进商业院线，艺术院线放的反而是些另类或水准不够的片子。

　　我的创作主要是出于自己的文学兴趣。现在虽然不是一个阅读的时代，也不是一个电影的时代，看电影比看小说的人还少。我在小说《你的生命如此多情》里讲过这样一段话：我们这些人非常不幸地生在了一个电视的时代，电视可以让一个本事不一定大的人、一件很普通的商品红得一塌糊涂，也可以让

"NBA"红遍全球。中国的明星里更有百分之九十五都是电视制造的。身在这样一个时代，想要文学情结让更多的人接受的话，你就离不开电视。

我觉得不存在文学是否要掉价去搞电视，还是坚持你的孤独。应该是时代不同了，你应该用电视的途径把你的文学弘扬开去。每一个作家都会问自己，你希望你的小说是十万人读还是一亿人读，小说写得再好也不可能有一亿人读，但电视可以，这个"可以"的前提是你要有一些牺牲，要和导演讨价还价，要和每个演员去商量。

现在电视剧不好看的原因不是缺少尹力、赵宝刚这样出色的导演，也不是缺少明星，主要问题出在剧本上。每年二万三千部（集）的产量，可一年下来你能记住或是有争议的能有几部？大概也就两三部吧，百分之六十都没什么可拍的。我觉得作家去搞电视是应该鼓励的，但作家也有几种：一种是他的作品本身不适合于移植影视的，比如说一个侦破故事就不好改编成相声和芭蕾；一种是可以移植，但作家会写小说不会写剧本，因为剧本的创作经验和所要求的知识结构和小说是不一样的，隔行如隔山，交给别人去改，那这个作家就只有仰天长叹了。

文学和影视本身也不是完全对立的，我的小说为什么部部都能改编成影视，我觉得还是因为我的小说比较传统，所谓传统就是首先有个完整的故事，一个片段几段情绪就不行；再就是要有典型化人物，他们都有正常的职业正常的恋爱正常的喜怒哀乐；另外就是相对简单的主题，小说可以用大量的人的历史和评论，甚至人物的内心独白来把事情说得很清楚，电视剧不行，一切都是动作化的；特点就是情节进展速度快。故事的大结局一般在我写作的开始就已经有了，不过人物的命运都有自己的逻辑，比如《永不瞑目》里原来肖童是不死的，可后来死了，写到那个份儿上只有死了更合适。还有《你的生命如此多情》里的林星，在我原来的构思里是要死的，后来情节发展到没有这个必要了，非让她死反而显得有点儿成心故意要制造一个悲剧似的。

《你的生命如此多情》是唯一一部不以警察为主角的作品。我说过，这部戏是写给能坚持到九集以后的人看的，前面的节奏太拖。就像我们写一篇文章，过了一晚上以后再看能删掉好多可有可无的东西。这个戏讲的还是一个比较纯粹的爱情故事,以前有种说法,说海岩提供的是"情感消费",生活中不是没有吗？那就看海岩的书吧,流几滴眼泪也挺痛快的。

另外,《你的生命如此多情》剧还提出了一个道德冲突,也就是中国人的公德和私德的问题。据我的员工反映,看我的作品有两个特点：一是放不下,二是不舒服。

☆☆☆☆☆

PART EIGHT
向读者说再见

在一个读秒时代让读者跨世纪跨千年地去听一个与他们并不相干的漫长故事，这对说故事的人显然是一场严峻的考验。和我的其他小说一样，《玉观音》在情节上依然进入较慢，何况原本更适合一气呵成的阅读又被无奈地切割成将近二百个小段，可以料想在小说渐入佳境之前我们随时可能发觉：读者已经烦了！读者最严厉的抗拒不是读后的口诛笔伐而是根本就不再读它。我甚至做了这样的准备，《北京青年报》会在某个早上突然"非常抱歉"地通知我：由于"版面调整"或其他原因——原因是很好找的——您的小说将停止连载——这样的收场对我来说当然是很没面子的，但如果《北京青年报》是一家对读者负责任的报纸的话，也只能用这样的方式把我从"抗拒"中解脱出来。

于是，当杨瑞终于讲完了他与安心的悲欢离合，独自回家等待深夜响起的敲门声时，我暗自庆幸，我的《玉观音》和其中那些还能被你们记住名字的主人公们，终于未被厌倦，甚至你们其中有些人还爱上或恨上了他们。无论如何，《玉观音》是《北青报》迄今为止连载时间最长的一部文学作品，这是你们，这么多读者伟大的耐心所成就的，这无疑给了我今后向人吹牛的资本，所以我必须谢谢你们。

——《玉观音》北京青年报连载序

☆☆☆☆☆

PART NINE
我已山穷水尽

在我的全部作品中，《拿什么拯救你，我的爱人》是故事性最弱的一部，本不宜分段拆读，也许《北京青年报》为顾及我的面子，才坚持将它载至结束。

时下报刊连载，多选最热图书，如《不过如此》；最热人物，如李响与米卢；最热事件，如厦门"远华"……至于小说，假使不靠某些新闻话题或社会现象预先炒热，如韩寒之《三重门》和痞子蔡之《第一次亲密接触》，这年头谁看小说？尤其是卿卿我我，言不及义的爱情小说。

所以我在写完此书后就对北京青年报的一位记者说过，这或许是我的最后一部爱情小说。最近几天的思想更悲观了，我甚至想，但愿它不是我见好就收的绝笔。

去年六月《玉观音》完结时我曾与读者相约再会，今年六月我如约带来《拿什么拯救你，我的爱人》。当《拿什么拯救你，我的爱人》就要曲终人散，明年如何无人相问。也许人人都不难看出，海岩早已山穷水尽。

——《拿什么拯救你，我的爱人》北京青年报连载序

☆☆☆☆☆

PART TEN
人性弱点

表面上,这是一个突发事件,一场事出偶然的罪行,它发生在当前中国经济改革的背景下,触及到某些人的生存利益。在一个推崇道德的灵魂深处,尚存的私欲和人性弱点在生死攸关的瞬间发生了主导作用,使一个正人君子一步一步走入万劫不复之境。而这场灾难真正考验的,还有一对年轻男女纯洁的爱情。

在这个充满物欲的时代,在道德观、价值观发生混乱的社会中,还有那种纯洁的爱情吗?还有那种远离利益和交易的精神快乐吗?《你的生命如此多情》就描绘了这样一对青年,他们的赤诚相爱代表了人性的美丽和高尚,令人羡慕和向往。但是,当一个突发事件横亘眼前,迫使他们做出非此即彼的选择时,究竟是维护亲情还是维护法律,怎样做才更符合人情、人性和正义,确实是一个难有简单答案的事情。

在中国几千年的历史演变中,儒家思想渐渐成为中国文化的主脉。而儒家文化的根基就是"人伦"的观念。儒家关于君臣、父子、夫妻、兄弟、朋友之间的人伦关系,对应出忠、孝、仁、义、礼、智、信的道德规范。众所周知,这个文化体系对中国社会的稳定,对民族意识的形成,都起过积极的作用。但它也有消极的一面。比如"人伦",实际上就是以自己为中心,然后一圈一圈地推出去,对每一圈里的人和事,以远近论亲疏,形成中国人灵魂中的"自我主义"和自私的品行——一件事如何处置,首先要考虑到自身的利益、亲友的利益、小团体的利益,然后取舍。自古以来,天下为公的理想事实上很难贯彻于我们的世俗社会。直到今天,当中国走上二十一世纪的现代强国之路时,当新的经济模式和生存规则突然降临时,私德大于公德的人情观才真正面临着严峻的挑战!

如果你的父母、子女、爱人触犯了法律,你会依法告发他们还是默不作声?

如果你的亲人和朋友做了错事,你是替他们张扬还是替他们遮掩?至少现在,大多数中国人的选择会相当迟疑!究竟哪一种做法更符合道德,更遵从法律,在法律和道德强烈冲撞时该何去何从?《你的生命如此多情》用这样两难的矛盾,试探了年轻的主人公尚显稚嫩的情感,也试探了每一个观众各自不同的立场。这部电视剧可能让我们发现我们灵魂中暗存的冲突和惶惑;发现我们一向引以为荣的品德与未来时代的隔膜;发现在这个过渡的社会中,人们的价值取向是多么截然不同。

——《你的生命如此多情》序

☆☆☆☆☆

PART ELEVEN
杨一柳新书《樱花之夏》序

祝贺杨一柳新书问世。

杨一柳成为一个作家之前,我们就有交往,在某出版社试图将电视文学剧本《五星饭店》格式为"小说体"的时候,我推荐他承担了这项工作。那时他的第一本小说已经出版,编辑们对他已经很熟,那是一部依据作者自身经历而写的写实小说,弥漫着我们在法国电影中常常体验的那种浪漫和真实。而现在这部后续之作则有一点好莱坞的风格,比较戏剧、比较冲突,远离了作者的生活圈子,加入了更多想象的成色。想象力也是文学创作的源头之一,其重要性与对生活原状的采风几乎等同。如同《哈利·波特》并非诞生于罗琳的生活经历一样,想象力也可以支撑作品澎湃的生命!想象力当然也依赖于对人生经验的感悟,杨一柳无疑是一位感悟力很强的人物,只是他的感悟能否得到大众的感同,还需由读者从这部"转型之作"中验证。

我祝他成功!

☆☆☆☆☆

PART TWELVE
《我的二〇〇八》序

中国的历史将永远记住二〇〇八年。

二〇〇八年的所有悲伤,所有喜悦,所有艰辛,所有感动,所有曲折,所有功成名就,所有宏大事件,所有细枝末节,都将以各种方式,留下意义非凡的记载,直至载入史册!

这一年,南方雪患,汶川震灾,"藏独"动乱,意外迭出。紧随天灾人祸之后,奥运的礼花就在北京的天空热烈地绽放开来。在中国几千年的历史上,第一次云集全球显要,北京第一次以主人的身份,成为世界的焦点。然而对北京这个城市而言,骄傲与荣耀,在这一时刻,忽然变得重负难当。

中国政府曾向世界承诺,北京奥运将办成"绿色奥运"、"精彩奥运"、"科技奥运"、"人文奥运";"给中国一个机会,还世界一个惊喜"……但,随着奥运的日益临近,我们的心情似乎在重压之下复杂起来,在复杂之后又单纯起来,我们似乎只盼望一个结果,那就是——"平安奥运"。

于是,在那个时刻人们开始寻找"平安"的寄托,人们在心理上迫切地需要一个英雄挺身亮剑,为北京保住起码的尊严。这个英雄当然只能是北京的警察,因为他们无可退避地承担着守护平安的责任!历史无论为他们选择了功劳簿还是耻辱柱,成败皆系于他们一身!

奥运会的火炬燃烧了,熄灭了;残奥会的火炬燃烧了,熄灭了。危情的预想转换成为歌舞升平的现实。中国的运动员披金戴银,开闭幕式的艺术家名扬四海,奥运志愿者一夕间誉满天下,几乎所有人都各得其所,中国也真正成就了一次完美的表演。不仅"绿色",而且"精彩",不仅"科技",而且"人文",不仅赢得了奥运史上"无与伦比"的评价,而且让中华民族在全世界面前挺直了腰杆,让每个中国人的脸上风光无限！

　　在人人大喜过望的时候，人们几乎忘记了大幕开启之前的担心，几乎忘记了一切荣耀和功勋的基础与前提——如果奥运的平安未保，北京的警察就成了罪人。当奥运终于华彩落幕，人们却并未看到北京的警察出现在任何闪光灯的光环之中，他们被人遗忘在身后，一切平安的理由似乎也无人问津。

　　夏天过去了，北京恢复了平静。当第一场秋雨来临之际，我看到了一本日记式的"内部读物"。这本读物用简单的字句，记录了无数繁杂的警事；用朴实的自叙，陈述了许多辛劳与心情。它让我忽然意识到"平安"二字来得何其不易，忽然意识到我们最应当感激的，正是这本"内部读物"的作者们。他们的宝剑早已悄悄归鞘，他们又开始像往常一样上班下班，向普通人一样上街买菜，回家做饭。没人知道他们是幕后的英雄，没人知道他们于这场让中国人扬眉吐气的伟大胜利，有着怎样的功劳与贡献。

　　秋雨带走了奥运礼花的残息，人们的目光随之远去，一切似乎都已成为历史。但我相信，二〇〇八将被永远铭记。关于二〇〇八年的每一个文字的记述，包括这些未经公开发表和正式出版的"个人笔记"，都将具有极其珍贵的史料价值，都值得我们仔细地品读和郑重地汇集。

　　我很荣幸以这样短短的感叹，作为《我的二〇〇八》的一篇导读，并序之为敬。

☆☆☆☆☆

PART THIRTEEN
中文版《玛雅》序

作家出版社的编辑陈晓帆在编完我新作的爱情小说《舞者》后，强烈推荐我读一下她新编的另一部爱情小说《玛雅》，这个推荐显然暗示了对我的一种批评，因为她说《玛雅》自觉的内省意识和博大的思想情怀，更加令她由衷地震惊！

也许这些年我对自己在写作上获得的蝇头小利太沾沾自喜了，读了《玛雅》才猛然自惭形秽。在享受了诗样的语言和梦幻般的悬疑之后，我忽然发觉，我刚刚经历的不仅仅是一个动人的爱情故事，而是关于生与死以及生命意义的一次忘我的哲学之旅。

"创造一个人需要几十亿年，而魂飞魄散只在转瞬之间！"《玛雅》的作者以其哲学与生物学知识的丰富积累和六年的文学历练，吟唱出这样充满永恒灵性的深刻箴言。这就是让无数中国读者肃然起敬的乔斯坦·贾德；曾经创作出全球销售量达三亿册的《苏菲的世界》的贾德！

现在我明白陈晓帆的暗示了：如果你仅仅需要爱情的短暂激动，那么看看海岩的《舞者》也许就可以了，如果你还想叩问人生的终极意义，探索人类的轮回之谜，并且自信已经具备了求知的兴趣和思辨的能力，那你一定不能错过贾德。今天，他回来了，带着这部当然可以传世的《玛雅》，从挪威来到了中国！

☆☆☆☆

131

PART FOURTEEN
我们需要正义和秩序

如果把社会比作一方水塘,人则是游弋在不同水域的鱼,每一种鱼都有相对固定的生活状态和生存规律。

而在一个转型的社会中,几乎所有人都变成了不甘安分的鱼,满怀期冀与侥幸,上下游动,越界出位,企求更加理想的生存空间,毁坏原有的社会规则,蔑视他人的平等权利。

警察的职业角色,正是规则和权利的维护者,但作为生存着的个体,那份鱼的躁动同样也会滋生。由于职业的便利,他们可以潜至普通人无法抵达的层面,权力对人性的异化常常轻而易举。在异化扭曲的威胁下,抵制诱惑,保持心态,忠于职守,匡扶正义,显然要经历无数跌宕起伏的心灵搏杀,这也恰恰构成了公安文学特有的魅力。

涵子作为一个有着警察经历的作家,以这部《碎月无痕》将读者引至这方塘水的深处,让我们观摩到生活中鲜为人知的某个角落,体味到公安干警在复杂环境中自我锤炼的可贵品质。

公安文学中的人物和故事总是错综复杂、光怪陆离的,但主旨不外邪恶的最终毁灭、正义的最终胜利,不外执法者与违法者的激烈角力。令人感慨的是,越来越多的公安文学作品中,违法者的身份越来越高,不乏"市长"、"书记"、"总经理"甚至"公安局长"等等原本扮演执法者角色的人物。这大概正是转型社会中少数躁动的鱼类越界而游的真实再现。我们于是看到,水因此而更加混浊,因此而波澜迭起。涵子试图在这方风生水涌的池塘中以丑恶反衬美好,以黑恶势力的强大阴险,表现美丑厮杀的惊心动魄,表现光明到来的动人和不易。《碎月无痕》因此就成了一面镜子,它告诫人们——尤其是那些位高权重的社会精英——在纸醉金迷中不要忘记自己的职责,而要担起维护正义和秩序的使命。我们应当感谢涵子,她成功地表达了这样的意义。

——《碎月无痕》序

☆☆☆☆☆

PART FIFTEEN
温故而知新

在我无比崇仰文学的青年时代，正是短篇小说独秀中国文坛的辉煌时期，如果说从那时开始直到今天，大多数文学家皆成名于短篇的话，那么世界文学前辈的短篇杰作对中国当代文坛的影响，确实是一个证据确凿并且值得永远探究的史实。

其实，我也是首先从短篇小说的研习进入文学之门的。在短篇小说盛极而衰之后，我写作并出版了大约一千余万字的文学作品，但迄今为止，未能写出一部短篇小说。在我看来，短篇小说是一种最难驾驭的文学样式，在有限的篇幅里要包容几乎全部文学要素——人物、结构、情节、细节、语言、主题和情调……它甚至更接近于文学的本源——诗歌和散文。诗与散文也一向是我最为仰视而且敬畏的文学圣殿。

在世纪之交的十多年间，时代巨变，万象更迭，文学也随之发生了深刻变异。虽然，社会的改变一般总意味着进步，但进三退二的拉锯状也是历史的常态。文学的发展同样如此，谁也不会认为哪一部炙手可热的畅销书可以取代《诗经》或者莎士比亚，那些伟大的文学标本依然经久不衰。回顾和观摩这些名著对于热爱文学的人来说，不仅是收藏与朝圣，更是温故而知新，传统永远是一切创新的启蒙与根源。

值此新旧交替之际，东方出版中心呈献的这部选集表达了一个重要的态度，那就是在文学或兴或衰的这个纷乱的十字路口，人们在展望未来之前需要冷静地回顾，不仅回顾中国文学的历史脉络，也要回顾世界文学的流变及对我们的影响，尤其应当重温那些对中国现当代文坛产生过重大影响的短篇杰作。本书在选目上不仅收编了享有"短篇之王"美誉的十九世纪现实主义重要作家莫泊桑，而且包括了推动魔幻现实主义抵达高潮的拉丁美洲最重要的短篇小说大师博尔赫斯,也未遗漏美国十九世纪著名的超验主义和心理分析主义小说家霍桑。霍桑作品由于开创了心理分析小说的先河而被后世推为经典。

在这部选集中我们还可以看到,二十世纪的小说家们对故事的处理已经采取了更为复杂的方式,对人的心理与客观现实之间的差别给予了越来越多的关心。人类动机和行为之间的复杂关系,恐惧本能、心理创伤和性欲等,都构成了二十世纪新小说最多见的笔触,而这些新小说的背后,其实站立着现代科学和现代哲学两位巨人。如果说,霍桑和莫泊桑是十九世纪末从古典向现代转型期的代表,那么,本书辑录的福克斯、毛姆、劳伦斯、乔伊斯、卡夫卡等一批作家的作品,则是二十世纪初欧美现代文学确立期的标志。而在二十世纪中期崛起的豪·路·博尔赫斯、雷蒙德·卡佛、加西亚·马尔克斯等作家,则继往开来,先后登上了现代派小说创作的王者之巅。

当然,除了本书所列的作家作品外,我们还可以拉出一份长长的名家名作的清单:马克·吐温、安东·契诃夫、伊凡·屠格涅夫、厄内斯特·海明威、约翰·厄普代克、列夫·托尔斯泰、布雷特·哈特、理查德·赖特、罗布·格里耶等等。而受到外国短篇小说影响的我国一代名家就更是不可胜数了:鲁迅、郭沫若、茅盾、徐志摩、郁达夫、梁实秋……可以说,没有世界文学的积极影响,就没有中国现当代文学的伟大成就。

可以预料,随着社会开放和文化交流的不断进步,外国文学将继续影响着中国的作者和读者,影响着年轻一代的创作与阅读,进而影响着中国文学未来的风格与阅读的习惯。与长篇小说相比,在人人忙碌的今天,读几篇经典的短篇应该是相对容易的,也是极其必要的。因为经过长期争辩之后,有一个观点已接近于共识,那就是在全球化的时代,任何民族的文化只有与其他民族的优秀文化积极融汇与互动,才能避免自闭甚至被逼至边缘,才能产生顺应时代,影响世界,并且创造未来的传世之作和文学巨人。

——《世界短篇小说名著导读》序

PART SIXTEEN
"冷眼看客"值得热评

　　二〇〇四年的春天，鲜花即将绽放的时候，又一位来自西部的写手，在浩瀚的网络现身。此人自号"冷眼看客"，以三十万言江湖体验，激起数十万条如浪之舌。有网友将其喻之为《平凡的世界》，更有网友推之为现代版的《红与黑》。经友人推荐，我窥得一斑，虽然未观全豹，不敢与名著妄比，却知此人阅历丰富，少年沧桑，下笔凶狠，一副敢写敢当的模样。

　　友人向我推荐的理由是：此人的风格，与海岩相近。

　　相近者，同是歌颂爱情，同是写照成长，同是迷恋残酷青春，同是把故事与人物，当做文学的本质……

　　相远者，海岩写警，此人写"匪"，海岩写女性居多，此人写男性见长，海岩的感性常被理性压抑，此人则放任生活与心灵的天然原状……

　　于是，海岩也向其他友人推荐此书：别看书名还保留了青春小说和网络小说的滋味，其实从第一页开始，就给你意外的野性和疯狂。小说的内容将我们对善做老成状的少年作家和一向扮嫩的港台韩日作家的认识，几乎完全颠覆，对某些生活细节的展开，也足以让你瞠目结舌。所以我非常理解为什么有那么多人整日陷于网络，一直追寻那位长发青年的浪迹，去窥探大千社会的隐秘一角。好奇心自古就是人性的弱点，人们急于知道在那些与自己生活并无关联的角落里，到底发生了什么。

　　我给友人的荐语是：这部小说与海岩的小说截然不同，从里到外都不一样。我希望看过这篇小说的人能再次体会到那个颠扑不破的真理——长江后浪推前浪——海岩那厮早该歇了！

——《向天真女生投降》序

PART SEVENTEEN
多样的读者需要多样的文学

　　文学的存在需要理由吗？不需要！因为只要有人类存在，就必然有交流、有倾诉、有倾听、有抚慰、有宣泄、有娱乐，文学的存在不必寻找任何理由，理由是——理由太多。

　　这个讨论似乎只有在把文学狭义为小说、散文、诗歌之类的文字之后，特别是这种文字的商品性质日益被它的制造者看清之后，才更有意义。因为谁都知道，现在已经不是阅读的时代。电脑、电影、电视，早已成为世界上最大的文化传媒，特别是在中国。中国现今的作家，很不幸地生在一个电视霸权主义的时代。电视训练着并改变着无数人的欣赏习惯，让无数人变得焦躁、轻浮、懒惰、追逐直观和直白。有个统计说全国有上亿人每天都要打开电视，每人平均每八秒钟换一次频道……养成这种习惯的受众，还会看长篇大论的小说吗？还会看不知所云的诗歌吗？还会看慢慢悠悠的散文吗？散文是什么？

　　在一个生活单调、信仰单一、信息闭塞的时代，作家征服读者的武器，是他火热的思想，广博的知识，独特的视角和信息占有的优势。而在一个多元的时代，一个信息爆炸的时代，一个生活节奏和生存竞争日益剧烈的时代，作家立刻风光不再。大众有限的时间和精力，都被自身的生存及享乐占去，余下的大脑空间里，只剩下了一些好奇，需要留给那些新闻热点，即来即去。你看这几年比较好卖的文字，不都是靠新闻或新闻人物先炒热了才好卖的么？比如《不过如此》，比如《李响与米卢》，比如《三重门》，比如《第一次亲密接触》。除此之外，这年头还坚持看小说看散文读诗歌的，显然属于小众一族了。

　　这也怪作家们自己。我是一个经商的人，从商业规律的角度看，作家算得上当今社会中最"傲慢"的人了，大都懒得"与时俱进"，在大工业时代怎样写作，在信息时代依然怎样写作。不像我们经商办企业,必须以变化求生存,必须研究消费形式的每一个进步,好让我们的产品更新换代。

也怪那些评论家们。在文学界,小众作家永远是被尊为主流的。连我自己,受这种思维惯性及话语权势的影响,也只崇拜小众作家,同时自惭形秽。因为我至今搞不清通俗文学和严肃文学以及纯文学之间的确切界线该如何划分,至今搞不清到底我算哪头的人。所以,我一向羞于以作家自居,说作家也须加上"业余"二字,生怕那些专业的、主流的、纯的作家们见笑。

这都是真话,心里话。平时藏着不说的。

我是一个喜欢写故事的人,可我自己最不喜欢看的小说,就是故事性强的小说。我爱看的书,标准只有一个,那就是文字优美。确实有人称我为"大众作家",其实更让我自豪的是,我是一个真正的"小众读者"。

也许喜欢文学的人都是"小众读者"。王蒙、王安忆、阿城、史铁生、丛维熙、刘心武、冯骥才、铁凝,他们的书现在都卖不过我,但我崇拜他们。他们的思想、心态、经历和语言,我都喜欢极了。王朔的书大概卖得比我好,是我爱读作品中的一个例外。尽管我不习惯他那么极端,但他说起话来的锋利和腔调,总能让我惊奇并且会心一笑。

我总期待有一天,理论家们、主流们,别再把文学分成纯与不纯,既不科学,也没意义,还让好些人找不着位置。任何一类作品,都有它特定的读者,不以众寡论高低,不以俗雅分优劣,这似乎更接近多元时代的思维吧。多元时代的价值体系和评判标准是什么,谁说得清呢?

☆☆☆☆☆

CHAPTER FIVE
我所心仪的世界

❀ ························

　　只因时代不同，所以故事不同。相同的也许只是人情的温暖，人命的可贵，还有，那腔在苦难中才会燃烧的热血，和被热血烧尽的青春！

❀ ························

　　即使历史早已远离小农耕作的生活方式，人的本性仍然没有任何更改。我们的灵魂不过如此。

❀ ························

　　施善者已成为一撮肃然的寒灰，而我们每个人却享受了荣誉的温暖。

PART ONE
那些人那些事

很少有出版社敢于冒险发表这样冗长的电视剧本。电视剧已经把角色们活现在屏幕上,而剧本,依然是毫无生气的铅字排列。

然而角色们出现在屏幕上,一颦一笑,一招一式,具体而明确,这似乎又反而把一切情景和情绪都规定死了,似乎又不如那些固定的铅字,为不同年龄不同文化不同经历的读者,留出各不相同的想象空间。因此应当感谢出版社,为有兴趣阅读的人,提供了这样的方便。

你看到的不是福尔摩斯,不是邦德"007",而是我们这块真实的土地上一个善良纯洁的青年。也许今天的读者会抱怨作品中那种过于理想化的讴歌,但周志明的成长道路与人格升华,确实常常引起我对青春的怀念。当人们为衣食利禄筋疲力尽的时候,当人们的相互信任变得越来越艰难的时候,当人们一面鄙夷、憎恨,一面又制造着某些丑恶的时候,你不觉得当年的周志明和他的朋友们,给了你一片想象与回忆的晴天么!

愿你相信这一段故事绝非杜撰,对他们的熟悉与热爱是我得天独厚的优势,多年来我一直想忠实地浪漫地写下他们,也通过他们将自己的理想尽情宣泄。把人物瞬间地理想化不能不说是文学的一个武器,只要你尊重生活氛围的真实,只要你调动真情实感,读者对理想化的人物并不反感。

因为人们都需要感受美。

因为我们中国人特别愿意相信美。

丑陋来自虚假,枯燥缘于千篇一律。如果我们的主角总是那么机智勇敢,配角总是那么鲁莽幼稚,反角总是那么愚不可及,那不仅是读者的灾难也是文学的灾难。文学和读者只关心活生生的人。只有通过对人的灵魂和命运的探索,反过来拨动、感染、抚慰甚至震撼人的心灵,影响人的生活态度,文学才能成为真正意义上的人学。

我多么喜欢周志明、严君、雷局长、马三耀、段兴玉、大陈、小陆、杜卫东,以及肖萌和她严厉的父亲,王焕德和他善良的一家。从一九八二年动笔写这部小说开始,我和他们朝夕相处,已经几度寒暑。我无意掩饰他们各自的缺点,我的所谓"理想化",只是想将他们的缺点也写得美。读者可以为周志明的软弱、马三耀的粗鲁、施肖萌的糊涂和严君的"第三者插足"而焦急而惋惜,但我不希望对他们产生一丝一毫的厌恶和鄙夷。

我第一次写电视剧,我知道在一个影像的时代,电视连续剧的影响远远大于小说,甚至也大于电影,也知道一部好的电视剧所能产生的巨大作用和一部不好的电视剧同样巨大的副作用,因而笔触所至,不免战战兢兢,深恐辜负了读者和观众。作为一篇急就章,粗糙幼稚只能请求原谅,也请求读者给我机会,下一次再写会比这次强。

不过作者告别读者,说一声"再见"也许不再见。但当我想到就要告别自己心爱的主人公和他的伙伴,想到新的生活会使我把他们长久地忘却,心里不免留恋。他们虽然只是历史长河中转眼即逝的点滴,属于过去的时代,但作为我生命和灵魂的一段难忘的历程,也许到老,还会在记忆中重现!

能够理解那个时代的读者如果还关心着我们主人公近十年来的生存延续,关心着他今日的境遇和心态,以致希望看到《便衣警察》的续集的话,那是最使我惶惑不安的。我不敢妄断周志明能否在社会价值观、道德观日新月异的演变过程中,不失英雄本色。我有时想象如果继续使他囿于以往的认真与单纯,将会陷他于多么迂腐多么尴尬的境地。读者谅也无趣。但假使这样一个人真如我辈一样,十年来被各式炎凉际遇改造得脱胎换骨,变得复杂变得狡猾变得冷漠变得自私的话,岂非憾事?

这是后话。

——《便衣警察》剧本序

PART TWO
灾难相似，斯人不同

灾难相似，皆可激发人之本能。

大灾当头，人的真实性情焉能无动！

灾难也可以检验一个社会——政治、经济、文化以及科技的水准与情态，公众的心理以及民间的习俗。

汶川地震，旷世之灾，垂首哀恸之后，我看到了人的本能，人的性情，人为的社会。于是，我看到了耀眼的光明。

这光明就是：人民的团结、政府的尽责、士兵的坚强、人心的凝聚、科技的进步、文化的弘扬！我们的国家已经很久没有这样同心同德，我们的百姓已经很久没有这样彼此感动！灾难让我们料想了民族未来的强盛与和睦，接纳了世界尊敬的目光。我们因此而欣喜若狂，而热泪盈眶，而把一切看得美好，感知到人间的善良。当然，我们因此也回首往事，喟叹世事沧桑。

我是在电视和报纸上看到汶川的，惊恐的灾情，庞大的营救，生存的渴望，重逢的欣喜……在这个资讯发达的时代，每个角落，每个细节，都不被遗漏。那些画面和声音，点击了我记忆的窗口，搜索出尘封已久的历史页面，带我在夜深人静的时候，重返另一个目不忍睹的废墟，重新被暴雨激醒、被酷日灼伤，重新听到成团的苍蝇始终轰鸣在血腥的气味里，压倒了一切哭泣和呻吟。

那就是三十多年前的唐山，那也是一场生灵涂炭的浩劫。那里也有可歌可泣的坚守和拯救，也有无数崇高的情感奔流。但是，在媒体单一信息闭塞的彼时，关于那场地震的全貌与历程，外界的认知相当笼统。至少，与今天被全世界聚焦显微的汶川相比，唐山的情形截然不同，因为那时的中国，正处在历史上一个极端的段落，社会封闭，思想禁锢，科技落后，文化凋零，经济处于崩溃的边缘，政治孕育着惊天风暴。那一年，领导中国一个时代的最高领袖相继离世，人心思变，山雨欲来！在那样一个时刻出现那样一场史无前例的灾害，数十万生命顷刻化为乌有，更是对人类生存极限和生命价值最残酷的挑战和试验。

我用这部小说记录了那段经历，一九七六年七月二十八日下午，我所在的北京市公安局第五处忽然在机关的大院里召开干警大会，那个大会只有简短的五六分钟，便在点名声中匆匆结束。我听到有人高声点到我的名字，便出列爬上一辆无篷的卡车，那辆卡车拉着被点到名字的所有人，在那个汗热的下午仓促起程。每个人都赤手空拳，只穿一身薄薄的单衣，挤靠在车厢粗粝的槽帮上，在黄昏到来之前驶离北京。那天夜里下了雨，我们在漆黑的雨夜中辗转颠簸，我当时还奇怪沿途远近何以看不到一点灯光，嗅不到一丝人气。尽管卡车开动之前我们已被告知，发生于昨夜的地震并不在北京，而是在唐山！中央政府是在震后次日的中午，才从一个历险逃出的唐山人口中得知情形。多年以后我才知道，我们这几辆卡车和卡车上的徒手之众，就是当年第一批赶赴灾区的先遣之兵！

我们在塌桥断路的缝隙中艰难挺进，在第二天中午进入死气沉沉的灾区。从那天开始，我在灾区投入抗震救灾的各项工作，那身单衣从未换过，一月之后已硬如铠甲。八月底我染上痢疾被送回北京。九月九日毛泽东主席逝世后又随队押解近两千囚犯再返灾区。数年后我用笔写下了那两个月生活中的某些片断——并非那场灾害的全貌，而仅仅是个人记忆中的几个脚印——比如某些见闻，比如某种感受，比如某段爱情……

那是与汶川同样惨烈的一场地震，只因时代不同，所以故事不同。相同的也许只是人情的温暖，人命的可贵，还有，那腔在苦难中才会燃烧的热血，和被热血烧尽的青春！

——《死于青春》序

☆☆☆☆☆

PART THREE
人之将老，心也童真

  我一向的自我感觉，还是一个文学青年，某日无意看报，忽然发现自己已被称为"上一代作家"，心中大为不悦。原以为我这一代尚未开始，在他人眼里，如何就已成为"历史"了呢？

  后来慢慢体会，才觉此言并无不公。从世纪之交开始，社会发展的速度突然加快，受众关注的热点和焦点日新月异，变化无常。四十岁以上仍做长篇写作的，已是强弩之末；五十岁以上仍拒不退席的，更是自寻无趣，皆因思想僵化，大脑迟缓，对信息的占有和意识的更新，已无法快速完成，生理上的新陈代谢和外部世界的变迁速度，已不相适应。过去一个作家的人生经验，可以端坐十年潮头，而在全球化和信息化时代，能领三五天风骚，已经非常不易。近来年长篇创作低龄化的现象，以及辉煌一时的作家转眼沉寂的现实，想必并不偶然。所以，我也开始料理后事，回顾往昔，整理旧作。我最大的心愿，就是能将我的那些粗糙文字，通俗故事，以精致的装帧，经典的外观，集合成套，供自己和友人收藏，作为摆在案头的一种自赏和盖棺论定的一份虚荣。

  据说老人的心理总会多些童真，我最近忽然倾心去写卡通故事，也许便是一种人之将老的临床病候。所以这套总结式的集子以"绘本"的形式面世，不仅正合我意，也可算做对这个视觉时代的一个无奈的致敬。

——《海岩长篇小说绘本集》序

☆☆☆☆☆

PART FOUR
我所心仪的世界

　　我更希望在文学中描绘一个我所心仪的、倾心的世界,描写一个充满爱情、真情和高尚心灵的美好氛围。

　　我们这一代人,是生在红旗下,长在红旗下。经历过共产党优秀光明的时刻,也经历过党受到挫折的时候;看到过失望,经历过痛苦,心理发生过太多的冲突。但接受的共产主义价值观和理想教育是永远植根在我们的脑子里的。有时候我们白天做的事情,晚上却梦到另外一件事。我们所身体力行的是一回事,但心里追求的却是另一种东西。我是个商人,就要在商场中冲冲杀杀。但我的小说就很浪漫、单纯,我不想再写那些乌七八糟的黑暗了,我更希望在文学中描绘一个我所心仪的、倾心的世界,描写一个充满爱情、真情和高尚心灵的美好氛围。虽然我的小说以悲剧收尾的比较多,这正是我内心矛盾的冲突,也反映了我对社会的某种情绪。

　　从我个人生活感受讲,我认为命运是不可预测的。文学其实关注的是一个人的精神状态。人物的生存环境、命运变化,都是为了表达人是以怎样的生活状态生活。但无论命运怎样变化,人都要有一个恒定的精神状态,这就是我们古人一直推崇的"吾道一以贯之",就是所谓的"贫贱不移,富贵不淫,威武不屈"。人不能因地位、命运的变化而发生大的变化。我们讲"唯大英雄能本色",我喜爱周志明就是因为他很本色。他在得意的时候和失意的时候差不多。比如《玉观音》里的安心也是这样,无论碰到怎样的困苦,她都柔善如一,善良依旧。我之所以叫她"安心",就是因为她身心安顿,不为凡俗所困惑,美好的内心不为外物所牵动。

　　但是在各种各样的遭遇中,安心也会犯错误,她的灾难是由她个人的弱点、缺点导致的,但这并不重要,关键是犯了错误后怎样去面对。我认为一个人的人品和内心是否有价值,关键看她遇到事情后怎样去面对。周志明正是这样,他本可以避免牢狱之灾,对一些事缄默不说,也就过去了。但他以他自己的方式做了。其实人最终都会走向完结,踏实做人就是了。但是现在的年轻人就不是这么想。他们一出生就看到的是形形色色的天空,他们觉得周围一切都很正常。在这个迅速发展的信息时代,挑战和机遇共生,机会和陷阱并存,人们的思维非常活跃,知识空前饱满,通讯手段发达,足不出户便知天下事,可是现在的年轻人也许比我们那个时候更自我。他们也许想他人、集体、国家的事很少,主要是关注自己的事。虽然这是时代使然,但将来他们就业以后你会发现,现在年轻人很少有"忠诚"这样的品质的。要想真正使一个企业有所成就,"忠诚"的品质是必不可少的。现在的年轻人觉得自己有这个文凭、有那个证书本本,关注的是自己的专业技能。其实个人的素质,比如说,是否忠诚、是否自私,这些才是在任何时代决定你是否胜出的主要因素。大家都在搞技术,最后可能都差不太多,最终能够决定一个人向上走的,是他的个人素质——思想素质这部分。我经常跟年轻人说:"说了,就要做到!"而现在大部分年轻人说完了做不到。应该是"有志者立长志",对眼前的每件事做好策划和安排。而现在有些年轻人是"无志者常立志",眼前的事做得粗制滥造,但对未来规划得特细:什么时候有车,什么时候开公司……本末倒置了。

☆☆☆☆☆

PART FIVE
我们的灵魂不过如此

很多人都说,中国人的本性就是自私,我想这大概和我们中国传统文化的影响有关。

中国传统文化以儒家思想为主脉,而儒家文化的根基就是"人伦"的观念。儒家关于君臣、父子、夫妻、兄弟、朋友之间的人伦关系,演化出忠、孝、仁、义、礼、智、信的道德规范。众所周知,这个文化体系对中国社会的稳定,对民族意识的形成,都发生过积极的历史作用。

但是,我们的传统文化也有消极的一面。比如"人伦",实际上就是以自己为中心,然后一圈一圈地推出去,做每件事情,常常要先看这件事和自己关系的远近亲疏,再决定怎么做。忠是忠自己的主子,孝是孝自己的双亲,爱孩子先爱自己的孩子,自己的父母子女有吃有穿了,再管别人。所谓"老吾老以及人之老,幼吾幼以及人之幼","由己及他"的道德,产生并适应于以家庭为主要社会细胞的漫长的小农经济的封建社会,与中国人灵魂中"自我主义"的劣根性有着曲折的连带关系,在世俗生活中很容易被俗化为先顾自己,再管别人的自私品行。我们都看到,为个人利益而不顾家庭,为家庭利益而不顾团体,为团体利益而不顾社会、不顾国家、不顾天下者,自古以来并不少见。即使千年的斗转星移,即使历史早已远离小农耕作的生活方式,人的本性仍然没有任何更改。我们的灵魂不过如此。

☆☆☆☆☆

PART SIX
当施善者已成一撮肃然的寒灰

　　一九八九年是昆仑饭店大出风头的一年,度过了旅游低谷,还清了高额欠款,戴上了四星桂冠。越来越多的人开始称赞中国人的管理才能,报纸上也谈论什么"昆仑的启示"、"昆仑的贡献"。不少员工期待着论功行赏,连调出饭店的也身价百倍,服务员当上了领班,领班当上了主管。

　　在这个似乎是功成名就的时候,我灵魂里却总是不安。前几天杨原平总经理不知为什么对我和张尚德同志谈起绿化科已故的主管李云相,说他的音容如在眼前。那一刻我突然觉得,以往的一切辉煌全是过眼云烟。因为我想到人的生命真简单,真如苏东坡"雪泥鸿爪"的比拟,鸿飞冥冥,爪痕也就消失了。李云相在多功能厅联欢会上的一曲《昆仑饭店歌》余音未散,他的名字,听来已陌生遥远。这对死者并不残酷,因为很多人只知道他生前太平凡。

　　他们只知道他曾是竹园宾馆的一个花匠,全部事业就是侍弄半亩花田。这个简单的资历可能也使我无意中轻视过他,尽管他后来竟一举把昆仑推到了"首都绿化先进单位"的锦旗面前!

　　可能我确实轻视过他也误解过他,他病倒时还疑心他是否在和谁闹意见。那时昆仑花房的施工刚刚开始,李云相曾许诺要把它建成北京饭店业中最大最美的室内花园。直到看见他的最后诊断,我才明白对他的任何安慰和歉意为时已晚。

　　我们曾绞尽脑汁琢磨怎样根据医院的要求将这个已无法治疗的病人劝出徒然占据的病房,不料一见面他却自动提出要求出院。他像往常一样略带结巴地和我们聊天,说要回到花房工地去,去干他一生中最后一件事,而不想在病床上苟延残喘。以致我现在一看见那即将完工的玻璃房就想起他的遗憾。

当时他还能下床走动,不免对自己的生命力做了过高的估计。他把助手左德忠同志叫到一边,一个说,一个写,医生们以为是交代遗嘱,并不知道是因为市政施工要拆掉饭店门前的花坛,他在告诉小左赔偿费该怎么算。

我最后一次到医院时他已无力言语了,但我清楚地感觉到他这时才真正怕见死神,想用枯瘦的双臂拉住人生不肯离去。他断断续续地央求我和杨原平同志给他找更好的医生更好的药。我们离去两个小时后他开始昏迷,直到第二天凌晨停止呼吸。

葬礼很简单,白花几朵,素幛一悬,亲朋好友和生前同事围着灵柩绕行一圈。悼文是我亲笔用心修改过的,尽管没有人注意看。

请原谅我在这新年大吉的时候,唠唠叨叨地说这些关于死者的往事吧。昆仑饭店职工浴室给员工擦皮鞋和替大门前的出租车打扫卫生等等德政最近已被报纸传为善事,如今施善者已成为一撮肃然的寒灰,而我们每个人却享受了荣誉的温暖。还应该记住比李云相更年轻的赵鹏同志,《巍巍昆仑》对他已有过专文凭吊。他死后饭店财务部很长时间找不到一个能与他同样胜任的工程核算员。我记不清他病重时我在近六万元的抢救费用单上签字时是否暗暗吝惜过,实际上直到饭店基建决算后人们才发现,正是由于赵鹏的细心和努力,为饭店挽回的损失高达近百万元。

昆仑饭店正是这样一个长期的存折,积蓄着很多前人的血汗。后人只能继续储存,不能挥霍,所以,新年新春谈两句旧人旧事,也就不能说是晦气,而是德性。

☆☆☆☆☆

PART SEVEN
两次经历地震

因为经历唐山大地震,我还能清晰记得那一幕幕让老天落泪的场面……唐山震后也是大雨啊!我们从当天下午坐上一辆卡车从北京出发,在扭曲断裂的公路上蹒跚向前,没有雨衣雨伞,全身湿透。雨下了一夜,第二天又是毒日暴晒。我们历尽艰辛,直到中午才进入灾区。在三十多个小时的与世隔绝后,在亲人死去、家园被毁的悲痛中,灾区的人们忽然看到有车队在视野的尽头出现,他们的面容完全呆滞,仿佛目睹天外来客!当我们跑向他们,拉住他们的双手时,他们几乎说不出一句话来,人人脸上热泪横流。只是有一个男人发疯般不停高喊:毛主席万岁!毛主席派人救我们来啦!今天,我又看到了那个景象。在电视的荧屏里,那个抱着士兵无声哭泣的女人,与当年抱着我的那个女人那么相像!我离开电视,打电话给公司的办公室主任,请他明天上班后立即组织全公司万名职工开展向灾区人民捐款的工作。我记得三十多年前我们也捐过款的,一人五角一人两元,数目不多。三十年后的今天,大家生活都富裕多了,应该拿得出更多的钱……

当年在灾区工作一个多月,因染重病方撤回北京,数年后写下小说《死于青春》。同是地震,因时代不同,想必场面不同、结果不同、故事不同吧。重新回首三十多年前的那些人与事,或可在睡前醒后,感叹一番。

☆☆☆☆☆

CHAPTER SIX
家有宠物

❀ ....

某些人对待动物的态度,离现世享乐很近,离现代文明很远。

❀ ....

动物对爱的回报是最直接、最本能的。
这比人好。

❀ ....

好几个朋友问我,我家四只猫、七只狗相处如何?

狗猫照例互不相犯,狗与狗、猫与猫之间一般只是打闹玩耍。凡是急眼的都是一个要干那苟且事,而另一个正烦着呢。或求欢不得而恼羞成怒,或不堪骚扰而奋起反抗,因而恶咬一场,概莫能外!

PART ONE
新年同乐

新年快到了。

小时候过年,最大的快乐就是吃。

吃什么呢,吃肉。鸡鸭狗兔,摆上砧板,放进锅里,架在火上,放上葱姜蒜酱,随着咕嘟咕嘟的声音,香气满屋……

长大以后,知道鸡鸭狗兔可娱口腹,亦可养为宠物。鸡鸭兔我不养,因此照吃不误,养狗以后,狗肉不吃了。

前几年有朋友知我养狗,遂送一本《养犬知识》为礼。此书内容于国外同类书籍,大同小异。大同者,无非是从狗的种类、繁殖、喂养、训练、疾病防治等方面,分章节一一叙述,其文字大约就是从国外书籍中译来的。小异者,仅现于最后一节——论述狗肉的吃法,从宰杀剥皮,到分解五脏,一直讲到作料和火候,甚至还开列了数页狗肉菜谱,庖俎五味,详尽之极。以篇幅算,虽属小异,但全书的宗旨,似乎大变,感觉前面所述养育医驯之过程,都不过是为了一个共同的目标,那就是最终吃掉它们!

后来又看过一个电视片,属农业频道的节目,拨到这个台时节目已经开始,发现是讲狗的喂养,于是兴致勃勃静心徐观。画面上的狗是我很喜欢的圣伯纳犬,喜欢它是因为它表情憨厚,又因在外国被用于雪山救护工作,有很多救死扶伤的事迹流传。但看了半天才搞明白,这种"义犬"在这部电视片中是被称为"经济肉用犬"的,这片子也正是向广大农民兄弟们讲授如何喂肥、如何宰杀、如何卖肉、多少钱一斤、几年回本云云。

无独有偶,后来我去某地出差,看到当地报纸上有一则消息,说打狗运动进展受阻,饲主多不配合,分析种种原因,其中一条是季节选择不妥。时值盛夏,狗毛尽褪,狗肉大热,也不宜食用。如选在冬季打狗,则可向饲主晓之以利——狗肉可食,狗皮可用,不食不用,也可转卖,饲主听了,觉得经济合算,自会全力支持,痛下杀手云云。

看得我毛骨悚然。

某些人对待动物的态度,离现世享乐很近,离现代文明很远。生存固然是人类面临的首要问题,为生存而吃狗吃马和吃其他可吃之物无可厚非,但若为乐趣,则应有所选择。即便如此,在看到餐馆里狗肉生意火红兴旺时,我其实并未难过;看到有些人为了发财致富而养殖"肉用犬"时,我也没有难过,但如果我听说有人把自己喂养并厮守的小狗杀掉吃肉时,我无法不难过!

我不仅仅是为被吃掉的狗,更是为我们人类自己而难过。因为养过狗的人都知道,狗忠于你并给你快乐,狗是你的家庭的一员。

人之所以为人,是因为他拥有更高级的情感神经和思维能力,拥有理智、同情、罪恶感和道德心,如果没有,那才是人不人鬼不鬼呢!

人有七情六欲,要吃肉,要喝酒,要过新年。新年到了,祝人人大快朵颐,同时,别忘了给自己家的宠物们也改善一顿伙食,至少,让饭菜换个花样吧,以享全家同乐。

——《宠物派》新年刊序

☆☆☆☆☆

PART TWO
得到爱,也付出爱

  很多人都知道联合国有一个《人权公约》,约定人与人之间相互尊重和爱护的关系,却很少有人知道还有一个公约与人权公约具有同等地位,那就是《人与动物及自然界公约》。这个公约有一个核心观点,就是:人如何对待动物及自然界,不是有没有动物性的问题,而是有没有人性的问题。

  我在一本国外出版的介绍宠物的书中看到过这样的建议:每一个决定抱养动物的人,在抱养之前首先要召开一次家庭会议,征求全家人的意见。如果决定抱养,就要把动物当做一个家庭成员,无论生老病死,都要关怀呵护,不能嬉而不饲,甚至"始乱终弃"。动物要喂养、要训练、要为它治病防病,冬暖夏凉,都要为它料理周全。还要教育未成年的孩子,让他们为这个小小的生命尽一份责任。要让他们知道,养动物不仅是为了得到快乐,也是为了付出爱心。

  人类对待动物和自然界的态度,也是观照人类爱心的一面镜子。

  动物对爱的回报是最直接、最本能的。

  这比人好。

——《宠物生活》序

☆☆☆☆☆

PART THREE
家有宠物

我的猫狗

我的猫狗都是很名贵的,有只猫还得过全美冠军,狗也是有世界宠物协会的证书,不但血统纯正还很稀有,它们的情感有时是人无法代替的。狗忠实顺从,人也能忠实顺从,但有条件而且是易变的,狗是无条件的,是天性。上班时每个人都有一副面具,回家后看到它们就会很放松,有安全感,并且它们很依赖你。这种你喜欢它、它信赖你的感觉,在人类之间也可能实现,但你要不断地去寻找去碰,找到了也会变质,所以宠物的情感是不可替代的。

中国人总是把宠物当低于人类的非人类看待,这样很不公平。人与自然与生物的关系应该是平等的,都是地球的一员。我曾看过一本书,写的是怎样抚养狗及防病治病等等,最后一章是怎样做狗肉菜。这也许是大多数人对其他生物的认识。我们对待一只狗的态度不是我们说有没有动物性,而是有没有人性的问题。

世界上有两个最著名的公约,一个当然是尽人皆知的《人权公约》,另一个则是我们国人很可能都没听说过的《人与动物及自然界公约》。和动物在一起,最能够考察一个人的人性、爱心和善良程度,就好比有的女人考察一个男人是不是善良可靠,就看他是不是喜爱小孩子。和所有养宠物的人没有两样,谈起自己的宠物时就像年轻母亲凑在一起谈论各自的孩子,所有的妈妈都觉得自己的孩子是世界上最美的、最聪明伶俐的。

它们带给你的有时候是你和人打交道时得不到的东西,而且它们的给予是无条件的。想要得到爱的人就养狗,想要付出爱的人就养猫。因为狗最会看人眼色,拍人的马屁,它打滚撒娇都是为了讨好主人。猫就不同,尤其是波斯猫,高贵矜持,对人爱搭不理,它需要你的爱抚和关注。

他走了,我很难过

我家的乖乖是一只红色的波斯猫,据说年轻时体貌超群,曾获得全美猫展冠军。圈内人说猫和 NBA 一样,全美国冠军就等于世界冠军。十多年前这只猫被一香港人从美国带到北京,是北京最早的纯种波斯猫,因毛色金红而被养猫界尊为"红爷爷"。

就在今天早上,"红爷爷"死了。

"红爷爷"到我家后,我们叫他"乖乖"。他与我共同生活了十一年,真的很乖。他走了,我很难过。

狗同此心,心同此理

昨天我去参加了一个家庭犬的才艺比赛,许多狗狗的家长带着自己的宝贝前来参加比赛,场面热闹非常。

不过大多数宝贝的临场表现令家长们颜面扫地,那些身怀绝技的狗们全像被废了武功,对主人的口令一概置若罔闻。母的眼睛只盯着公的,公的则试图挣脱绳索跃跃向彼。无论家长怎样以奖牌和牛肉百般利诱,狗们始终心无斗志,不能竞其技也,才艺比赛不幸变质为相亲大会,主办者也是无可奈何。

还是诗人说得好啊:美味诚可贵,荣誉价更高。若为爱情故,二者皆可抛!

狗同此心,心同此理。

我其实是父以女贵

俺的宝贝之一,因脸皮"嫩"而得名"嫩嫩"。性别:女;性格:男。十月一日国庆节出生,因而背部有天生五角星一枚,世所罕见!被许多犬评专家推为英国斗牛犬之上品。近年曾受邀参加电视节目《东芝动物乐园》和出演电视剧《拿什么拯救你,我的爱人》,属偶像加实力双料演员,在演艺界德高望重。在《宠物生活》

杂志创刊号上被特别介绍，在《宠物派》杂志中出任英国斗牛犬形象代表，并在多家时尚类杂志及挂历上出镜，堪称绝世佳人，一代名犬。

我带她出门，常被宠物主人们认出，他们会惊喜地说：这不是嫩嫩吗？……那，你是海岩吧？没错，正是在下。自有了嫩嫩后，我父以女贵，因嫩嫩而成名，才有了今天在文坛和影视界里的一点点知名度。这是内幕，首次披露，小范围的，不劳外传。

概莫能外

好几个朋友问我，我家四只猫、七只狗相处如何？

狗猫照例互不相犯，狗与狗、猫与猫之间一般只是打闹玩耍。凡是急眼的都是一个要干那苟且事，而另一个正烦着呢。或求欢不得而恼羞成怒，或不堪骚扰而奋起反抗，因而恶咬一场，概莫能外！

☆☆☆☆☆

CHAPTER SEVEN
各领风骚三五天

❀ ....
　　当看到他们描述着当年押着几车皮的黄花梨原木"凯旋"回京的兴奋时,我并无半点兴奋,只有一丝狐悲。

❀ ....
　　如果一个年轻人对自己本国的文化不熟悉,也不喜爱,他会爱这个国家吗?

❀ ....
　　过去是"预支五百年新意,到了千年又觉陈",现在是三天不出门就找不着北。在这样的时代,创新成了生存的必需。

PART ONE

满城尽带黄花梨

一代风骚

自古以来,木材,是人类制作家具的主要用材。许多木材以其优良的耐用性和可塑性,优美的纹理和色泽,塑造出美观实用的家具,服务并改变着人类的生活。中国的古人运用木材于家具,更有登峰造极之历史,创造出无数令后人肃然起敬的艺术经典,至今仍然受到世界的仰视和尊崇。

中国家具的诞生与进化,约有三千多年的漫长历史,秦汉以前席地而坐,西晋之后向高发展,至唐五代之后,垂足而坐渐成主流。宋元时期家具制作更有长足进步,已经初现明清家具的雏形。

明代是中国家具艺术出现飞跃式发展的历史时期,家具的形式与功能日趋完美统一,明代黄花梨家具更将中国家具艺术带入化境。清康雍乾三朝又将风格鲜明的清式家具推上另一个高点,与明式家具共同构成了中国古典家具的整体风貌。今天人们所谓的中国古典家具,实际上指的就是中国明清家具。元代之前的家具大多取材于杂木,易损难存,传世甚少。在工艺、造型、用材上皆达到让今人都难以企及的水准并可传之万代的,应以明代的黄花梨家具为始。

中国古典家具是世界上最注重材质魅力的家具,这与中国人历来的审美习惯一脉相承。古人玩赏金玉名石、丝绸绢帛,无不追求其质地的美丽耐久和稀有纯粹。中国是唯一使用黄花梨和紫檀这样珍贵的木材制作家具的国家,并且历经数百年不倦不悔的智慧投入,不仅使家具的功能性极其科学,而且把自然界赋予树木的天然优美,融入人类的哲理追求,为天人合一的思想境界,找到形神兼备的表达形式。从明代开始,黄花梨就成为中国皇室和官宦家具的首选用材,一直受到上流社会的追捧和崇拜。这种情况一直延续到明末清初。黄花梨的风行在明代的中晚期，几乎到了令世人痴迷的程度。

明式家具很早以前就给西方留下过深刻印象，比如明式家具中的"三弯腿"就比西方古典家具的"三弯腿"产生要早，或可揣测西方家具借鉴于明的蛛丝马迹。可以肯定的是，明式家具是西方现代家具的鼻祖，那种不事雕琢的造型与线条，对西方现代家具的极简风格显然具有启蒙价值。四百年前的明式条案与今天西方现代家具的条案有克隆般的惊似，几乎同出一辙。而中国家具独特的榫卯结构，从中国古代的建筑工艺承袭而来，更使中国古典家具在功能及纯粹的层面上出神入化，这种完全摒弃钉和胶的组装结构，无疑是中国文化对世界文明的一个特殊贡献。

中国与西方的文化交流由来已久。但犹如哥伦布征服非洲一样，各种文化的交流常常始于血与火的战争。清末欧美列强入侵中国，得以使黄花梨家具大量传入西方，开始了在海外的百年流传。现在，西方许多著名的博物馆都有黄花梨家具的藏品，世界各地的藏家都以拥有黄花梨家具为荣，甚至在一些知名的博物馆里还专门辟有明式黄花梨家具的专馆。百年以来，明清家具特别是黄花梨家具已经成为中国文化的一个形象、一个代表性的符号，与中国的书法、绘画、陶瓷、织绣、金石等比肩并列，成为中国古代文化的一条不可缺少的分支，她在世界文明史上的重要地位，经过了中国数百年、世界百余年的认知，早已无可辩争。

木秀于林

众所周知，树木就其种类而言，多至难以胜数，而我们的祖先为何偏对黄花梨情有独钟？特别是在明代，为何会将黄花梨推崇到那样的一个近乎神话的地位，是无机的偶然，还是历史必然？

首先，明代是中国汉族皇权统治的最后一个封建王朝，以儒学为主干的古代文化已经非常成熟。释道两家，也在学理上大成于世。明代的知识分子享数千年的文化积淀，无疑具备了前所未有的学术修为。黄花梨家具之所以诞生在明代，显然与士族阶层的学养及审美意识所达到的高度，密切相关。

其次，明隆庆朝开放海禁，打破闭关锁国的千年禁忌。郑和下西洋沟通了海上的贸易通道，丝绸之路亦如通衢。在这种中外交流的背景下，黄花梨木经商贸路径自老挝、越南进入中国。产于中国海南岛的最优质的黄花梨也得以跨海登陆，继而进入北京皇宫的大雅之堂。

再次，明代实行以银代役的制度，促进了工商业的蓬勃发展。工商业的发展和贸易的开放，以及文化的发达，使得许多在统治阶级内部残酷党争中失意的文人抽身官场、厌恶政治，转而寄情于艺术创造和物质享乐，这使得当时的文化中心和时尚中心也随着知识精英们的足迹远离京畿，南移广东苏杭。广东苏杭不仅水米富庶，且得海运漕运之利，无论制瓷、织绣、金石、书画还是家具制作，一时风起云涌。许多知识分子竞相投身，醉心于此，古代文化的许多伟大成就，就是在这一时期创造出来的。历史上常见的"政治越黑暗，文化越光明"的现象，可以在明代找到充分的实证。

政治黑暗，官场腐败，工商繁荣，文化活跃，知识分子日益逃避现实，沉溺于生活享受之中——咏叹山水、崇尚自然，回归田园，以为永恒。将心灵从社会转向自然、从政治斗争转向对艺术的玩赏。明代是中国历史上造园运动最热情的时期，也是士族豪门造屋筑宅最热情的时期。而精美的园林和高屋大宅又对良材美器的家具陈设提出了更高的要求。文人对家具从设计到制作的全程参与，把自身的风尚志向和对乾坤万物的理解，把长幼尊卑的规则与天理人欲的融会，全都浓缩在家具的造型及材选之中。因此，从明式家具中我们至今仍可清晰地揣摩天地方圆的哲学思辨，体验中国社会的等级伦理，感叹中国匠人的聪明才智，领悟中国文人的心理寄托。

当家具制作成为皇室贵族甚至整个文人士大夫阶层倾心研求，并且乐此不疲的嗜好时，黄花梨突然变成了那个时代一致推崇的至爱。其必然性正是缘于黄花梨无可替代的自然性，即黄花梨的外观及品质，恰恰投和了当时特定的政治、经济和文化环境所形成的特定心理，而且契合了中华民族自古以来逐步养成的审美情趣，所以当仁不让地成为一代文人的时尚载体。

由于在中国几千年官本位制的封建历史中，并不明显存在一个独立于官场之外的文化阶层,所以社会时尚并不像今天这样主要由知识阶层和青年群体发轫推导,然后逐步衍为社会风气。而大多是自上而下,首先由皇室贵族和士族阶层倡导示范,然后"上有所好,下必甚焉",推广民间。黄花梨不温不燥,不卑不亢,不寡不喧,特别适合打造简洁凝练的素身家具,在显现自然本色的同时,给人以充分的想象空间;而且香气暗含,历久弥醇,与人的气息彼此交流,相融相通。黄花梨的纹路行云流水,华美而且绚烂;空灵飘逸,与中国水墨彩墨异曲同工;景自天成,与各种自然现象息息相关——千百年的风雨铅华,日晖月映,在她的光泽及木质之中留下鬼斧神工;台风扭曲树干形成的错节纹,枝杈疤结形成的鬼脸纹,还有麦穗纹、蟹爪纹、山纹、流水纹等等,古人运用各种仿生的想象将这些纹路比拟出来,足以让心领神会的美妙意境沟通古今。产生包浆的黄花梨光泽愈加成熟收敛,其气质更可满足文人雅士韬光养晦的境界追求。

几度寒暑

自清代始,黄花梨日渐稀少,一木难求。黄花梨家具也在时代风头中退居次席,紫檀家具取而代之。众所周知,满清入主中原,凭借的仅仅是军事上的胜利,并非经济与文化的强大。在更发达的汉文化面前,在更辽阔的国土和人口众多的汉民族面前,当时的统治者很难没有自卑感。所以整个清代的皇室贵族的审美情绪,就转向了紫檀这样一种深色的木材。紫檀的色泽沉稳厚重,庄严大气,肃穆威风,无论横雕竖刻,丝纹不乱不断,最适合雕刻和镶嵌各种主题外露的图案,最能满足统治者追求威严沉穆的等级象征和吉祥万代的自我祝福。当然,以紫檀为代表的清式家具以其区别于黄花梨为代表的明式家具的诸多特征,在款型、用材、工艺及风格上,也创造出了具有独特审美价值的艺术境界,堪与明式黄花梨家具比肩并立,同辉于中国优秀文化遗产的行列之中。

以黄花梨和紫檀为代表的明清家具,共同成就了中国古典家具艺术的巅峰。但自鸦片战争始,百年战乱,社会动荡,习俗变迁,明清家具大多流离失所,损毁将尽。中华人民共和国成立之后,由于意识形态的原因,废旧立新,对历史遗物的研究继承，屡受限制。特别是经历了"文革"时期破除"四旧"的运动之后，明清家具厄运难逃，所剩无几，据估存世仅万余件，且百分之七十流散海外。而明清家具的用材传统及制作工艺亦被时代潮流反复推向边缘，日渐衰微，精于此道者后继乏人。

根据多数专家的论点，黄花梨作为一个树种，在明末清初就已接近绝迹。据说，清宫曾经储存了一些黄花科木材，在乾隆退位时用去大半以置办"乾隆花园"，在袁世凯登基时彻底用尽。黄花梨从此"销声匿迹"，只留下若干物证和一个传说。

当黄花梨再次出现在人们的视野中时，已经是改朝换代的数十年后，在一九六三年的上海博览会上，黄花梨木出现在海南代表团的药材展区。黄花梨在中草药中被称为"降压木"，有降低血压、清心明目之功效。这几立方米黄花梨木被参观展览的上海木器家具厂全部买下，又被来上海参观交流的北京的一家木器家具厂发现于车间，回京后报告给国家林业部，黄花梨并未绝迹的消息一时震动中央政府。很快，由国务院发文并组织专家赶赴海南考察，果然发现深山老林里还有少量黄花梨野生树木。也许那个时候还没有环保意识，为了出口创汇，最后的这批黄花梨就这样被人们热情高涨地杀死了。我看过当时参与考察的人员写的回忆录，当看到他们描述着当年押着几车皮的黄花梨原木"凯旋"回京的兴奋时，我并无半点兴奋，只有一丝狐悲。

改革开放以后，国家经历了经济的快速发展，人们衣食足而知礼仪，开始尊重文化，尊重历史，开始注重国家与民族精神源头的追索和个人审美层面的满足，并且试图用各类历史的物证，找回中华文明历史的原貌和中华民族曾有的优雅。随着传统文化的复兴，国家对历史文物的保护力度日益加大。近年来，黄花梨古董家具依靠国家重点文物回收资金和民间收藏资本开始逐步从境外回流。和这些古董家具一样，前些年出口创汇的黄花梨仿古家具也在市场价格的作用下，开始逐步向国内回流。

时代更迭，气象更新，传统文化一经复辟回潮，立即重放异彩。黄花梨首先大象归位，吸引了一些对历史有责任感和对收藏感兴趣的人，其中主要是专家与文人。他们重新翻阅历史,搜集古董,不仅仅是黄花梨家具,瓷器、织绣、青铜器、字画等多年来散藏于民间角落里的奇珍异宝,重又悄悄地向国家的文化中心聚集。

王世襄先生的《明式家具珍赏》发表之后,大批外国收藏家涌入中国内地,大量珍贵的明清家具就是在这个"梦醒之前"的时期流散出去的。这也许是明式黄花梨家具在历史上最后的一波流失潮了。在中国本土的多数收藏者终于意识到黄花梨的市场价值时,黄花梨古董家具已经所剩无几,除在少数藏家手中辗转流转外,多数爱好者只能借助文化兴国的热潮,重拾传统工艺、抢救珍稀木材,仿制明式家具。老旧家具的残肢断臂,岛内老房的门板房梁,甚至旧时的米柜锅盖等,皆被搜罗一尽,海南黄花梨的来源迅速枯竭,市价涨幅十多年来龙门连跳,材料至今稀缺到以斤论价的地步。海南黄花梨仿古家具的价格已经快速接近古董家具,越南黄花梨的价格也以平均每年近倍的涨幅超越紫檀,成为木材市场上最尊贵的角色之一。

同种同宗

黄花梨分为海南、越南两种,是近十多年来才出现的情形。在中国古代,黄花梨不以出身分贵贱,只以尺寸论高低。现在多数的收藏家认为,明清家具使用的黄花梨多为越南黄花梨,因为越南与中国陆路相连,资讯快捷,贸易便利。隔海相望的海南岛虽属中国版图,但四面汪洋,山深林密,阴湿气瘴,古时多为犯流之地。以其天涯海角之遥,人徒手尚不易来往,何论参天大木出山过海。所以自古以来,海南黄花梨(特别是产于西部山区的油梨)除少量专程进贡之外,多被当地山民用于筑屋制器,农耕自享了。

史料有载:海南黄花梨产于中国海南及两广、福建地区。而据当代的考证,海南黄花梨仅产于海南一岛。越南黄花梨则产于越南、老挝交界的长山山脉地区。黄花梨成活的条件并不严苛,只是生长缓慢而已。特别是中国海南西南部的尖峰岭、霸王岭、八所、白沙等山区,气候阴潮,阳光不足,树木成材不易,而这恰恰成就了海南黄花梨特殊的瑰丽——植物生长越缓慢,它所得到的天养地护和雨露恩泽就越丰厚！所以，相比越南黄花梨而言，海南黄花梨特别是人们所说的"油梨"，亦即海南西南部的"三亚"梨，其材质密度更大，肌理更细腻，色泽更温润，花纹更绚烂，香气更幽远，油性更充足，是黄花梨中的极品。

直到上世纪末，中国政府才正式颁行了国家"红木标准"，这个标准将硬木（也称细木）统称为红木，分为五属八类三十三种。海南黄花梨列在豆科蝶形花亚科黄檀属香枝木类，学名"降香黄檀"。而在全部这三十三种红木木材的名单之中，竟然没有明式家具主要用材之一的越南黄花梨，甚为怪诞，致使现在市场上销售的越南黄花梨只好以"类"代名，统称为"香枝木"。越南黄花梨和海南黄花梨实为同宗同种，在明清时期从未分门立户。虽然海南与越南及老挝的土壤环境略有不同，树木的质地、花纹、香味及颜色确有差别，但很多专家都承认，越南黄的"油梨"与海南黄的"糠梨"相比，外观非常接近，质量大同小异，难以确分。国家权威木材鉴定机构对黄花梨也只鉴定树木种类，并不鉴定产地出身。根据专家对海南黄花梨的物种考察，未发现超过五十公分的残存树桩，明清古董家具中常见的宽幅大料，显然来自阳光稍足的越南、老挝，而非气候阴湿的海南。何况古董家具由于年代久远，都有程度不同的风化和皮壳包浆，因此更不易立判海越，收藏界也从不加以区分。

自古至今，越南黄花梨创作出无数姿彩夺目的古典家具，但在今天的国家红木标准中，却没有她的一席之地，是为缺憾。更有一些偏爱海南黄花梨的专家把越南黄花梨称为海南黄花梨的假冒伪劣之替代品，甚至主张把越南黄花梨从黄檀属的香枝木类里剔除，归入紫檀属的花梨木类中去，将海南黄花梨改名为"黄花黎"，以示区别。所幸这些不顾历史，也有违自然的提议，没有得到多数专家、收藏家和爱好者的认同。

关于国家红木标准中为何没有为越南黄花梨的立身设位，多年来众说纷纭，莫衷一是。一种说法是国家红木标准在制定时，参考了《大英百科全书》植物册的记述，可能由于越南黄花梨是一个很小的树种，所以《大英百科全书》中没有记载。又或因为越南百年战乱，向《大英百科全书》的树种申报工作被人遗忘和忽视。还有一种说法是，起草红木标准的专家主要由植物学家组成，容易忽略对木材历史状况的考据,所以将黄花梨的产地仅限海南一地,致使产于越南、老挝的黄花梨枉享数百年风光荣耀,竟在一夕之间声誉荡然,从此名不正言不顺地陷入无穷龃龉,难以正身。

好在,尽管越南黄花梨在"国标"中无名无分,但尊重历史的人们还是推动她的价格紧步"海黄"后尘,迅速拉开了与其他红木的价格距离,在市场上替她挽回了少许自尊。

形材艺韵

现在,海南黄花梨的野生林已经不复存在,越南黄花梨也日益稀缺。于是,从几十年前开始,已陆续有林业部门和黄花梨的爱好者放弃籍贯出身的门户之见,不仅在海南,而且在广西、福建等地尝试人工种植,迄今已收获万顷林荫。二十年到三十年树龄的黄花梨的胸径已有二十余公分,五十年即可成材。但是,据专家分析,人工种植的黄花梨由于"科学"喂养,在水分、阳光、肥料、防虫等多方面都被细心呵护,人工助长,所以如同人工种植的菜园人参与野生人参的差异一样,种植黄花梨显然也不可能具备野生黄花梨同等优越的材质。何况,黄花梨树木的外径与家具用材的直径并非一个概念。我看到过一棵有二十多年树龄的黄花梨树的横截面,那是用这棵树木的完整截面挖成的一个木碗,这个碗几乎呈全白色,只有碗底中心有小拇指粗细的一个深黄色的圆点,这就是黄花梨的心材。心材在海南当地被称之为"格",而白色的部分,是树的白皮,称之为"漫",也称之为"标"。白皮就是由植物纤维及淀粉质组成的边材,质地疏松,富含营养,可以供给心材成长的各种养分,而自己则随着岁月光阴渐渐销蚀。人们常说的"五百年成碗口粗",指的仅仅是黄花梨的心材。

也就是说,黄花梨成材的过程,就是坚硬而又饱含油性的心材依靠边材的慢慢滋养,又慢慢侵蚀边材的过程。也曾有人将边材染色制成家具,但是由于边材的质地疏松富养,所以易腐易蛀。我看到过用一棵拥有五十年树龄的黄花梨制作的椅子和橱柜,看得见其间显著的"虫眼"。也看得见新生的红色心材峥嵘初露,尚难成势,而白色的边材顽固不化,依然统治着主干。红与白的新旧交替犹如一场此消彼长的生死搏斗,展现了触目惊心的历史断面。

人工种植黄花梨无疑是一件造福万代的善举,正如俗话所说:前人栽树,后人乘凉,但可以享用黄花梨的"后人",并不是我们的子辈孙辈,而是千百年后的人类。百年之内的黄花梨"华而不实",仅供"乘凉"而已。如果急功近利,以短期获利为目的而过早砍伐,然后以拼接或染色的手段制作家具,显然违背了传统文化讲究材质真实纯粹的原则,对黄花梨艺术的继承无异于杀鸡取卵。也许有人认为,家具艺术的价值首先在于制作工艺和造型的美感,首先应追求功能与形式的统一,过度强调材质已经脱离了家具的本质,有"唯材质论"的嫌疑。这种观点当然不错,离开了工艺造型来谈材料,木料也不会显露应有的价值。但也应当看到,中国人的财富观首先看重的就是材质。家具的形、艺、材、韵,不可分割。材质对于家具价值的重要性既不能以点概面,也不是无足轻重。材质的高低优劣,既是自然的赋予,也有历史的依据。如果脱离了材质的自然禀赋和历史意义单论家具的工艺价值,显然不能包含传统家具的完整概念,也会陷入皮之不存,毛将焉附的窘局。就好比当雕刻的工艺同样杰出时,雕刻一枚润美的田黄石与雕刻一块普通的顽石;雕刻一块天然的钻石与雕刻一块人工的玻璃,价值相去何止万里!

黄花梨本身就代表了一种文化,她的显赫身世由深刻的社会历史的因缘构成——文化发展到某一个层次,政治和经济环境呈现出某一种状态,就催生了人们对于某一种艺术或某一种物质的喜爱,就形成了艺术的历史,形成了一个民族的审美情趣。即便到了今天,从审美的角度凝视黄花梨的美丽,那种美丽仍然永恒,依然令人震撼不已!

必须提醒的是,无论黄花梨拥有怎样的魅力和升值的空间,收藏的入门者仍须谨慎待之。凡有巨大利益空间的领域,必然存在巨大的欺诈黑幕。无论古董黄花梨家具还是新仿黄花梨家具,赝品及假冒伪劣者十占七八,遇到真品和精品的机会也和黄花梨本身一样,变得有限甚至稀缺。用拼补、贴皮、粘接的手法冒充整木,以花梨、白酸枝冒充黄花梨,以"海黄"的价格出售"越黄"等等现象极其普遍。何况,收藏黄花梨家具毕竟不是收藏木材,如果收藏者的历史文化知识和审美能力比较欠缺,无法断识家具款型、工艺、色泽、韵味的文野高下,那是很难收藏到具有艺术价值的家具的。如果缺少了艺术价值,再珍贵的木材一旦被分解切割,打制成器,恐怕木材本身的价值也会荡然而失。

其实,一件好的家具,除形、艺、材、韵之外,还有一个"境"字。家具摆放在怎样的环境里,周围的物品怎样搭配、光照怎样烘托,都足以影响家具应有的光彩。王世襄先生曾有一个夙愿,就是建造一座足够大的四合院,作为明清家具的博物馆。让那些古典家具按史上的规例,陈设于堂厦厅轩,再现古人生活的完整画面,摹绘古代晨昏的浮世人烟。这样的博物馆比之把明清家具置于现代化的展场中,更容易让后人发思古之幽情,体验到中国文化的独特气质与中国士人的雅趣禅思。可惜,王世襄先生的这一愿想至今未竟,给后人留下无限期盼。

最新争议

◇名称之争

黄花梨走进社会生活,走进文化艺术,历经数百年升沉起伏,各种话题不绝于耳。可谓木已绝世,声未绝响。时至今日,连她的籍贯与姓名,价格与价值,都屡有颠覆常规之论,令人耳目一新。

有学者认为,黄花梨不应该叫做"黄花梨",而应该叫做"黄花黎"。因为出产黄花梨的地方叫黎山,当地住民是黎族。这些学者从地理学和植物学的角度,希望将黄花梨从平凡的花梨木中分离出去,避免让为数众多的花梨类木材混淆视听。黄花梨在历史上有过很多名称,如:降压木,又如:花榈、花狸、花黎、降香、香枝、香红、海南檀等,史上也曾混称为"花梨"。花梨其实有几十个品种,有些品种俗称草花梨,与黄花梨相比,材质稍轻,价格低廉。按照现代植物学的分类,花梨位列紫檀属,黄花梨位列黄檀属,泾渭分明,互不相干。但两者外貌相仿,不得已,老一代人也曾把草花梨称为新花梨,把黄花梨称为老花梨,用以区分。

在前述所有曾用名中,黄花梨是使用最广泛、最深入人心的一个名字。这无疑是前人所起的一个文学名称,用以形容她梨花灿烂的色泽,令世人心领神会,口口相传,以至约定俗成,形成文化,形成历史。今人以地理学和植物学的概念来匡正历史文化概念,虽自成一说,但和者盖寡,当属意料中事。

◇价格之争

黄花梨于明代一枝独秀,至清代与紫檀共荣。在她盛极一时的明清时期,始终物稀为贵,价可夺金。马未都先生在《百家讲坛》中引用古籍记载,讲到一张黄花梨床在明代值银十二两,而当时的一个丫环还值不到一两白银。也就是说,一只黄花梨床已然抵得十余人身价,可见贵重之极。中华人民共和国成立后,国家以黄花梨制成家具及工艺摆件出口海外,为国家创造外汇收入,民间消费几乎为零。改革开放以后,黄花梨始入市场,价格连年攀升,从几千元一吨升至几千元一市斤,涨幅令人瞠目不及,成为与羊脂玉、田黄石等同样身价飙升最快的自然珍品,快速登上了物华天宝的顶级奢侈品殿堂,接受人们的膜拜与叹赏。

价格的飞升自然也引起社会的不同凡响,有人认为黄花梨价格曲高和寡,不仅自绝生路,且有炒作之嫌。当然,持这种观点的人也面临着曲高和寡的尴尬。炒作通常含有明确的利益目的,海南黄花梨已有数年没有正规的市场供应,买家持币待货,如淘古董。炒作劳而无功,质疑自寻无趣。去年年底紫檀价格回落,质疑之声又起,甚至把黄花梨与前些年君子兰与普洱茶的泡沫相提并论,而不论三者之间情形迥异。我一向认为,收藏最好同时具备三个条件,方为周全:一、有公认的价值;二、资源不可再生;三、真伪易辨。黄花梨恰恰三者兼备,而且既可作为艺术品欣赏,也可作为实用品日用。事实上,当代收藏热潮中的大多数古代、近代及现当代艺术品,都无法如此三全其美。

那么,黄花梨的价格是否还能继续升高呢?有观点认为,黄花梨已成天价,理应到此为止。但更多的声音却断言升值仅是时间问题。因为黄花梨成材以百年为计,而喜爱并有能力收藏的人却与日俱增,供求关系必将日益尖锐。如同钻石、翡翠、田黄、名玉的价值多以成色及重量分贵贱,而少以年份论高低一样,当海南黄花梨木材彻底难觅其踪时,其供求关系势必推动新仿家具的价位向古董家具靠近,当越南黄花梨同样一木难求时,其价格也将迅速向海南黄花梨靠近。喜爱和稀少是一对不可回避的矛盾,价格便是平衡其间的有效杠杆。

对黄花梨价格高涨不以为然的另一种观点,是干脆否认黄花梨的使用价值。甚至认为黄花梨根本不适合制作家具。这种观点认为，气干密度在0.6～0.7 g/cm³之间的木材因其易刨、易锯、易雕，才是最适宜制作家具的用材。而黄花梨的气干密度高达0.82～0.94 g/cm³，很硬、很重、不易切割打磨，搬动也不方便。甚至，还有人对黄花梨的历史地位也提出质疑，认为在中国的历史上，只有明清时期才使用黄花梨制作家具，而在更加久远的其他历史时期里，都是使用软木杂木制作家具的，所以不应当把黄花梨作为中国古典家具艺术的主要代表，而且黄花梨也并不比榉木榆木的花纹更突出。按照这样的观点，人们可以质疑的事物将数不胜数。比如，翡翠不能吃、不能穿，外表也不一定比玻璃好看，人们何苦趋之若鹜？又比如，人类享用钻石的历史也并不久远，一颗天然的钻石看上去可能不比一只人工的钻石更加纯净和闪光，但两者的价格何以有天壤之别？价格代表需求，需求包含文化。自古以来，人类追求美的基本心理，就是真实与持久——美丽、真实、稀有、耐久，制造了崇拜，崇拜的心理，制造了价格。

还有观点认为，黄花梨作为稀有甚至濒临灭绝物种，用来制作家具有悖环保的潮流。其实，高昂的价格恰恰有利于抑制消费。越南黄花梨价格近些年的连续攀升，正与产地国限伐的环保措施有关。大多数黄花梨的爱好者在收藏黄花梨的同时，也都是坚决禁伐黄花梨野生树木的主张者，也都希望人工种植的黄花梨能够延年积寿，免于夭折。

结束语

一个民族前进的步伐无论怎样加快，其历史发展的前因后果都必然有迹可循。一个民族无论今天多么朝气蓬勃，她都应当骄傲于自己辉煌的历史。历史遗产是不可替代的，尊重历史就是对未来负责。人们今天喜爱黄花梨家具，其意义已经远在享受之外。中国古典家具的造型思想向来讲求尊严高于舒适，坐在一只圈椅上肯定不如坐在一只沙发上舒适。但古人坐有坐相，站有站相，更看重的是圈椅造型中"天圆地方"的世界观和"步步赶高"的积极信念。古典家具中无数这类言传意会的思想符号，都值得我们兴高采烈地欣赏下去，并且传承给我们的后人。

　　当世界进入全球化之后,西方文化借助其强大的经济实力和传播平台,呈现出前所未有的侵略态势,而中华文化则暂时处于较弱的一方。在这样的时代背景下,文化的共融不可避免。在融合中如何免遭全盘西化的并吞,真正做到"合而不同",首先需要唤起大众对中华文明自身的了解与喜爱。对于我们历史上曾经辉煌的,并且今天仍然令全世界倾倒的文化遗产,国人不应反倒妄加雌黄,轻率否定。让中国的优秀文化代代相传,继续成为中华民族的精神依托,支撑子孙万代永不衰竭的凝聚力,是所有知识分子都应当赞许的主张!

☆☆☆☆☆

PART TWO
再现历史的光芒

中华文明历史悠久,博大精深。中国明清家具是中华文明的珍贵遗产,它与中国书法、绘画、瓷器、织绣、玉器等一样,是中国古代文化艺术的重要分支。中国家具的设计制作自秦汉以前有序发展演变,至明清时期抵于巅峰,集历代文人的风尚志趣,将中国知识分子对天地方圆的哲学思辨以及中国社会长幼尊卑的等级伦理,融会贯通,把中国文化对繁复与简洁的不同追求,推到极致,在全世界的范围内,成为世所公认的优秀的人类文化成就。

遗憾的是,自民国以后,因社会生活习俗变迁及社会动荡之故,明清时期留传于世的家具,大多损毁散失,在"文化大革命"破除"四旧"之后,更是所剩无几,据说存世量仅万余件,且百分之七十流散于国外。而明清样式的家具及其传统制作工艺,亦被时代潮流反复推向边缘,日渐衰微,精于此道者后继乏人。

可慰的是,随着文化兴国的热潮,近年来,一些有识之士重整箱箧,将中国明清家具的历史蒙尘用力除去,在重拾传统工艺、抢救珍稀木材,再现古老风貌方面,功劳卓著,对中国古代文明这一不可缺失的支脉继承光大,做出了历史性的贡献。伍炳亮先生不仅是这一传承事业当代最早的发轫者之一,也是目前国内明清家具研究制作收藏的集大成者,尤其是伍氏明清家具的高仿作品,其工艺的优良、造型的精准、品相的完美,直追古风,更是无出其右者。

伍氏兴隆的高仿明清家具以紫檀、黄花梨家具为主。紫檀与黄花梨以其沉穆庄重、华丽绚烂的外观、油韧坚实肌理细密的质地,深得明清帝王及历代文人士大夫阶层钟爱,为明清宫廷及官宦家具的首选用材。这两种木材既是人类赋予自然物质以文化意义的载体,也是大自然赐予人类的瑰宝奇珍。伍氏兴隆依古法将此寸木寸金之材打造成器,又以新法将百年岁月的磨砺浓缩其中,在璞玉浑金般的光泽中,隐约可见风雨铅华,令人发思古之幽情,其艺术魅力无以言说。

众所周知,海南黄花梨作为树种已基本绝迹,紫檀和越南黄花梨也已日益珍稀。伍炳亮先生多年自民间艰苦搜救的紫檀黄花梨之百年千年老料,在他网罗培养的能工巧匠手下,既可重现昔日光辉,又有推陈出新之作;既不失明清传统韵味,又有个性鲜明的改良。在具有收藏价值的明清古董家具难觅其踪的今日,伍氏高仿家具渐成收藏新宠,是一个必然的现象。伍炳亮先生在业界和收藏界广受推崇的原因,并非仅仅由于伍氏家具工艺的精良和用材的铺张;也非由于伍氏家具早已登上当代顶级奢侈品的消费殿堂;更主要的,是伍炳亮先生对中国古代文化继承创新的尝试及成绩,令人瞩目,令人击掌,理应受到文明社会特别是海内外文化界和收藏界的珍爱与欣赏。

——《伍氏兴隆家具珍赏》序

☆☆☆☆☆

PART THREE
文化的价值谁做主？

今天介绍说我是收藏家，所以我首先要利用这个机会感谢我在收藏方面的两位老师。第一位老师就是马未都先生，我的第一件藏品、第二件藏品和第三件藏品都是马先生带着我一件一件去买来的，价格都是马先生帮我砍的。我多次去马先生的博物馆，甚至我们企业有一次开董事会，经我提议也是在马先生的博物馆里开的，那些董事、投资人都把这样的一次会议称为自己人生当中的一次重要经历。

我的第二位老师是王刚先生。因为我经常收看他主持的《天下收藏》节目，我的很多关于收藏方面的知识是从这个节目当中获得的。唯一的希望就是今后我们企业能到王先生家里去开一次会，能够坐一下他那张有三百年历史的床。

这里我想跟大家汇报一下最近我要做的事。我在春节后刚刚出版了一部赞扬记者和媒体的书，叫《独家披露》，希望在座的记者们去买。另外我正在准备写一部电影剧本，是受公安部的委托，它写的是西安近年来发生的一起盗墓案，墓主是中国最著名的女皇上武则天——我的话比较长——武则天的孙侄女，也是中国最著名的男皇上唐明皇的老婆，也是中国最著名的妃子杨贵妃的婆婆——唐代的贞顺皇后。盗墓者在这个墓里面发现了一座石椁，这是中国乃至世界上迄今为止发现的最大的石椁，上面有中国最早的山水画和花鸟画，有中国最早发现的希腊文化的雕塑，有二十一个栩栩如生的人物，有各种珍禽异兽，它上面七彩尚存，金雕依稀。犯罪分子把这个二十八吨重的石椁，从十五米深的地下抬到了地面，从地面抬到了美国。这是中国历史上被盗出境的最重的文物，也是中国历史上成功追索回来的国宝级文物的第一个案例。

这个文物刚刚被追回来，目前还没有对公众展览，但是对媒体作过一次开放，请记者们去观看。我为什么要接下这个题材呢？因为有一个人讲了一句话对我触动很深,当文物专家在跟很多媒体介绍这个国宝级的文物的历史价值、艺术价值、风格与特色时,似乎媒体都不是很感兴趣,记者们最终要问的一个问题是:它值多少钱?专家说这是国宝,是不买卖的,不存在多少钱的问题。就像我们问天安门值多少钱一样,谁也给不出这个价。但是有的记者就说了,公众还是需要知道它值多少钱,才能判断这个东西的价值。

这里面,我觉得首先是反映了一个文化生态的问题。我们不能够怪这些记者提出这样的问题。我认为我们现在是处于一个前所未有的文化生态,比如说我们过去从来没有经历过全球化时代,我们过去从来没有互联网,在全球化时代和互联网时代,西方的文化很容易就能进入中国,而且现在在我们的一般民众当中,西方文化确实比较流行,中国的传统文化甚至呈现出一种边缘化的倾向。以前我们说,"越是民族的,越是世界的。"从现实来看,这种自信已经不如当年了。这是一个我们没有经历过的状况。

第二就是,从现在我们社会上发生的种种现象来看,在我们国家经济高度发展的这二三十年,在中国的经济形态发生巨大变化的这二三十年,我们似乎还没有提前或同期地架构好我们的文学理想和我们的文化理想。

第三,由于我们提倡的东西和我们很多方面的规则设定存在着相悖之处,所以金钱往往成为一些领域包括文化领域里主要的标准,甚至是唯一标准。我曾经说过,如果我们的文化把电影票房、电视剧的收视率、网络的点击率、出版和报纸的发行量当做唯一标准,这样一来,记者们问这个东西值多少钱,才能判断是有价值的还是没有价值的,就不足为怪了。

把价值和价格混同,甚至用价格取代价值,这是我们很常见的一个现象,在收藏界也很常见。曾经有一位收藏家,也是著名的企业家,有一次在媒体上就发表这样的一个观点,他说现在艺术品的价值是由资本来决定的,过去可能是由艺术家说了算,现在是由资本说了算。我想,他这个话是有一定道理的,因为我理解他说的这个价值,用的这个词,实际上指的是价格,是在拍卖市场和艺术品市场上的价格,而不是价值。学过经济学的人都知道,价格和价值不是一回事。产业的标准是收入和利润,是市场,而文化的标准是审美、精神和情感,这是不一样的。有人问我，我们现在不是很注重发展文化，一直在说要振兴文化吗？我说我看了很多报道，我很少看到"振兴文化"这四个字，我看到的都是"振兴文化产业"。振兴的是产业，不是文化。因为产业有产业的标准，产业的标准是收入和利润，是市场，而文化的标准是审美、精神和情感，这是不一样的。既然是振兴文化产业，那么用产业的标准衡量也许就是谁挣钱多谁就是老大，哪个作品挣钱多就是好作品，这也无可非议，这是产业标准。

一个艺术品的价格由谁来确定呢？过去是由精英们来确定，现在是谁确定呢？首先是资本确定的，其次是购买者，也就是市场确定的，再次就是炒作、运作确定的，这些都能够极大地影响艺术品的价格。那么艺术品的价值怎么来确定？这个是我们作为收藏爱好者一直在思考的问题。

现在收藏界说"亿元时代"，说多少东西破亿了，你看现在这些大的拍卖公司总结他们一年的拍卖成果，很少在谈艺术，基本上是谈价格，超过千万元的多少件，超过亿元的多少件，以此来说进入什么时代，却很少在讨论价值。而且你们现在到拍卖现场去看，收藏家很少，基本上是做石油的、做煤炭的、做公路的这些投资人，他们的观点就是我要掐尖儿，就是要买最好的。我也知道有一家拍卖公司是专门拍卖那些犯了罪的人包括贪官的收藏品，很多价值连城的文物从贪官家里搜出来，还没打开呢，那个画卷都没打开过。所以他不是为了喜欢文物而收藏，不是因为喜欢艺术品而收藏，他在乎的还是价格。

那么，我们这些真正喜爱收藏的人怎么确定文物的价值呢？我感到非常困惑。有人跟我说，艺术品的价值要靠时间来确定，靠历史来确定、来检验。但我们也都知道，历史遗忘、错失了很多伟大的艺术，不是你的艺术伟大，历史就一定会记住你。那么说靠人民来检验，以民意为依据也是不完全合适的，比如说，德国打波兰的时候，德国的民意也是高度一致的。事实和历史都证明，民意在某种历史情况下，呈现出的状态是不能作为判断依据的。

到底什么东西能够让我们去判断呢？我觉得可能我们更多的是要问问自己，作为一个收藏家，作为一个收藏者，你喜爱不喜爱，你是想投资还是因为喜爱。如果你是投资我认为就不在收藏的范围内，因为你并不是想收藏，更不是想传承，你是想交易，那么交易就好了。就像我们说振兴文化产业，振兴的不是收藏，振兴的是收藏产业、收藏经济。那你一定要看好了，哪个东西好出手，哪个东西被炒作过，哪个东西是易于流通的。但是如果说你是在收藏艺术，在收藏文化，你一定要看你是否喜爱，以你内心的良知、你的品格来判断你喜爱什么。那么我们的品格、我们的良知从哪里来呢？是从我们受的教育来的，是从我们祖先留给我们的伟大的文化遗产当中来的。

如果一个年轻人对自己本国的文化不熟悉，也不喜爱，他会爱这个国家吗？

刚才在介绍我的时候，说我得过二〇〇九年度的"中华文化人物"的称号，我当时在领奖的时候讲了这样的话，我说在全世界的范围内，一个民族几千年历经多种劫难而不散，中华民族几乎是唯一的实例。这种凝聚力既不是经济的凝聚力，也不是军事的凝聚力，而是文化的凝聚力。我们的文化历史上也经历过很多次坎坷，但是最终中华文化生存、发展、延续下来，中华民族因此而骄傲，因此而互相认同，因此而强大，一直到今天。我同时讲，现在我们在中国的任何一个城市、城镇走过，你看年轻人，他们吃的穿的，他们看的节目，他们喜欢的品牌，他们哼的歌曲，他们跳的舞蹈，很多都是西方的。我问了这样一个问题：如果一个年轻人对自己本国的文化不熟悉，也不喜爱，他会爱这个国家吗？

我发表了这个获奖感言后，记者就来采访我。其中一个记者问，海岩老师，你看过电影《阿凡达》吗？我说看过。他说这是美国电影，你觉得不好吗？我说，《阿凡达》很好，它有对人类的终极思考，它关心环保，关心人类的未来。我说虽然好，但是它是美国文化，是美国式的英雄拯救世界。如果全世界只有美国文化，你觉得会开心吗？美国输出它的文化，你认为它是雷锋吗？它是为了中华民族的繁荣昌盛吗？它是为了中国人民的幸福吗？问我的记者没有再回答，但是旁边扛摄像机的记者，一个年轻人，我注意到他冲我竖了一下大拇指。

——《解放日报》第四十三届文化讲坛演讲

☆☆☆☆☆

PART FOUR

各领风骚三五天
——海岩对话装饰设计

兴趣与过程

记者：社会上都知道你写小说，写影视剧本，是高产的畅销书作家，但还不太了解你是企业的领导人、成功的企业家，更不了解你在室内设计方面非常有兴趣。企业管理和写作要用去你很大精力，室内设计更是耗费精力的事情，而且没有回报。写小说回报很高，搞企业也有成就感，你搞室内设计完全是一种爱好呢，还是为了企业的效益和形象？

海岩：企业的营业场所也是企业形象的一个组成部分，营业场所设计得好坏，确实关系到企业的品牌和效益。但设计并非要由企业的领导者亲力亲为，而是应当委托专业的设计公司来做。我自己从事设计工作主要是出于兴趣。我通过自己的学习积累，感觉自己具备这样的能力。我到上海"新锦江"当总经理的时候，想改动部分营业场所的装修，可有人说：没有集团钱总裁点头，"新锦江"可不能动。我们集团的钱总曾经是上海民用建筑设计院的院长、中国建筑学会副理事长，在建筑设计界也算泰斗级的人物，之后当了上海的副市长，再之后到锦江集团做总裁，"新锦江"又是当时集团最好的五星级饭店，是世界十大设计师之一戴尔·凯勒设计的。所以很多人提醒我，"新锦江"可别动。我是初生牛犊不怕虎，就动了，结果钱总来看，说动得很好啊！就这么把我的信心给激励了，连动了几个地方大家都说好，钱总也说好，请专家来看，也说好，这样我就发现我在这方面可能有点天赋。天赋就是你对某种东西具有特殊的感受和特别的表达方式。后来我们集团的党委书记开会时说：你们都应该向海岩学习，他动手搞设计效果非常好。散了会我就对他说:千万别!搞室内装修一定要请专业的公司来做设计,高星级酒店最好要请国外的公司来做设计,万万不可让经营者自己来做。

至于报酬,是这个时代最容易提出的问题,没钱你为什么要干?因为在这个时代似乎绝大部分事情都或多或少地带有交易的性质。但我思想的某一部分还停留在过去的时代。我喜欢设计,我就可以不要金钱回报。按我们企业里的规定,企业的领导干部不能参与工程的招投标工作和预决算的审核,这两项工作是由一批级别相同的专业干部组成的"招投标小组"和"预决算小组"来独立完成,这两个小组分别负责选择施工单位,审核工程价格,只有在小组每个成员都签字的情况下,主管领导才能签字,才能向董事会申请资金。我只是根据最后批准的预算来进行具体设计,所以说,我做设计是完全没有经济利益可图的。我喜欢做的事,是不把金钱放在第一位的。

为什么我特别喜欢室内装饰呢?我觉得室内装饰是精神文明和物质文明结合最为紧密的一种创作。写小说当然也会表现中国的文化,也会参与中国文化和世界文化的对比,虽然写的是中国城乡的某一角落,但涉及的主题可能是世界性的,尽管如此,也很难像装饰设计那样,可以把对历史文化的理解和对时代潮流的感受,把这个时代物质文明和社会风尚的发展水平,直接地表达出来,然后产生那样一种多重的享受和欣赏的愉悦。我们现在装饰一个餐厅,不仅仅是为了吃饭;装饰一个卧室,不仅仅是为了睡觉。随着社会生活的发展,装饰设计不完全为了单纯的功能性生活,或者为了生活的功能性而作,它常常带有生活的娱乐性、审美性,是一种对文化的理解和表达。比如设计餐厅,我们都知道,餐厅现在常常是进行政治、经济、文化等等社交活动的场所,人们不是饿了才想起餐厅,而更多的是要寻找家庭的愉悦、社交的愉悦。世界上很多重大的国事活动,很多伟大的历史时刻,都发生在餐厅这样一个特殊的舞台;很多影响人类发展进程的重大决定,都产生在餐厅这样一个看似平凡的场所。那么对餐厅的装饰,就不完全是出于果腹功能的考虑了,它必须表达出生活的欢愉,政治的庄严,以及文化的亲和。餐厅是用于和朋友、同事、同行共享的空间,那么这个空间对每个人的包容,对每个人心情的影响,对在这里所要从事的活动的氛围的形成,都将发生很大作用。从这一点来看,装饰设计作品应当是把政治、历史、民俗、自然、现代科技和流行时尚等等因素紧密结合的样本。

我所供职的公司是一家经营旅游业和饭店业的公司,我常常要求我们公司所属酒店的各级管理者要把酒店布置成为有品位的、能满足各种社交功能的场所,要能够达到国际同类星级饭店的水准,贴近国际的潮流,这无疑是打造公司品牌的一个重要工作。

记者:在酒店装饰设计工程中,你作为业主的代表又作为主要设计者,是怎样进行决策的呢?

海岩:业主给予设计师的权力,常常只是局部的权力,比如只让设计师做平面立面的设计,而用什么家具、怎么摆设、用什么桌面器皿和饰物,则多由业主自己随意而定。有的业主对设计管得过细,连材料都要具体指定,说我就喜欢那个材料,或者我就喜欢这个灯,而不管他喜欢的材料或灯具与设计的整体风格是否相称,他也不一定了解材料的颜色和质感,很难独立评判好坏,完全要看搭配的效果,要看和周围其他材料的互动关系。而且,同一种材料因面积的不同,光线的不同,视线角度的不同,油漆表面明暗的不同,可以产生完全不同的装饰效果。更不要说有些材料本身就具备某些历史文化或功能上的含义,选择时必须考虑周全。所以我主张业主委托设计时只需提出风格的方向和档次、功能的要求,不宜过度干预具体的设计。

记者:我们知道你在设计时有些助手,你与助手的合作关系是怎样的呢?

海岩:在我和沈工以及和项目部经理们的合作中,我是主要设计者,创意由我出,大小主意都由我拿,造型和空间安排,材料的选择,灯光和色彩的确认,都由我提出和决定。沈工和项目部经理们的工作主要是实现。实现的好坏常常是一个设计是否成功的关键,沈工是我认识的设计师中,知识最全面也最通达的一位,他的感觉和我常常心有灵犀,我的想法他不仅仅能够快速呼应,而且能够很快发现其中的妙处与不足。合作本身是一个模糊笼统的词,如果我们几个人算是一个设计组合的话,那么我就是主设计师,他们是助理设计师,沈工还是一位制作艺术家,不仅具备足够的艺术把握能力,对制作上的工艺流程及材料的特质,也全都了如指掌。我们的设计,很多的时候是在现场不断修改完成的,因为图上看到的感觉和现场是非常不一致的。所以我大概两三天或三四天要去一次现场,施工面稍微有些变化了我就要再看一遍,我可能会说:你把这个东西给我拆了,你这个线条不对,尺寸也不对……每个细部都要在现场商量,从功能上,也从客人心理上,反复权衡,连每一把椅子的大小宽窄,靠背的角度,与桌子的关系,坐垫的厚薄软硬,都要反复试、反复改。做"后世纪"俱乐部时,我要求四面做成水泥墙,不是一般的水泥,而是掺了大量石子的水泥,要表现石子在水泥中的斑驳感,反复商量做法,终于做成功了。我还要做一个裂开大缝的水泥顶棚,裂缝里还要裸露出钢筋和管道,然后把开着的电视塞到裂缝的深处去,客人打台球时能看到里面的荧屏闪烁。沈工说做不了,这么厚的水泥板要剖开,得考虑重量和支撑,后来我们讨论了很多办法,结果不用支撑也做成了。还有设计越南餐厅时要搭的那个竹棚,我告诉他们棚顶要用茅草,没有茅草找一般的麦草也行。做的过程中他们告诉我说:你这想法不行,麦草一捆上就往下耷拉。我就让他们弄一根竹棍,把麦草包在竹棍外面,不就挺实了吗?一试,也行了。还有灯光,一般设计师只是做一个灯位图,告诉你哪里应该亮哪里不该亮,而灯光的生命在这个设计中是不是真的焕发了光彩,很难保证。还有材料,一般设计师选择材料通常只按设计思路进行搭配,很难一次一次地到现场实地选看。可织物面料和墙纸这一类产品总在不断地升级换代,不断有新的品种,新的花色,新的制作方法,新的概念产生。新的材料是什么效果,常常需要在现场进行考察,要在阳光下看,在灯光下看,拉平了看,捏成褶看,以分析判断材料在不同状态下的效果。这种繁琐的工作,很多设计师几乎没有条件亲自完成。

灵感与风格

记者:请再谈谈设计中的灵感问题。

海岩:设计的灵感问题涉及创作的源泉问题——灵感来自何处?

我的灵感来自对自然风光的向往和对古代文明的崇拜,来自对童年及未来生活的幻想。几年前我们在亚洲大酒店做了一个"老船坞"餐厅,造了很多乌篷船放到水里。这个设计就来源于我小的时候总是梦想在船上吃饭,四面是水,头顶乌篷,乌篷摇晃,船灯也随之摇晃,还有紧衣宽裤的船家女在船头唱曲吹箫……这种生活的享受非常中国也非常浪漫。中国很多城市人其实是刚刚离开土地,尤其是我们这一代人,看上去每天都在大公司里上班,其实十八岁以前还在农村种地呢!然后上大学,进入城市,然后走向世界,融入到最现代的生活之中。我们这代人的一生,反差非常之大!我们即便进入了一个世界顶级的公司,即便做了主管,做了总监,甚至做了"CEO",享受到了和西方主流社会相等甚至高于他们的物质生活,接触到了和老牌发达国家几乎一样的环境,但毕竟我们和他们的经历是不一样的,经历不一样心态也就不会一样。很多中国人到现在骨子里还保留着做地主当皇上的心态,这就是农民的理想。农民对富足的想象,样板就是地主。对权力和威风的想象,样板就是帝王。我小的时候看过一个电影叫《今夜星光灿烂》,其中一个情节后来受到批判,再放的时候被剪掉了。这个情节描写战争年代一个解放军战士梦见自己结婚,结婚的场面完全是地主式的,新房的门楼也是地主式的,他穿的衣服是长袍马褂、戴的瓜皮帽上还插了两个翅,结果就遭批判了,说解放军战士是要推翻地主阶级的,怎么会梦见自己做地主。其实这个情节非常真实。

我们每个人,在生活中都有很多幻想,比如幻想在船上吃饭;幻想在草原的篝火旁吃饭;幻想在帐篷里吃饭等等。我看过一个名叫冯学敏的摄影师拍摄的一本影集,叫《绍兴与酒》。他用黑白照片来表现乌篷船,表现绍兴人在乌篷船上煮鱼喝酒,令人非常神往。后来我不但做了这个"老船坞"餐厅,在写《拿什么拯救你,我的爱人》这部小说时,故事的发生地也选择了绍兴,都是因那些照片复苏了少年的幻想。我设计的上海餐厅一楼则很像一个地主的宅子,有些局部因为用了明黄色和龙顶子什么的,又像是一个皇家行宫。很多中国人住了多年高楼大厦,终老前却最想有个院子,"采菊东篱下,悠然见南山。"那样的生活情致大概是很多中国人的一致向往,再养个鸡鸭狗兔什么的,才叫落叶归根。这个"根",从本质上说就是对土地的心理依赖。中国有个大画家叫黄永玉,他在京郊盖了个大院子,取名"万荷堂",我印象中那院子是湘西民居的建筑风格,但表现的幻想却是水,因为他在院里砌了一个水塘。他说家乡就如同自己的被窝,哪怕有点脏有点味,别人肯定受不了,自己睡进去就没问题,因为它最投合自己的味道。但我认为这万荷堂在设计上其实是值得商榷的,他把自己想要的东西堆在一起,结果有点像个地主的土围子,长长方方,缺少变化。中间的方池子给人的感觉是一潭死水,感觉它跟哪都不通。中国传统的庭院园林如果有水,必定左右逢源。我看过他那院子的照片,他那个水塘砌得像个沼气池!倒是院子里的那两只大狗不错。

幻想是一切创作的重要来源,如果一个装饰设计师的幻想有趣,实现的手段又好,别人看了就会激动。激动来源于文化的共鸣,共鸣说明他的幻想具有代表性,说明他用非常典型的、非常有力的方式把这种代表性表现出来了。所以我说的幻想也不完全是个人梦境,而是建立在社会历史文化知识基础上的合理想象。在做越南餐厅时我们想到越南曾长期是法属殖民地,就想象了一个法国军官或贵族,在越南的一幢草棚式的小楼里开了一个餐厅,建筑是越南的,装潢是法国的,里面的酒吧、地毯、家具、饰物等,用了大量法式的东西。我们还给这个餐厅起了个法文的名字叫"情人"。因为上个世纪越南文化受法国影响特别大,越南菜中也掺杂着很多法国菜的内容,所以我们用法国小说家杜拉斯的一部著名的小说为它命名。《情人》这本小说写的是发生在越南的一个中国青年和一个法国女孩的恋爱故事,而法语的"情人"一词和中文的"二奶"并不同义,它既有"爱人"的意思,又有"母亲"和"亲爱的"的意思。这个词在法文中绝不低级。我们还为这个餐厅起了一个中文名字,叫"芭蕉别墅",也是带有生活情趣的、很浪漫的感觉。我们期望这些文化联想能让细心的消费者体味出来。

锦园餐厅最初的创意是借昆仑外园之景,沿玻璃幕墙做成回廊,然后再于室内造园,形成真园假园的连通呼应和彼此映衬。假园中央白玉叠石,围以铜灯,垂幔遮台,粉墨登场,庆演昌辰。这无疑是对昔日清宫帝后生活的想象和临摹。

溪谷村日本料理店的创意,则是人与人彼此隔膜彼此薄情的现代社会对古代村落文明的恋恋回望。那种小国寡民的袖珍村落,那种椽瓦相连的粗木民居,再现出一个鸡犬相闻的亲密社区,以及社区居民祥和无争的桃源心态,抚慰了现代人孤独的灵魂,迎合了他们对一墙之外的都市喧嚣的抵制与逃避。

记者:上海餐厅入口的门楼很独特,能说说构思的过程吗?

海岩:做这个门楼前我有好几个设计,第一个方案是想弄个老式的北京宅门,后来觉得这类设计已经很多,而且我们的空间高度不够,就没弄。第二方案是弄个水晶门楼,用大块的水晶砖搭砌而成,找了北京、杭州、广东的水晶玻璃厂来测算后,一是因为成本太高,二是承重问题解决不了,也否掉了。后来我又想起北海公园有个烧陶的"铁影壁",受它的启发我想做个真正的铁影壁式的门楼,到最后因为技术上太麻烦,也放弃了。这些方案都不是使用常规材料,而要一次次实验试制,太麻烦了。锦园餐厅的入口我们原想用的材料是琉璃瓦,也是因为瓦的到货期要六个月,再加上量太小厂家也不愿烧,后来也放弃了。上海餐厅这个门楼最后决定的方案是我突然想到的模型艺术,那些建筑和船舶的模型都是用细小的木条木块搭起来的;进而想到日本人做木质模型时,喜欢用蜡把木块打得很光,虽不很亮,但看去细腻滑爽。于是我就要求全部用一种规格的木条,参照木质模型的概念,来做上海餐厅的门楼。除了屋顶的瓦脊、镂窗的花饰外,整个门楼基本上都是用粗细长短完全一致的木条,像搭积木似的搭起来的。门内原来就想做一个影壁,后来怕它太堵,就借鉴了镂花雕这样一种工艺形式来做,将不同的木雕漏纹由里到外,一层层叠将出来,疏密相间,影影绰绰,似遮似透。这么做一是符合中国古建的常规,北京的宅院进来都要先拐一下,有个照壁,既是风水的要求,也是实用私密的要求;二是我必须隔出这个地方,好把更衣间、账台、酒吧都设在里面。做完以后觉得暗,就打光,把灯源做在里面,让墙从里面发光。最早想仿日光,后来决定把这个东西索性就做成艺术品的样子,又改做黄光,让它金灿灿的,不让人产生写实的联想。因为这个门楼本身太不写实,不如就当它是一个大摆设,就像我们在这里平摆浮搁的一个大型木雕,也罢。

记者:我一直觉得你在上海餐厅设计的那个大玻璃隔墙十分大胆。餐厅里的装潢是中式的,可玻璃墙却是西式的直线,材料也过于现代。很多人都理解为防水溅出,可是防水溅的方式有很多种,为什么要用玻璃隔开?

海岩：有很多人反对用大块玻璃做隔断，认为不仿真了。建成后我们请了一位日本的园艺师对用玻璃隔开的岩壁绿化效果提意见，他没提其他意见，只提了一条不要用玻璃隔。他主张人和自然要无障碍地彼此亲近，这个观点我并不反对，但这里的现实空间太不理想，房屋和山壁太近了，不是彼此亲近而是彼此压迫，所以必须把两者隔开。隔开后大家就有了不同的感受，会把玻璃幕墙感受为建筑的外墙，感受到外面是一个自然的山壁，真实感不降反升，因为我把室内室外的不同感觉用玻璃区隔出来了。我现在准备把整个四季厅也用玻璃隔起来，同样为了造成一种室内室外的区别。还有日本餐厅我也用玻璃与公共走道隔开，我的构想是在这家酒店营造出一种橱窗风格，这是从商场精品店的橱窗装潢中汲取的灵感。也是猜测了中国人的文化心态，就是"围城"的心态。围城里面的人想出去，围城外面的人想进来，都是这山望着那山高，总觉得别处风景独好。为了调动他们的探奇欲和不满现状的心理习惯，我就故意制造出一个个"围城"，该隔则隔，可露则露，当显则显，须遮必遮，让人们寻门找路，踏古探幽。设制隔障在此实际上成了一种心理的勾引。

记者：你认为影响酒店装饰风格的因素主要有哪些？

海岩：风格是个常被讨论的话题，什么样的风格算好，什么样的算不好，众说纷纭。不仅酒店，从整个装饰设计的历史看，也是从简洁走向繁复，又从繁复回到简洁，螺旋式的上升变化。这种变化主要取决于生活形态、物质水平和生产关系的变化，反映出社会各阶层受时尚文化思潮的影响，有时很偶然的因素也会导致一种风格的流行，甚至一部艺术作品的受宠也可能导致某种风格的受宠。《三国演义》在日本播映时引起轰动，结果汉末风格的装饰陈设通过电视剧的传播，就流行起来了。我在北京一家时尚家具店里还看到过海明威生前家具的仿制品，很受消费者关注，说明一个知名人物的生活爱好，也会带动一种风格。近些年来，室内装饰还越来越多地渗透了其他行业的风格因素，如工业设计中的风格因素。意大利家具中那种简洁的线条和形状，就表达了工业化的几何感。香港的汇丰银行大厦把建筑内通常被隐蔽起来的暗线、节点故意暴露出来，夸张了科技时代的一种印象。美国有个电影，描写世界文明毁灭之后，人们出没于残垣断壁,用汽车的残骸制造武器、交通工具和住宅,是残缺、拼接、毁灭以后的感觉,这种绝望感也诱发了不少同类风格的室内装饰作品的产生。在大工业时代,非常现代化的、繁忙的都市生活可能又孕育了一种乡村化的、贴近自然的风格流行,因为现代人缺少的恰是这些东西。连时装界的一些流行因素也注入建筑装饰行业来了,比如衣服上的胸花佩饰和珠宝首饰的样式,常常会被借鉴为建筑装饰上的某种点缀。总之,对风格的把握需要与时俱进,如果缺乏对时代的全面了解,要找到新鲜的设计风格是比较困难的。

二十一世纪是知识经济时代,信息时代和全球化时代,互联网的出现使全球信息实现共享,信息和经济规则的一体化,必然造成文化的趋同,所以全球化也包括了文化的全球化。过去一种类型的装饰设计,一个样式的家具用具,可以流行十年不变,而现在一种时尚的流行期可能仅仅只有半年甚至更短,很快就会被另一批流行产品,另一种审美取向取而代之,受众对原来趋之若鹜的东西会迅速摈弃,非常无情。在全球化的背景下,风格的时代在明显地缩短。进入二十一世纪以后,人们发现这个世界突然变得不可捉摸,任何偶然事件都可能强烈地改变未来。谁能预料纽约会出一个"九·一一"?谁能预料"九·一一"事件对世界政治格局会产生那么大的影响?连我们今天谈到室内设计时,都会感觉到它的冲击。"九·一一"事件和装饰设计又有什么关系呢?当然有关系。"九·一一"以后,很多西方民众在消费观念上发生了明显的变化,人们更寄托于家庭生活,不愿出门旅行,不愿坐飞机,不愿做长线投资,更倾向于家庭生活用品的投资。"九·一一"对西方人的心理震撼是非常大的,把西方人精神上的某些东西摧毁了,把他们不可战胜、不可触动,永远会生活于和平幸福之中的习惯信念击碎了,让他们也有了朝不保夕的感觉。危机意识在西方社会的突然抬头,使很多人一下退回到保守主义的时代,更注重家庭感受,更注重亲情互慰,更注重亲友间的小规模聚会,这就带动了装饰设计向更亲切、更家庭化的方向逐渐偏移。和过去相比,人们显然更需要一种温馨、舒适、安全,更便于彼此沟通的和睦环境,这种需求正在慢慢显露。此前多年被过度渲染、推崇和追捧的一些风格,比如简约主义的风格,现代主义和后现代主义的风格,功能化和工业化的风格,正在渐渐失去原有的凌厉攻势,正在被一些更亲情,更贴近自然,更传统的风格消磨,传统之风似乎正在重新复苏。从"九·一一"这样一个偶发事件对装饰风格的影响来看,足可证明未来的时尚将是多么脆弱易变,风格的走向受各种因素的影响,将是多么难以捉摸。

创新与传统

记者:你认为在中国什么样风格的酒店最符合客人的需求?

海岩:客人的需求是完全不同的。客人对酒店的需求一般分居家需求、旅游需求和公务需求。一个常驻北京的欧洲人,肯定需要寻找家乡的感受,而一个偶然来北京游玩的外国人,追求的反而是异国情调,不一定是意大利人就一定给他吃意大利菜,但常住在北京的意大利人天天让他吃中国菜他也受不了。酒店所提供的包括环境在内的服务产品,应当是最具个性化而又最不个性化的,既要满足不同客人的个性需求,又要兼顾到公众性的普遍需求。所以,酒店的设计不仅应创造出新的语言,甚至创造出新的语式和语境,要让客人一来到这个地方,就自然而然地进入到一个特定的环境氛围之中,又必须考虑到起码的共性因素。因为酒店设计毕竟不是为某一个人创造一个自己独爱的家居办公场所,而是要为众多顾客创造一个共享的空间,个性不能没有,也不能过强。从这个立场出发,我的设计一向远离那种纯粹的艺术家风格,因为艺术家的个性比较偏激,对现实世界和传统观念的批判意识过于强烈,仿佛不颠覆点什么就不足以抒发内心的情绪和感受,而艺术家的情绪和感受对大众而言,又不免怪僻陌生。我们的设计尽管也有怪异的部分,个别造型个别组合试图标新立异,但是多数元素都取自传统,即便不能让人全部心领神会,其中总有某处彼此相通。我们意识到我们创造的空间是一个有一定艺术价值的实用的商品,而不是专供展览的纯艺术品,外国人要通过这里了解中国文化,中国人要在这里获得共鸣。我们试图做的,是既要和顾客已知的文化进行沟通,顺应他的审美习惯来展开你的叙述,又要给他一些未知的意外和惊讶。我们一直试图寻找这样一种方法和尺度,来构建我们的取舍原则,而不是挖空心思刻求另类。另类的东西其实并不经看,就算乍看新颖,目光稍停,就会腻的。传统的东西之所以传统,时间的考验是最大的保证。这就是为什么另类的东西往往比传统的东西容易更快地落入俗套的原因。

我的这个观点,和我自己的身份有很大关系,我是设计师,但同时我又是一个商人,一个企业的经营者。我在给我的顾客创造一个环境的时候,必定要听命于顾客的主流。顾客在街上买一听可乐,两三块钱已经足够,但到我们这个环境里喝一听可乐,至少要花三十元左右。它的附加值减去服务和酒店的品牌费用之外,有相当一部分是耗费在环境装饰的实物价值和智慧价值上了——在酒店的咖啡厅里喝可乐和在街上喝可乐,其享受程度和愉悦的意义完全不同。如果把可乐本身的价格构成也分析一下的话,我估计那听可乐的设计费和推广费至少占据十之七八,而材料的费用和运输、服务的费用,不过十之二三罢了。

在浏览我的设计作品集的图片时我对自己的设计也作了反省,有些图片带给我的,已经少有得意和欣慰,而更多的是遗憾和自嘲,这里收录的作品,有相当一部分作于上世纪九十年代前段,其风格样式因当时的思维与材料所限,早已过时过气,现在重温旧作,不免为之汗颜。图集的编辑之所以仍将它们收纳在内,大概只是按照历史记录的原则,给予客观的宽容。

站在二〇〇三年回首反顾,又何止七八年前的思维已然落伍,就连三年之前的设计,也能依稀看出些陈旧老态,虽然只隔了短短三年,当时的兴奋恍若昨日,如今看来却真有隔世之感。这些作品的黯然失色,让我深切地感受到二十一世纪的信息革命和全球化浪潮,把时代前进的步伐变得如此之快,过去是"江山代有人才出,各领风骚数百年",现在是江山代有人才出,各领风骚三五天!过去是"预支五百年新意,到了千年又觉陈",现在是三天不出门就找不着北。在这样的时代,创新成了生存的必需。

于是在喜爱和尊重传统的同时,我们的着力之处,更加移向创新。我们在设计上海餐厅一楼的时候,在北方庭院的骨架中,刻意糅进了许多南方庭院的血肉。曲径通幽、步移景换,窗外有景,景外有窗,每一个角度都不一样的,还有布局的小巧和地面的处理,也取了苏州园林的元素,但做了某些修改变形。江南园林的地面多用鹅卵石和瓦片铺敷,因为在我们这个环境下显得有点脏,不高档,也不适合在狭小的空间里使用，所以我们在花瓣部分改用了雨花石，把勾边的瓦片也改成光面的太白青，强调了明亮与色彩，以及相对室内化的味道，太白青的黑和雨花石的红，呼应得非常过瘾。

中式家具的摆放历来讲究"一堂"，即清式就是清式，不掺明式；晋派就是晋派，不杂广派。但我们则是根据视觉的需要，变通选择，徽派的家具、晋派的家具，兼收并蓄。窗棂是南方的样式，但房子的大感觉又偏向北方；宅门和庭院的色调也确定了北方的灰砖色；走廊地面又有些日本味道；有的亭子索性不仿真，略略地美术化了；山岩绝涧和马来西亚的植物，则把人的联想带往了热带雨林的方向；按理金龙金凤在中国古代民间是绝对禁用的，用则大逆不道，但我们在室内用了大量被处理得半老半旧的龙凤金饰。总之这些组合统统不是原配，很多细部的造型尺寸都不加拘泥地做了剪裁和重构。

在设计趣味上我无疑是一个喜新厌旧的人，我平常和沈工聊设计的时候常说，追随流行不如创造流行。也就是说这一阵别人常用的造型，常用的搭配，常用的组合，常用的材料，常用的色彩，我们都要尽量回避。比如最初我的作品用金较多，但当设计圈里堆金砌银之风泛滥成灾后，我们再用金银就非常警觉，非常慎重。我想起多年以前，人民文学出版社在出版我的长篇小说《便衣警察》时一位编辑说过的一句话，他说人民文学出版社选择稿件有两个标准，一个标准就是厚重，你写的这个东西，同样是写改革，同样是写爱情，同样是写城市，同样是写农村，你要比别人的作品厚重，你写出来东西应当是沉甸甸的，水准应当比一般作品高；第二个标准是创新，如果水准不是那么高，但你的作品塑造了一个其他作品从未涉及过的人物，或者你创造了一种新鲜的语言风格，或者作品的结构别出心裁，或者你表现的生活层面及观察角度比较特殊……反正你总得在某一方面不是炒前人的冷饭，不是模仿，而是有你自己的创造，它才是有价值的。这个价值观对我后来的创作影响很大，让我在进行装饰设计的构思时，总是本能地刻意求新。当我要做一个壁炉，如果这个壁炉在样式上跟传统的壁炉并无二致，那我就必须在用材方面寻找变化，如果在用材上无法出新，那就要在尺寸上有所破格。在上海餐厅二楼我们做了一个酒吧，其中酒品的陈列柜我用了欧式古典书柜的样式,当时我在现场要求这个书柜要做得特别大,几乎做成顶天立地的一个书柜。在我的印象中,欧洲古典家具的尺寸都特别大。大是代表了贵族的气派,到上面去拿书甚至是要搭梯子的。所以我们做了一个巨大的书柜来做我们酒吧的酒柜,而且这个书柜是用白沙石制作的,把一个本来属于家具类的东西注入了建筑和浮雕的概念,这个酒柜的感觉一下子就新鲜起来了。

想象力和创意可能人人都有,但并非只要新鲜就好。创意有文野之分,俗雅之分,高低之分,优劣之分。如果你的创意在新鲜之外还比较文雅,比较高级,至少比较合理,才算成立,并不是把前人的东西拿来随便搭配便是创新。

把传统的素材进行解构和重构,变形和夸张,是继承与创新相结合的一个有效途径。我们在上海餐厅做了一个很长的龙顶子,实际上这个龙顶子在传统中是地面的丹陛石或壁雕,现在我们把它放到上面,配以灯光装饰,成了一个绚烂的天花!其实中国的古典建筑是没有这样做的。在使用古典素材的时候我们的角色并不是一个传统的捍卫者,也不是一个彻底的颠覆者,我们的确切身份,其实是一个修正主义者。

在设计中我们还要求自己不仅站在一个设计师的角度,也要站在一个国际客人的角度,用其他文化的眼光来观摩我们的中华文明。就像一个普通东方人浏览西方文明时很难确切看出每一样东西的具体出典一样,普通西方人也分不清中华文明的风格断代,分清这些对消费者来说并无太大的意义;我们只需要知道这是意大利的,是罗马式的艺术,就行了,专家们也不必说:你这是都灵的样式,怎么把米兰的因素也加进来了?不必这样思考。说句自嘲的话吧,我这种非科班出身的业余设计师进来客串一下反倒没有框框,无知者无畏么!何况多元时代的思维就是不拘一格,对一个设计的评价,已经不能简单地滥用"是非"二字。长期以来,我们生活在一种单一模式的社会里面,思维的方式已经习惯于首先分清是非对错,先把理论问题、标准问题搞得一清二楚,然后再做,有些潮流和现象不符合传统标准,我们就深恶痛绝。我过去很看不上日韩港台的流行音乐,觉得那些歌手演技一般唱功平平,居然身后还追随着那么多尖声惊叫的拥趸。那几个韩国男孩被人按卡通的模样胡乱包装,看上去不伦不类,却突然横行一代,让人莫名其妙。现在静心想想,这些现象并非完全偶然,不是毫无道理。因为在现代商业社会中,大多数上班族整日工作疲劳,学生的学业不堪重负,所以在娱乐方面大都追求简单,追求单纯的形式感,卡通便自然应时应运,风行起来。于是设计者便用非常夸张的服装,非常性感的造型,把这些少男少女打扮得半人半神,然后投入巨资,用比中国拍一部电影还要昂贵的造价去拍一部五分钟的"MTV",把真人和电脑动画巧妙结合,再利用各种宣传媒体,轰炸般的宣传炒作,就这样生生把几个普通男孩塑造成为万人拥戴的偶像。在这样的时代,有无数这类古怪的现象是原来的是非标准评价不了的。欧美和日韩港台文化这些年的势不可当,显然是在一个多元社会里才能创造的奇迹,反映了多元社会对各种思想潮流、各种表现方式的快速挖掘和快速淘汰,以及对异化现象的普遍宽容。

中国建筑和西方建筑

记者:你认为中国建筑装饰的设计思想与西方相比,孰优孰劣呢?在全球化的时代里,民族文化会逐步弱化吗?

海岩:建筑装饰既然是一种文化,就必然代表不同的民族、国家、社会等级和宗教信仰。文化可以谈差异,论强弱,但很难分优劣。现在,以美国为首的西方国家对其他弱势国家的入侵和控制,不完全是用导弹、科技和金钱开路,更严重的是文化的入侵。我们在中国任何一个城市中走过时都能看到,我们的孩子吃的穿的用的看的,铺天盖地都是西方的货色。从麦当劳、肯德基到动画片,从流行歌曲、流行装束到"哈利·波特",全都是西方文化。虽然这种文化并不符合中国人的口味,但它达到了某种水准,形成强势,并以雄厚的资本,尖端的科技和完善的市场运作为支撑,来势甚汹,强烈地影响着年轻一代的思维和意识,以及他们的生活习惯。过去我们以为美国对外出口数量最大的,是它的高科技项目,后来的统计表明不是,它的最大出口产品,是它的知识产权。一部好莱坞电影如《泰坦尼克号》的全球利润,甚至超过了日本汽车制造和机械制造两大工业当年利润的总和。美国文化产品进入中国的速度,一直大大高于中国文化产品进入美国的速度。速度说明趋势,这个趋势证实别人的文化正在影响我们,而不是我们在影响别人,证实今后我们将更容易理解别人,而别人则不容易理解我们。这是伟大而古老的中华文明面临的一个现实危机。在这个危机中,弱势文化的国家对强势文化的入侵常常会有两种态度,一种是束手无策甘受征服;另一种是坚决抵抗坚决排斥,这两种态度都值得怀疑。站在民族发展的角度来看,怎么做才对我们民族的未来更加有利? 全盘接受西方文化,不保护我们民族的文化,肯定是灭亡之路,但坚决排斥外来文化,固守本土文化寸步不移,对本民族未来的发展,未来的强大,未来的延续就更有利吗? 也不一定。世界上早有很多大胆吸收外国先进文化,从而强盛自己民族的先例,比如日本。日本对本民族文化的保护并不比我们中国要弱,但它融入世界发展潮流的步伐非常之大。也有一些国家完全抗拒外来文化,如伊斯兰的某些国家,结果是影响了自己的发展,影响了与世界同步前进,其实对自己的民族昌盛没有好处。所以我认为民族文化在全球化时代既需要坚守也需要杂交。从二十一世纪开始往后,纯的东西,固定不变的东西将越来越少。了解并合并西方先进文化,至少通晓国际潮流,真正做到和而不同,对于加入"WTO"以后的中国社会能否与世界同步共荣,是十分重要的。在这个基础上把中国文化的光芒释放出来,把中国文化的特色用更国际化的表达方式加以彰显和传播,才是民族文化的发展之路。

虽然经济的全球化使文化更加向趋同的方向前进,但文化的特征之一就是追求个性,追求独特。美国是全球化的主要推动国之一,可它自己的文化却非常多样,在酒店的设计上更是强调特点,突出主题。去过拉斯维加斯的人都知道,世界上最大的十六家酒店有十五家建在拉斯维加斯,这些酒店又大多被设计成为风格独特的主题酒店——有模拟曼哈顿的,有模拟金字塔的,有模拟神话史诗的,有模拟海市蜃楼火山爆发等自然景观的……中国现在也出现了一些主题酒店,如模拟威尼斯城市景观——水城主题的酒店。在这些酒店中,文化主题已经成为产品的灵魂。

目前,全球化浪潮在酒店业的主要表现,是品牌集团的连锁扩张,因为大规模的集团经营显然对客源和利润的垄断更有优势。但从文化的本能来看,一副面孔的连锁经营显然不可能征服世界。就以美国自己的咖啡店为例,前些年星巴克咖啡店独霸天下的局面,在全球化时代到来之后反而动摇,从一九九六年起,各具特色的独立咖啡店重新崛起,已达一万三千三百间之多,市场占有率已达百分之六十一之高,这就是用文化的独特性来抵抗连锁经营成本低效率高优势的成功例证。酒店业和娱乐业的产品质量及市场认知度无非取决于两个方面,一方面是优越性,一方面是差异性。差异性就是所谓独特性,独特性其实主要表现在文化的不同魅力上。因此,在千篇一律的模式中寻找差异,应是酒店设计者创造力和想象力的最大投向。

其实,在一体化浪潮中,民族文化和个性文化可能反而会更加夺目。何况,每个民族因历史背景不同,心理需求也一定不同,比如在西方受到普遍欢迎的设计,到中国来就不一定流行。西方这些年特别流行的简约风格传到中国以后,仅仅在年轻人和艺术家中获得有限的市场,因为中国装饰一向比较讲究繁复,这种审美习惯一时很难彻底根除。关于中西建筑装饰各自的特点和区别,我以前发表过一个观点,我觉得西方建筑文化的发展受拜神主义和宗教建筑的影响最大,连宫廷建筑都与宗教建筑相仿。西方很多古堡皇宫,样式上也跟教堂非常接近。但中国则恰恰相反,是世俗实用的民居建筑影响和改造了宗教建筑。由于东西方对宗教的态度截然不同,也导致了建筑风格的巨大差别。西方宗教在人们的精神生活中所占的比重,以及对历史的影响,均大大高于中国,西方的历史基本上是一个宗教的历史,西方中世纪的战争几乎都是宗教战争,是宗教的征服与反征服的彼此厮杀。包括现在"九·一一"这类恐怖主义袭击,也有学者认为它的背后有着深远的宗教对立的历史渊源。世界上主要的宗教中国都有,但宗教在人民的生活中是非常淡化的。佛教是中国第一大宗教,佛教传入中国以后,也被儒家、道家思想进行了某种程度的改造同化,连观音菩萨都被中国人给弄成一个女的了。千百年来,大部分中国人拜佛不是为了信仰,而是为了求个神仙保佑自己的世俗生活,观音是慈悲菩萨,可以为众生驱病除瘴,送子送福,所以在中国人心目中就不能是一个老爷们,而应当是一个慈祥的母性。中国本土思想的融合力非常强大,任何宗教来到中国,都变得和中国的世俗文化、实用文化、儒家思想、道家思想不相冲突,彼此利用,彼此结合,和平共处。中国的主流文化是儒家学说,忠孝仁义礼智信的观念,搭建起中国社会的正统价值观和思想制度;民间礼仪则多是道教的规矩,生老病死,婚丧嫁娶,这些事都遵从道教一路;中国人弄出的神,如门神、灶王、赵公元帅、土地老爷等,也大都是道教的角色。在这样的世俗文化根基上,任何外来宗教在中国都没有发展成为主流意识,也导致中国的寺庙道观都盖成了一个个可以供人居住供人游憩的庭院式的建筑群落,不仅前廊后厦,而且竹林花圃,四季植物繁荣似锦,藤萝古木枝叶扶疏,房子也都是民居的格局,三进八宅,廊阁相接,院子套着院子,正房连着耳房。而西方的教堂绝对是不能住的,西方宗教崇尚天穹,渲染上苍的神秘和神圣,上帝主掌一切,凡夫俗子走进教堂只为忏悔,祈求救赎。西方哥特式建筑的终极含义,就是把人的精神引向上苍,造成崇拜和畏惧。而中国的寺庙建筑则是把人的精神向平面牵引,无论是游潭柘寺、灵隐寺还是游晋祠、白云观,都是出东院进西院,跨南门入北门,空间感并不向上引伸。西方的建筑追求意义,中国的建筑追求现实。中国人到庙里拜佛,并无忏悔之心,并无思索之意;不是祈求来世,而是祈求现世——我老婆怀孕了,我想生一个男孩,所以我拜佛;我身体不好,盼望康复,所以我拜佛;我要考大学,或者我孩子要考大学,所以我拜佛;我贪污了一笔钱,希望别被发现,所以我拜佛……都是为了个人的世俗欲求而拜佛而许愿。而且许的都是个人安康、升官发财的愿,既不许独善其身的愿,也不许普度众生的愿,和佛的境界差得很远。除此之外,中国人进庙还有一个目的,那就是旅游。中国的寺庙现在不是隶属文物局就是隶属旅游局,很少有归宗教部门管的。这就是中国老百姓对神的态度,和西方多数民众对神的态度是不一样的。态度就是文化,文化最终导致中西建筑空间样式的差异——哥特式建筑空间的阔大,给人的感官震撼可在瞬间完成,中国庙堂和宅院庭园建筑哪怕大至故宫、颐和园等,里面的每一个单体建筑都不算太大,它的空间感是与时间概念相关联的,是在游历的过程中慢慢体会的,是由时间的延续和流动形成的——转来转去才知道故宫这么大,转了一天也没转出来!但你看看养心殿和储秀宫,其实都是不大的一个院子。故宫方圆五里,皇上住的就是这么一间小屋!皇上平常批阅文件的地方,就在不到十平方米的那么个暖阁里面。

在这个认知上来看我们设计的上海餐厅,一楼是中式的,二楼是西式的。你站在二楼门口的台阶上,可以一目了然地看到整个大厅,对空间的审美过程,兴奋过程,瞬间即可完成。而在一楼的中式建筑中,你的体验却要在慢慢游赏中逐步实现。从设计的经验看,要想让空间扩大通常有两个办法,一是把所有的隔断打掉,以求一览无遗;第二是多设隔断,避免一目了然。西方建筑多取第一种,东方建筑多为第二种,不大的地方经过巧妙分隔,不仅放大了对空间的想象,而且显得情趣盎然。中式庭园讲究不曲不幽,步移景换,左右逢源,没有走死的地方。你到苏州园林去,一条路好像走到头了,忽然旁门乍现,推门一看,原来别有洞天!中国古典园林建筑的对称与不对称,起点与终点的连环回转,此景与彼景的互相通透,能在小小的空间里演绎幻化出无数角度与方向,所谓"山重水复疑无路,柳暗花明又一村",就是中国意境的极致。在文学辞章中,西方就很少有这种词句,西方诗篇称颂的都是伟大的苍穹,神奇的宙斯云云。

西方的园林是一望一片,一览无遗;中国园林是一步一景,可单独玩味,这有点与文字的特征相同。英语需要成段成章地欣赏,而中文则更讲究单个方块字的匠心独运。西方的园林突出整体感观,而中国的园林走到哪里看到哪里,走进亭子成一景,出了亭子又成一景,同一个景从不同角度看,感受可能迥然相异,几乎没有一个地方可以纵览全局。

记者:我跟很多人聊天,南方人逛颐和园、北海,回来说没劲,嘈嘈杂杂,一点意思没有。我跟他说:内行人知道,无论南方园林还是北方园林都是为少数人设计的,不是给一下进几万人情况设计的。

海岩:有的时候,它这一个园子就是一段白墙,三根竹子,两棵石笋,你会感觉这是个读书静养的地方。要是呼啦一下挤满了人,哪里还有意境?有的窗户本来透着景,如果都塞着人,哪里还有美感?总之,因宗教不同、历史不同、文化不同、生产方式不同甚至自然环境不同而形成建筑的不同,是东西方建筑差别的根源,更注重世俗生活和人生享乐的中国人,把自己作为建筑的主宰,而西方古典建筑则是让建筑作为神的化身来主宰人类。任何人走进巍峨的哥特式建筑以后,都会发觉自己的渺小,从而完成忏悔和崇拜的心理转换。而在中国,逛庙的人说,我们家要是住在这里该有多好啊!中国宅院建筑和园林建筑所渲染的那种生活的舒适,更是突出了实用的功能,和对安逸的向往。

由于宗教的庄严,西方建筑一向讲究严格规整的空间关系,此柱与彼柱之间,此檐和彼檐之间,距离和尺寸都有特定的比例,必须互相照应,不能互相侵犯。中国建筑则更随心所欲一些,故宫算是经典建筑了,虽然也有严格的布局对称,但从单个建筑的廊柱屋檐的关系看,还是有点乱。就是说,我盖这个房子的时候以我为中心,我这个檐可以随意伸展;盖那个房子又以那个房子为中心,它的结构又伸到你这边来,撞上之后彼此楞搭。日本建筑受中国建筑影响,此情此景,大同小异。一条街肆,檐瓦高低错落,不成比例,你的我的,互相撂着,也成一景。我们设计的日本餐厅,就强调这个,屋瓦交错、檐角乱插,甚至直接插到墙里,飞檐半截,屋架半露,无所谓的。中国建筑一方面很讲借景,我这个景既是独立的又是你的一部分,但另一方面又太自说自话,不管其他。就像中国的绘画一样,不讲透视,一幅画里的不同东西,大小尺寸都是以自己为中心的,要的就是散点视线,在比例上各不相关。

记者:中国画讲究"重神似不重形似",根本不去研究人体结构和透视关系。什么都是模糊处理,只注重主观意象,不屑于客观再现。所以中国文化在理论上早就是个弱势地位,缺少世界承认的艺术大师。

海岩:在建筑艺术方面,中国古代的建筑是没有建筑师的,你说故宫是谁盖的?没有记载。但卢浮宫、凡尔赛宫,都有建筑师的。古典音乐也是同样的现象,中国历史上好多曲子不知是谁写的。

戏剧和文学也有这种现象,说施耐庵写《水浒》,罗贯中写《三国》,其实他们不过是民间长期传说的一个搜集汇总者和加工整理者。宋江、武松、周瑜、曹操不是他们两个人凭空创造出来的,而是经过几百年口头文学的去粗取精、反复锤炼,人物已经大致成形,他们不过是做理顺结构和文字润色的工作。中国小说的前身就是"话本","话本"就是说书人的脚本,在《水浒》产生之前,许多梁山好汉的故事早被民间的说书人编排得丰富传神,而且为了吸引听众,说到一壶茶喝完,便放下扇子,且听下回分解了,自然形成了章回小说的模式。

中国的雕刻也是这样，西方有罗丹、米开朗基罗等等名家巨匠，都是有名有姓的。但中国庙里很多伟大的作品，却不知出自谁手。

中国的历史记载，大都是皇权官方的记载，艺术家属于匠人，归类于布衣百姓之流，一般难登煌煌史册。艺术家在中国的地位是很低的。我们看到的那些留下文字遗产的大词人大诗人，不完全因为他词好诗好，更因为他同时是官僚或者是皇上的弄臣，是为皇上作诗，作歌功颂德辞赋的人，或是在政治斗争中跌宕起伏，才被历史关注，流传下来。中国历史是官本位的历史，野史不多，地位也低，民间的艺术不管多么伟大，都很少见于正式记载。

所以中国艺术的理论体系就弱，而且中国的艺术理论太独特，和西方主流的理论体系，和西方发达国家彼此都能讨论交流的理论体系不是一个体系，不能直接对话，没有相同的概念对接。好比西医说细菌感染导致软组织变化造成发炎，中医就说上火有毒，需要败毒去火。火为何物，毒为何物，在西方生理学里没有完全相同的概念。还有经络，西医的理论是在实验的基础上建立的，是可重复可用别的方式再现的，而中医说的经络如果用仪器测不出来，西方人就不信了。和中医一样，中国的很多艺术都是师徒间口传心授，不传外人，也阻碍了理论的形成，阻碍了庞大学科体系的形成。所以在西方人眼里，中国的艺术理论落后于实践。说中国的艺术理论比西方的差，我们中国人当然不同意，一个"神似大于形似"，多么高深的理论啊！阴阳互变、金木水火土，多么高深！但这些理论不太适合教育、不太适合普及，只有达到某种境界，才能体会它的博大精深。也因为中国的艺术理论太讲究模糊，讲究辨证，一样东西看它很弱，但放在某种情境下又会变得很强。比如水，水可以载舟，也可以覆舟，什么东西都不绝对，都没有既定标准。又比如中国人讲中庸，中庸就是适度，度就必须模糊。领导找我谈话，让我坐在这条长凳上，那我坐在什么位置为中庸呢，中央为中庸？不一定。要做到中庸，首先要判断你和他的关系，再看他坐在什么位置，然后再选择你在长凳上坐什么位置跟他的距离跟他的关系最为合适，这才是中庸。这种文化心理和思维境界，西方人很难透彻理解。

比如说，计白当黑，你要是不到一定境界，看到白的就是白的，白的没东西就没东西,留白留多大合适,也没有黄金比。全靠个人的内心把握。

其实从春秋战国时代起,中国诸子百家的很多理论,就已领先于世界,进入了很高的领域。比如"坚白石三",我们的前人早就认识到,坚固的白石头根本不是一个东西,而是三个东西:坚固是一个东西,白是一个东西,石头是一个东西。还有"白马非马",白马不是马,白马是白马。这是几千年前中国哲学就已提出的命题,我们后人还以为是一种诡辩术,实际上是西方哲学界在很久以后才说出的共性、个性问题。但是现在国外学术界都公认古希腊的形式逻辑才是最早的经典理论,谁承认几千年前的中国有一个名叫公孙龙的人早有如此高明的思辨,他提出这个命题说明他早已试图用哲学思考来解释物质世界,才提出了"白马非马"、"坚白石三"这些足以划时代的理论概念。所以,你要是说中国理论不行,很多人会站出来骂你。问题是中国的理论太形而上了,它的系统性有缺陷,它的传播性有缺陷,它和现代人普遍的思维体系不接轨,一个人只有到了相当了悟的境界,才能攀上中国古代哲学和中国艺术理论的高深之处,奥妙之巅。

作为中国本土的设计者,我们当然更理解东方文化,特别是作为设计者而不是消费者,越是在文化趋同的时代,越是在强势文化侵染覆盖的时代,我们越有责任光大自己的本民族文化,越要表现本民族文化独特的风采。我和两位著名的美国设计师作过交流,他们是上海金茂大厦和利兹酒店的装潢设计者,他们看了我们的设计,最喜欢的是上海餐厅一楼、广东餐厅和日本餐厅,对我说了很多溢美之词,我想究竟是什么东西让他们喜欢呢?是做工还是材料?其实都不是,应该说,是东方文化本身的魅力。他们也看过中国的园林,也逛了中国的故宫,也了解中国的古典艺术品,为什么看了我们这几个作品仍然被它吸引?我想最重要的是我们始终站在一个兼顾到东、西方人欣赏习惯的角度来构筑我们的设计,是用一种相对国际化和时尚化的沟通语言,来表达中国的传统装饰风格和住屋理想,这才是我们获得西方人理解和喜爱的原因。

流行与品位

记者:你认为酒店怎样装饰才符合潮流,同时又兼具品位?

海岩：装饰风格都是受当时当地的群体文化意识影响产生的，很难说哪一种潮流能风靡世界，经久不衰。潮流也是互相借鉴的，我们现在借鉴西方的一些流行因素，而西方现在流行的反倒是中式的。最近我看到一位朋友拿来的意大利家具展最新的资料，一些著名家具厂商推出的二〇〇二年新款家具样式中，鲜明地借鉴了中国明清家具的风格。前一段国内也流行西式的沙发配一个中式的茶几，或者在西式的房间里摆一个中式的柜子，或者西式沙发搭配两个中式的圈椅，这种中西搭配流行得很广。我设计东西的时候，很关注现在流行什么、时尚什么。我关注流行不是为了紧跟，而是为了规避！什么叫流行？流行就是明天一定不再这样。

　　如果总结我们的追求，我想想实际上就是"品位"二字。虽然"品位"是一个玄虚的东西，但纵观国内外的几乎所有的设计，优劣的差别主要在于"品位"的高低。同样几种材料，有的搭配得很傻，有的就是绝配！同样一条曲线，有的就生硬，有的就鲜活；同样一个造型，你大一点，他小一点，你这个就不舒服。品位不像短跑，一百米破十秒就是顶级成绩，很少有人能与之比肩。艺术不是这个概念。无论作画还是作文，还是做一个建筑装饰设计，一旦进入到艺术创作的层面，成功的基础就不应仅仅限于那些专业规范，而是要有更全面的文化营养，才能对众多的信息都有足够的敏感，才能对传统和时尚的素材都能加以判断和区别。

　　现在出了一本书名叫《品位》，我认为这本书可能在立论上有些吃亏，因为它把什么是有品位什么是没品位规定得太具体了，比如，把自己画的画挂在墙上就是没品位，沙发带穗也是没品位，这就不一定了，现在某款流行的沙发又带穗了。早已过时的东西突然又流行了，是常见的现象。品位这种东西千变万化，只能靠个人的文化趣味和经验积累，才能得到既有规律又无规律的感受，更不是靠学校老师告诉你，这样就有品位，那样就没品位。我们从事文学创作的人最熟悉的一句话叫"文无定法"，怎么写都行。但文无定法并不是没有规矩，装饰设计的品位高低也都是有规矩有规律的，只是这种规矩规律没具体界线。比如摆一组沙发，现在流行不同样式的随意组合，甚至反差组合，流行无设计的设计。其实无设计也是一种设计,如同文学家推崇无技巧一样,无技巧即是高技巧。无设计和无技巧都不是走笔龙蛇,任意泼墨,好像拿几样东西随便一摆就是好的设计。好的设计还是有很多共通的规则,比如说,我们如果用镜面材料做一个墙壁,那这个墙壁旁边的家具面料就应当用软性的和不反光的东西,如麻、绒、毛之类的织物,才显得舒适,因为它对人的视觉是一种调和。舒适在设计上的含义包括了身体舒适、心理舒适和感官舒适。人的心理是随时代而变的,心理的变化又把感观舒适的标准进行了改造,所以现在也有反其道行之的,故意在硬的亮的物体前再加配同类的家具,搭配得好,也不是不可以,文无定法嘛。但也有搭配不好的。像我这种远远没有达到随心所欲境界的设计师,还是规矩点为好,搭配镜面的东西,最好还是用麻、绒、毛之类,别非弄一个同样闪闪发亮的东西。但如果你的水平真的达到了那种可以信手拈来尚且游刃有余的化境,就是古人说的"从心所欲,不逾矩"的境界,那就另当别论了。

和其他艺术门类相比,建筑设计作品并不是纯精神层面的东西,它首先是个物质层面的东西,物质生活品质上升到一定阶段,便会凝结成一种文化。"文化"这个词最早的拉丁文原意就是居住、耕作、精神等,文化实际上就是人类的生活方式、物质财富及其在精神上的表现。品位的背景和支柱,就是文化。品位也不完全是知识问题,有的人在某一领域内已经学富五车,著作等身,但他家中的装修与陈设,并不一定样样都有品位。现在人们说的"小资"和"布波",就是把品位而不是把知识作为标准,他喝的咖啡不一定最名贵,去的酒吧不一定最豪华,但可能最有品位。特别是"布波"族,他们不肯花五百美元买一双特别耀眼的皮鞋,但可以花两千美元买一双最好的登山鞋,实用在这里也成了品位。可见品位确实是个随时异化且又难以一语说清的东西。

记者:施工中某些具体尺寸是否也牵涉到品位问题,比如这个地方为什么一定要这么高,一定得这么宽?

海岩:施工工程中的问题,比如我们开个月亮门,上面太高,两面窄,下面的槛又过高,我说这不是月亮门,是放大百倍的钥匙眼儿!施工人员强调客观条件不允许开得过宽。我说一定要解决,否则只能放弃这个方案。因为连尺寸都不规范,还有什么品位可言?

前些时候别人送给我一本书,讲的是美国总统的白宫生活。讲白宫怎么办宴会、怎么装饰花园、怎么开音乐会、怎么接待各国领导人吃早茶吃午餐、桌面怎么布置、台裙怎么围、蛋糕怎么摆,包括侍者的服装怎么搭配,主要以图片为主,辅以文字说明。在这些装潢布置的设计中,展现出很多非常传统或非常流行的范例,表现了美国的文化,也表现了物质文明发展至今所形成的生活格调。这本图册是对美国全社会发行的,我起先曾有疑惑,因为站在中国国情的角度,就觉得总统先生这样来显摆,把自己的奢华生活暴露给大众,也太张扬了。但是我们在这本图册里看到美国总统怎样待客,怎样举办国家活动,我们确实又为它的物质文明,为它精致优美的待客场面所惊叹所折服。我们生发出来的景仰,是对文化的景仰,是对物质文明发展成果的景仰,是对它所呈现的人类文明程度的赞叹,进而会产生一种尊敬的心情,而不是对奢华的单纯羡慕。

一个设计师品位的培养,确实离不开物质生活的经验,如果一个从事室内设计的人能够对各类生活都有些许熏陶历练,那么在他为那些生活设计相应氛围的时候,就能拥有更多的灵感和进退左右的自由,因为除了设计必备的知识外,设计者对顾客的了解也应尽量充分。比如对顾客私密需求的理解,对距离感和亲密感的分寸把握;还有对尊贵的认识和给予,尊贵者何时需要受人簇拥,何时又需要安静独处。这些认识和理解对于丰富室内空间设计者的知识体系,非常有用。

二十多年以前,由于意识形态的原因,中国社会曾经要求各个阶层一律"劳动人民"化,并不提倡个人生活品位的提高。但是在二十年后,中国加入了"WTO",世界进入了全球化时代,人们如何穿衣,如何吃饭,如何使自己的生活更加美好,已上升到一个关乎社会进步、国家文明的问题了。生活质量的提升并非只是能否吃上红烧肉的问题,而更多的是这个红烧肉要放到什么器皿中吃,用什么样的餐具吃,在什么样的环境里吃,还要搭配什么东西一起吃;如果是在宴会上吃,是第一道菜上,还是最后上,或是中间上的问题。上菜的前后顺序对人的口味的影响,对其他菜搭配的影响,都是有讲究的。如果宴会第一道菜就是大闸蟹,后面的菜肯定全没味了,因为大闸蟹这东西能压过一切食物的芳香,吃过后连手上的余味都难以洗去,所以上菜也有科学的顺序,才能有利生理健康和最佳口味。吃西餐也一样,过去吃面包只配一种黄油,而现在流行配动、植物两类黄油;西餐过去非常讲求酒品和菜式的严格搭配,现在则流行随意搭配;过去头盘之后就是主菜,现在头盘与主菜之间还流行配些清口的食品,好让你把前面的味道清掉,以便更好地品味新菜的口感;调咖啡的奶现在也流行搭配淡奶和鲜奶两种,以适应对胆固醇、脂肪摄取需求不同的顾客。消费者生活需求层次的细分与变化,会为品位设计的提升,不断提供新的内容和方向。

装潢品位的提升还有一个难点,就是要有材料的支持。外国人创作一个东西,有材料商、材料研究设计者的支持,在中国还很难做到这一点。等到这些材料流到中国的时候,用的人就多了,你用他也用,全是一味模仿。

我们装修时基本上只能在国内市场来寻找可用的东西,而国内材料市场的材料不是靠设计师而是靠经销商的判断来进货的,你只能在他的选择中选择。经销商毕竟是商人,不是艺术家,他的品位毕竟要受市场大众品位的制约,有时经销商选来很有品位的东西,可能还真就卖不出去。

设计品位与社会心理

海岩:在过去的时代,文化主要围绕着生产而发展,在现今和未来的时代,文化将更多地围绕着消费而发展。在消费观念和生活格调方面,我们过去一向以朴素为时尚,谁要太讲究那还讨厌呢。如果吃一个西红柿还要切成三角状的块放在盘里,还要垫块口布拿叉子叉着吃,尽管成本并无太大变化,尽管这样吃更享受生活之美,但大家都会看不惯的。虽然现在时代变了,精神文明和物质文明都在发展,人们的价值观,生活的情调,生活的程序,生活的包装,对生活的感觉等等,都变得今非昔比了,但由于中国的经济还没有高度发达,部分百姓还要面对温饱和生存问题,所以品位的教育目前还不可能特别普及,以致一部分生存得已经很不错的人,也不大关心品位的养成。甚至有个别人会花大把的钱去买一些珠光宝气却很不实用的东西,他们喜欢把财富穿在身上,戴在手上,挂在脖子上，原因是他虽然已经很富，但心理上还是怕穷，还是急于与贫穷划清界线，急于张扬自己的富有。他看中的家具，质量好坏放在其次，重要的是外观是否华丽。装饰和家具一样，其风格样式也和经济发展的阶段性有关，每一个时代都有那个时代的样板。十多年前很多人的家装都在模仿"卡拉OK"包房的样子，因为那时有钱人的重要享乐，就是到歌厅夜总会去，所以"KTV"包房的装修就变成了富裕生活的样板。前不久有一个房地产杂志做了一期"燕莎商圈"的介绍研讨，"燕莎商圈"在北京是非常有代表性的一个重要地区，这家杂志请了很多建筑业、房地产业、装饰业的有影响的人来发表意见，也来请我发表意见。他们设定了一个主题，即认为燕莎地区是北京最适合居住的地方。我对这个主题提了一个悖论，我认为燕莎恰恰是个不适合居住的地方，它是一个商务地区，酒店林立，写字楼林立，世界企业五百强中有一百五十多强在此安营扎寨，这里几乎是一片水泥建筑的森林。在时下流行的居住理念中，人类应当更贴近于山水和自然，亲近绿色，接近地气，不宜生活在一个交通拥挤，人流密集的商业中心区域。这种商圈把成百成千的公司商社圈在方寸之地，繁华固然繁华，轻松和健康却无从谈起。我认为现代的居住标准应当是把上班和居住的地方明确分开，要求各有不同才对。这家杂志的一位记者反驳说：燕莎周围的公寓价格是北京最贵的，甚至贵过了长安街沿线，都三千多美金一平米了！是的，价格说明了需求，现实的需求比空洞的理念更加雄辩。但是我说：这个地方不是不能居住，只是更适合做小户型公寓。住在这里是为了上班方便。记者又反驳说：这里的公寓净是一千平米的大户型，也卖疯了。我说：买这种户型有两种可能，一种是外国的公司，买了作为公司会所或酒店式公寓接待客户和内部的公务往来；在这种地方买房置产也是保值的，所以实用之外还兼有投资的作用，是公司行为。第二，如果完全是为个人居住，我想大概主要是少数中国人爱干这事，因为中国是一个刚刚富裕起来的国家，经济上还没有达到西方发达国家那样一种水平，所以对物质生活的认识和外国人还是不太一样。也就是说，刚刚富裕的人对富裕的追求、对富裕的显示——北京土话叫"显摆"——要大大强烈于那些富了好多年的人。老话说："五代出贵族。"咱们还没到五代呢！第一代人富了，第二代人就会受到好的教育；到了第三代、第四代,家庭就会拥有良好的传统了,传统就是一种家族的文化,这种文化会使人的思维方式、行为选择更具品位。现在中国有些富人还没有走到这一步,也就是说,他对物质追求的标准与真正的富裕社会是不一样的,他刚从农村的泥土中走出来,他不想再回到那里去,他一定要在钢筋水泥的森林里、在霓虹闪烁的夜晚中、在非常现代化的建筑群落内,来寻找自己的富足感,寻找贵族的身份标志。这种东西慢慢形成了某种社会的心理惯性,使得这一地区的公寓房卖得特好,而且还是大户型!但从人本的角度思考,我不认为这里是最适合居住的地方。在发达国家,居住在市区里的,可能大多是图方便的打工族,真正有身份的人则住在郊外,住在依山近水的 House 里。在中国,身份的显示是不一样的,说你在密云有一所房子,并不显示你的身份,还怕人家说你是农民呢,因为那里的房子便宜嘛!有钱人不愿意住郊区当然还和中国人普遍不愿把时间花费在路上有关,这和美国非常不同。美国是一个车轮上的国家,美国人(包括富人在内)每天下班花四十分钟甚至更长的时间回家,不算什么难受的事。

当我们谈到装饰设计的时候,自然要涉及人们的现实心态,在考虑到历史文化因素、时尚文化因素的同时,还要考虑到消费者的心态,适度地满足他们的心理追求,甚至一定程度地向寻找富裕感觉的顾客妥协,如果弄得太简洁了,弄得让他看不出价值,那他是不会买单的。既然很多人需要表面的豪华感,那你就必须把造型和线条做得繁复一点,雕琢一点,堆砌一点,太简洁的东西在中国一向是雅赏俗不赏的。

品位跟一定程度的节制是有关系的,你用什么东西差不多就行了,有些东西适可而止,控制在一定的程度才好。

寻找富贵感的人,他的装修通常是以加法为主的,而寻找品位的设计必须加减乘除都有。我们在很多地方是用减法,不但要减,还得除呢;而有些地方不但要加,而且还要用乘的方法来加。其实,简洁比繁复要难做得多。简洁不是简陋,越是简洁的东西,材质和做工越要精致。凡是简洁的设计精品,其造价大都极其昂贵。像我们那个中式的上海餐厅,看上去雕龙画凤,其实造价很低。因为线条多,平面少,漆也可以用亚光,用混油。一用混油,木材就可走低价位;一做亚光,对漆面平整度的要求就不用太高,即便木材本身不平,只要不反光,凹凸感也看不出来的。如果做亮漆,对材质和做工的要求就要特别严格。为了节省,我们常常只能在细小的、局部的装饰面上做做亮漆,这样就必须用加线和雕琢的方法,将大的装饰面化整为零。装修使用什么工艺甚至选定哪种风格,往往要和造价相配,不是什么好就可以做什么。何况我们的设计通常是在原来既定的空间内进行,必然受原空间面积、形状、承重能力等多方面因素的限制,不可能为所欲为。

在投合部分消费者寻找富贵感觉的同时,我们还是要设法引导他们逐步接近更好的品位。当我们创造出一个高尚的环境以后,这个环境对人的欣赏水平会有提升的作用,甚至对某些不雅行为会产生一定约束的作用。一个高雅端庄的餐厅能够生发出一种特定的气质和氛围,这种气质和氛围足以笼罩每一个光顾的客人,使少数人几乎不可能在此大喊"六六六啊、三五九啊"地猜掌划拳。环境所凝聚所彰显的文化力量,对人的行为是一种无形的约束。

"上流社会"这个词在汉语里也是有的,但中国目前似乎还没有一个西方传统意义的上流社会。我们平常生活中所说的上流社会,大概指的是有钱人和有地位的人,即所谓富者和贵者,这和西方上流社会的概念是有区别的。西方有钱人不一定是上流社会,上流社会的成员还需要品位和文化。中国确有个别暴发户腰缠万贯,但既不会恰当地穿衣,也不会文雅地交谈,在公共场合常常放浪无形,对为他们服务的人总是吆三喝四;他们崇尚挥霍,一掷千金,用钱于显眼之处,举止行为既不符合传统的东方礼仪,也不符合国际社交场合通行的西方礼仪。过去我们还曾在电视上看到,在一些非常重要的场合中,比如在金鸡奖、金鹰奖发奖大会这类文坛盛事,这类非常仪式性的场合中,个别明星竟然头发凌乱,胡子拉碴,穿一件很脏的T恤,或一件套头衫和一双凉鞋,就上台领奖了,他们也许觉得越邋遢越蔑视礼节越像真正的文化人,其实非常谬误。我们知道国外很多明星更加放浪形骸,但哪怕是在这个以叛逆为荣的时代,逢有这种场合还是要盛装出席,或者穿戴适合于这种场合的服装。在西方礼仪上,这不仅仅是有没有品位的问题,而是对观众,对颁奖的人,对所有嘉宾是否尊重的问题,是礼貌问题。人们的互相尊重,当然也体现在仪表、装束和行为上。西方上流社会的人通常是不会到"秀水街"这类地方去买假货买盗版的,而我们有少数富人则百无禁忌,因为我们这里还没有形成上流社会的行为准则和道德规范。

西方上流社会的价值观其实也随时代变迁而发生着深刻的变化。历史上的上流社会是靠血统、财富和武力形成的,现在则要靠教育和知识形成。现代的社会共识是以文化高低衡量贵贱,物质财富可以多种渠道快速占有,而文化品位则需要长期学习,逐步打造。二十一世纪之初的上流社会又明显掺杂了大量"布波"倾向——既讲究品位又反叛创新,既追求传统又不拘传统。过去的上流社会是用奢侈品来装饰的,现在的上流社会恰恰重质量,不张扬,反对暴发户式的欲求,崇尚低调和实用。正如亚里士多德所说的那样:需求是一种生活的需要,而欲求则是要高人一等。现代西方布波族的消费观念是:在显示富有的奢侈品上花一百元钱是可耻的,在完美无缺的实用品上花一万元钱是高雅的。

按照传统的划分,人类的消费可以分为三个层次,第一个层次是满足衣食住行的生理需求,追求方便和舒适;第二个层次是满足欲望,满足自尊;第三个层次是追求个性,追求品位和修养,挖掘和享受消费本身的文化含义,使消费成为探索历史,对比不同文化,创造新型文化,实现自我价值的行为。从趋势看,第三个层次的消费将越来越成为富有阶层、中产阶层和一部分低收入阶层的主流消费意识。我认为,一个室内装潢艺术的创作者,应当不断研究社会经济的发展和社会心理的嬗变,尽量提高对文化时尚前沿的洞察力和预见性,才能创造出顺应时代潮流的作品。

灯光与色彩

海岩:在进行室内设计的时候,应当特别注重的,就是对灯光的安排。我从小生活在剧场里,经常看戏。看京剧、看歌舞、看话剧、看其他戏曲,对舞台的各种光效艺术从小就有欣赏的乐趣和耳濡目染的熏陶。到了现在做设计,就喜欢把最后的效果定格在灯光上。我对灯光的考虑,不仅仅是从照明的角度或区域勾勒的角度出发。除了在图纸上做出大致的灯位分布外,我还让他们在很多地方都放了线,留待最后安排取舍。每次我到施工现场去,总要问这儿留线没有那儿留线没有。我会考虑灯光是在里面还是在外面,是照出去还是透过来。灯光甚至可以编织一个主题鲜明的故事。在溪谷村日本餐厅用树枝做墙的那个房间里,顶棚上流水般的鱼群若明若灭,四面包围的暗金云纹斑驳生辉,在黄蓝相间的大鱼当中,几条红色的小鱼执著地逆流而上……用鱼做灯的最初动机不过是因为这个餐厅是卖海鲜的,但小红鱼叛逆勇敢的性格所展开的这段童话式的情节,也许会让很多人的心里,感受到一股青春的躁动和蓬勃的生机。

上海餐厅也有蓄意而又极端的灯光的谋略。特别是一楼,我在这里用灯光区别了室内与室外。用灯光调节了冷调和暖调,站在外面是冷调,坐在屋里是暖调。冷暖之间的对立和凸显,互相映衬了视觉的层次,彼此也都得到了强调。灯光有很多功能,比如说,区域划分的功能,颜色定位的功能——同样是黄色,黄到什么程度,同样是绿色,绿到什么位置。色调是分冷暖的,黄色红色紫色都是暖色调,灰色黑色蓝色都是冷色调;绿色由黄蓝合成,所以既暖又冷,灯光也可以把一些纯粹的冷色处理成暖色的感觉。

灯光之外,色彩在一个设计中的地位通常也非常显赫。色彩可以强化优美的细部,可以勾勒空间和扩展空间,可以引发特定的心理共鸣并以其不同的象征与人的想象互动。比如红色象征浪漫也预示危险;蓝色代表天空也代表海洋;黄色与太阳和秋季的联系最为近密,在东方还专属皇族;而紫色则拥有某种贵族的气息,在西方还显示权力;绿色表现生命、丰饶和自然的天地;黑色象征死亡和邪恶,也象征高贵和神秘;白色在有些文化中代表哀悼,常用于丧仪,而在另一些文化中又隐喻纯洁和开端,亦用于婚礼……

色彩在设计中的功能性作用也非常有效,比如浅色能使空间显得开阔,深色更容易产生舒适和安全感,冷色可使墙面和物体向后退去,而暖色则让各个部位在视觉上更趋靠拢和紧凑。红色令人兴奋,黄色最为明亮,蓝色比较静谧,白色显得洁净,绿色有镇定和调和的作用。有些颜色宜于大片使用,有些则更适于局部点缀……

我们公司经营的亚洲大酒店在改造客房时,沙发用了纯白色的面料,当时让我提意见,我就对设计师说:你这是欺负人。第一你会增加我们的管理难度,第二还要增加管理的成本,这种面料保养难度太大,而设计者却占了一个便宜——白的当然好看!现在正是浅色单色流行的时期,浅色单色能释放人的心理压力,还可扩大空间。现在人们已经不愿再从面料的图案上费力地寻找意义,而只贪图视觉上的一时解放而已。

所以说,色彩也是流行因素的重要构成,一阵流行深色花色,一阵又流行浅色单色。人们对颜色的不同崇尚既受历史影响,也受现实影响;既受社会文化影响,也受个人心理影响。对设计者而言,颜色本身的美感并无优劣之分,美感只产生于生动合理的搭配之中,只有经过搭配,才能看出每一个颜色真正的价值。所以我们在考虑颜色时会把装修面的颜色与家具、饰物的颜色整体考量,还要考量油漆的亮度和材料的质感,考量白天和夜晚的光照状态。颜色的确定除了色值、色调和颜色的饱和度以外,还需要用灯光作最终确认,用不同灯光选择你最终需要的色感。在装饰工程尚未完成的时候,常常有人认为我选择的色彩过于单调,但当最后灯光陈设完毕,饰物和家具摆放一一就位,台布的色彩,口布的色彩,玻璃器皿和插花的色彩,彼此交相辉映之后,单调之感自然消失。反之,如果在这些东西没有就位之前就把色彩搞得过于丰富,灯光和摆设再一上去,肯定就会主宾互喧,杂乱无章了。更不用说装饰设计也和绘画一样,讲究留白,原本就忌讳把所有的视觉想象全部填满。

创作既然是一个情感活动,就显然不能以常识多寡和技术高低决定胜负,就像专门学文学的人不一定能写小说一样。过去有人批评作家,说都写小说了怎么还有错别字?就像当年批评作家非学者化现象一样,显然是把标准用错了地方,用这个标准去批评语文老师还差不多。设计和文学一样,灵感、创意、人文意识、高雅趣味,以及内心的敏锐感应和独特的表现角度,才是制胜的要点。

记者:除了强调灯光、色彩的重要作用外,你还多次提到陈设的重要性,请简单谈一下这方面的体会。

海岩:室内的陈设其实是整体设计的一个重要方面,比如我设计的"老锦江"雪茄吧,如果没有那些小的陈设,那就毫无气氛可言了。"老锦江"雪茄吧的设计工作很大一部分是研究摆设——用什么样的圆几,用什么样的挂件,每一样家具上铺什么织物,上面用什么玻璃器皿和餐具酒具,用什么烟缸,用什么花瓶,放什么植物等等。这些工作很多设计师是管不了的,因为那大多已经属于经营者的事了。当时我们看图册买了一部分饰物,除此之外绝大部分是到潘家园,还有其他一些地方一样一样收购来的。那些仿旧的沙发也是我亲自去找的,亲自来摆的,摆完家具饰物之后才最后确定灯光的位置和照度,连每一个灯位上用什么光源,用多少瓦灯泡,我们都要做出确定,生怕哪里过犹不及。后来灯泡坏了,电工随便拿个灯泡换上,我一看瓦数不对,马上让他们换上正确的。他们奇怪说侣总怎么连灯泡瓦数都知道？而他们不知道的是,光线照度差之毫厘,将使所有陈设和饰物的感观效果谬之千里。

风水与环保

记者：现在国外盖房子做装修,很看重风水,你对风水的认识如何？

海岩：阴阳学是中国古代文明的一个重要部分,可能包含了我们至今未能认知的科学规律。有一个证据就是,阴阳学的很多观点和建筑装饰美学的观点是非常一致的,和人的很多生理习惯是非常一致的,特别是和中国人的文化心理是非常一致的。风水先生说这样安排合适,你会发现从建筑美学、功能需要以及人的感受的角度,确实是合适的,"天意"和人意常常是一体的。还有一个证据是我们中国的很多历史名城,包括北京在内,其布局和方位大都是按风水的原则制定的；很多帝王陵寝的选址及朝向,以及搭建的布局,也是按风水要求完成的。这些古迹经现代科学证明,确实占据了"风水宝地",布局确实比较合理,与周围的地势及环境,确实构成最佳的关系。风水观念也是导致中西建筑装饰差别的一个原因。比如中国人偏爱倚山而筑,而西方人则喜择高而居；西方人屋里的楼梯讲究正冲大门,大门正朝大路,而中国人的楼梯却一定要避开大门,大门也要避开大路,避不开则须遮以影壁,才是吉利。

我曾经请教过新加坡的一位风水先生,让他看一看"昆仑"大堂的风水。他看了以后说：这个大堂几乎是按照《易经》的规矩进行装饰和布局的。他以为我一定精通阴阳,我说我其实一点不懂。他就开玩笑说:那你是天人合一啊!他说"天意"实际上指的是自然规律。有人按照《易经》的说法,对昆仑大堂一个一个方位地进行了分析:大门这个方位为险恶、为水、为中男(壮年的男子)、为劳苦、为流水不息、劳而不倦、为轮子,正好大门这里我们装了一个转门,应了轮子,应了劳作,应了流水;大门西面为乾、为健、为富、为君王、为玉器……主时间和金玉,这一面正好有钟表店和金银玉器店;大门东面为山石、为少男、为宗庙、为贵族、为自我感觉良好的人,正好应了一个VIP室;大堂中央为名、为利、为礼、为热、为饰、为中女、为文明、为外实中空,正好这里有两个镂空的金球为饰,下设沙岩基座,呈向上晋升及火热之象;大堂东侧为风、为入、为长女、为细长之状、为出入进退之象,正好应了总服务台;东北侧为动、为肃、为奔腾之马,这里恰有马的雕塑和一个高尔夫店;大堂酒吧这个地方,为说、为饮食、为交流,也很对应。唯独不够对应的是西南侧,为顺、为母、为承载、为大车,要是在这里放个大马车就好了,不过我们也没放。以前陆续布置大堂时确实也没有对照《易经》八卦,只是觉得怎么舒服就怎么布置,和八卦相合只是碰巧。

记者:你在装修时,如果豪华与环保发生冲突,你怎样选择?

海岩:我跟他们讲过欧洲的一个新的观念,那就是什么才算豪华。欧洲装饰设计界对豪华的界定设了三个必备条件,第一个叫做"质量"。就是我把装饰表面弄得再繁复,再精雕细刻,只要质量不好,也不能称为豪华。质量包括两个方面,一个是材料的质量,如果材料的质量本身比较低档,比如木材,如果木材本身的纹理、肌理、耐久度和稀有度都很差,就很难叫豪华;还有一个就是做工,做工一定要达到某种精细的程度,严丝合缝,该光洁的光洁,该朴拙的朴拙,该有的境界一定要做出来,才行。在这方面我们与国外的工艺水平相比,目前还有很大距离,所以很难得到世界的广泛认可。我举一个例子,中国本是瓷器大国,但在国际市场上,来自瓷器之乡中国的产品却极为少见,因为中国瓷器的设计和制作工艺都存在问题,精美上不去,朴拙不到家。精美和朴拙既是技术问题,也属情感范畴,而情感范畴的问题,就是文化的问题,所以工艺质量也和制作者的文化档次有关。

　　第二个叫做"自然"。指的是装潢的搭配应当是非常和谐的，不是说某个家具我用了特别贵重的材料，无论和周围的东西是否搭调，就算豪华。豪华的装潢一定是强调搭配得当的，是注重统一协调的，哪怕我在特定的风格下，在一个合理的范围里，追求一种出格的表现，夸张某种新奇和解构，也是可以的，但如果我的搭配完全错误，即便用的东西再名贵，也不能称为豪华。

　　第三就是"环保"。现在的建筑装饰材料无论是墙面材料、地面材料还是涂料和织物，只要是环保的，价格就上去了。从技术的原因说，材料要做到环保，需要有更多的处理，来源范围也受一定限制，所以它更贵重，但它符合人文精神，是人类对地球长远利益的一种责任。环保现在已经由时尚变成了高尚，凡是不环保就是落后，就是不高尚，就是档次低。一项装饰设计，无论材料是否贵重，做工是否精美，只要缺了环保一项，就不能以豪华论之。所以环保并不完全由价格取决，如同你花大钱去吃熊猫肉，并不证明你高级，只能证明你低级。

☆☆☆☆☆

PART FIVE

性情的房间

多年以前,我对自己这样评估:一流的装潢设计师,二流的职业经理人,三流的作家,四流的编剧,日久竟被传为坊间的"公论"。您听说过吗?原是自嘲的,说的人多了,不知怎么竟成了"定论"。

办企业做老板,可以触及三教九流,世间万象;写小说编剧本,可以纵横天下事、上下五千年。但确实没有一件事能像装饰设计那样,可以让人把对历史的理解和对时尚的感受置于一堂,把这个时代的物质成果和思想潮流直观地表达出来。人们装饰一个餐厅,不仅仅是为了吃饭;装饰一个卧室,不仅仅是为了睡觉。社会发展到今天,家居的装饰早已不仅仅为了单纯的功能性生活或生活的功能性而作,而更多是为了娱乐和审美,是一种情感的叙述与宣泄。"家居"既是亲人互慰的巢穴,也是友人同乐的空间,它本来就应当表达出生活的欢愉、文化的亲和以及日常起居的安全与安逸,这的确是对主人性情与品位的一个最直接的公布与展览。

我一向认为,除了社会经验的积累之外,个人的性情也是一切创作的重要源泉。当我有幸从这本《美好家居》中看到众多"家"的样本时,最先被撩拨起来的,就是自己从小到大曾经有过的万般梦幻。我曾经梦见我的家是一座宫殿,高大宏伟,华丽耀眼;我还梦见我住在一座深宅大院,枯藤抱树,椽瓦相沿;我梦见我家包罗万象,有玄秘的楼梯、罗马式的书柜、小地主的床榻、小桥流水的庭园……人的幻想不仅来自对各种文明的喜爱,同时也来自童年的大脑肆无忌惮的发现。尽管长大以后的头脑中西学东渐,但很多中国人也许和我一样,追捧现代派简约风格的同时,还是像个农民似的,离不开对土地的依赖,既渴望高楼大厦又渴望有个院子,养些鸡鸭狗兔什么的,采菊东篱下,悠然见南山;沙发坐腻了,又流行

215

八仙桌太师椅之类,仿佛不如此不足以对酒当歌,激扬情怀……

年龄不同,所求也就不同。这一阶段我最想拥有的,大概就是洪晃那样的气质和气魄了——工厂般阔大的行走空间,艺术走廊式的前卫风格,在这样的房间喝茶吃饭,茶饭都不再成为主题;在这样的房间会亲聚友,话题可以多至无限。

那款地中海风情的宅子也同样令人神往。住在如此鬼魅的"异域",感觉像个隐居的名人,更不用说该有一段美丽的爱情,发生在那样浪漫的境界。羽西的居所几乎集中了"美好家居"的所有要素——高贵、典雅、艺术感觉和实用功能,以及细节的讲究和窗外的风景,看得出远非一日之功。尤其是那种小范围亲友相聚的情调氛围,在一个多事之秋,更觉其意融融。

安虎的房间一看就很配他——不合规则的色彩,布波族群的凌乱,多种主题的解构与重构,强调出年轻人兼收并蓄的多元思维,和对主流异端的普遍宽容。虽然这个"家"似乎并不适合做客,但参观者只须观其一隅,便会爱屋及人。

于是我把这些风情万种的"家居",当做一场幻觉的盛宴,这些"家"于我来说,无时不想一朝拥有,但我没钱!即便我照猫画虎置得起一个洪晃式的厂房或艾未未式的乡墅,估计也支付不起夏天的冷气和冬天的取暖。好在《精品购物指南》的功能并非仅仅是购物的指南,这本出自《精品》的图册在勾引了我的窥视欲和嫉妒心之后,也让我们了解到当代生活的杰出样板。一册在手,等于拥有,让我们这样自慰吧。优秀的家居设计不仅给了人类生活良好的示范,也使我们得以发现生活到底能有多么美满!

——《名人家居》序

☆☆☆☆☆

PART SIX
中西合璧，人杰地灵
—— 昆仑饭店装饰风格漫步

　　这是一面墙，墙的右侧是一扇拱形的大门，和不远的花园小亭错落相望。说不清它是哪朝哪代何国何邦的建筑典范，所以任凭你去联想彼得大帝或维多利亚时代的帝王花园和官邸遗迹；这面墙的左侧，是一座中国式的门楼，花窗雕墙，左右辉映。但同样非明非清，亦南亦北，是一个不辨年代和地区的模型。

　　这也是一条街，一条拥挤着各种地摊的小街。你能看到一个身着青衣短衫、足踏元宝布鞋的少年向过往的行人兜售着形形色色的民间艺术品。在那中式的门楼下，一位长袍大褂的民间艺人正襟危坐，专注地表演着祖传的"雕虫小技"。夜幕降临，蓝色的追光灯为这条小街，为摆在街头叫卖的字画，为白色小亭镀上了一层宁静的月色。从小街俯瞰下去，四季厅的流水和钢琴互不淹没地交响在一起。万木丛中，天柱碑下，一个男低音吟唱着费加罗的咏叹调，牵动你灵感忽发——这面中西合璧的墙不就是昆仑饭店的缩影吗？正是为了达到这个效果，墙的色彩做了刻意的淡化，与其说是个写实的布景，不如说是个抽象的浮雕，是中西文化的一个写意。

　　其实这大楼里真正的浮雕将是贯通在总服务台背景上的《昆仑众神图》。在长达二十米的洁白的汉白玉上雕出众神百态，令人读了心驰神往。"昆仑"的许多厅室是以昆州山传说中的神界命名的，如芝田、惠圃、玉楼、冰丘等。还有一个最不起眼的小厅，号天庭，《山海经》指为昆仑众神的所在。

　　作为一个拥有近千间客房的大型豪华饭店，面向着欧亚各国广大的客源市场，昆仑的建筑装饰的样式，不得不揣摩着"中西合璧"这样一篇难做的文章——必须创造一个多样化的环境，来启发不同客人对"昆仑"的喜爱和沟通。

　　于是，原来的咖啡厅改装成了模仿美国上世纪三十年代风格的夜总会。木制的桌椅,粗麻围成的柱子,一段被火烧过的残墙,以及风干的羊头、老旧的乐器、古朴的书柜、罗克威尔的市井风俗画,二十世纪三十年代电影明星的画册等等,随意之间回顾着萧条时期的美国,回顾着那个时期的朴素和浪漫,伤感和狂热。每到夜间,歌手坐在高高的吧凳上,孤独地弹唱着牛仔们的乡村歌曲,摇曳的烛火把由我们饭店自己的艺术家过兴元和崔宁临摹的美国失业工人的街头画,映照得明灭不定。那壁画勾勒出三十年代美国人的生活实况和他们对未来的幻想。我们把这个夜总会的中文名字就叫做"三十年代",英文名字叫"东部好莱坞"。三十年代有成千上万美国"淘金者"拥向好莱坞东部寻找生计,每一个怀旧的人都知道"Hollywood East"这个名字所象征的时代。

仿佛是要与底层的夜总会相对称,顶层的旋转餐厅则以传统细腻的法国油画和富丽堂皇的水晶吊灯,展示了路易十四时期宫廷式的华贵,在这次重新装饰时,我们未做任何修改,还原了它特有的古典美。

最令人发思古之幽情的还是丝路海鲜餐厅。在举目可及的小小空间里,竟可引你穿过漫长的丝绸古道,带有强烈的文化色彩和史诗气魄。这里原本是一座伊斯兰风格的建筑,二楼墙上现在又绘制了敦煌佛窟的壁画。我们都知道,伊斯兰忌食大肉,和尚不杀众生,能把阿拉伯的穆罕默德,古印度的释迦牟尼和中国仿唐菜的大鱼大肉"历史地"联系在一起的,便是丝绸之路了。于是,当服务小姐身着盛唐服饰,餐厅里飘着"酸辣驼蹄羹"的荤香的时候,真主谅也不怪;当烹饪大师王思明的"佛跳墙"上席之刻,在二楼跏趺而坐的释迦牟尼佛,怕也保持不住脸上那凝固了一千三百多年的微笑,要跳墙而下了。

用餐的客人当然都很开明而且有悟性,酒肉穿肠过,佛祖心中留,如此罢了。

离开古长安向西,是荒凉的塔克拉玛干大沙漠,丝路海鲜厅请来的艺术家用古琴、古箫以及更古老的笙、埙之类,奏出苍凉动人的西部古调。尤其是埙,据文字记载,已有三千年的历史,常常一曲终了,余音绕梁,闻者纷纷索来细观,不过一个泥瓮,数个音孔,玩味之下,叹为观止。

距丝路海鲜不远的锦园餐厅则另是一番景象。这里灯光灿烂,鼓乐齐鸣,金蛇狂舞也罢,雨打芭蕉也罢,烘托着广东菜馆里通常追求的那份热闹。一个新搭起来的酒架,别开生面地布满了一面墙,颇添生意盈旺的气象。门厅处设了小台,供奉了一尊笑容可掬的财神,有的客人进膳之前,先要双手合十,一躬三拜。说不定就因为供了这尊财神,"锦园"的那些服务生和服务姐们也快要发财致富了。

从四季厅走过,逶迤前进,穿过阳光充沛的茶廊,你可以看到锦园餐厅、"三十年代"、日本餐厅依次排列。日餐"桔泉"的对面,桃李成蹊,郁郁葱葱的乔木和灌木,掩映着直通二楼的玻璃天井。在砖石钢木铺陈的室内,不期然出现这样一个"摇树一身雨,摘花满手香"的别境,使人忽生柳暗花明、一顿一挫的节奏感和圆满感。在出"桔泉"而左行的大道上,大红灯笼高高挂,若问酒家何处有,灯笼底下"又一村"。"又一村"墙上的蓑衣斗笠,碾子上的鸡蛋麦穗,无不充满生机,又野趣盎然。

闻"又一村"茶叶蛋的香气,聆丝路海鲜的丝竹悠悠,观对面新开的朝鲜烧烤餐厅的辉煌灯光,你可以断定,从四季厅到这里,已经构成了北京最长的一条室内食街,这条食街的尽头,就到达了在北京的美食家当中享有盛誉的上海风味餐厅了。

上海风味餐厅就像一个昔日独领风骚,如今红颜老去的少女,只有重整新妆才能无愧于她已有的声誉。我们已决定在这有限的空间里,把大上海今昔变迁的无限的沧桑感,有力地示范出来。城隍庙的窗户,江南的小桥,英国式的别墅,着意点染着这个中外经济文化最早的交汇点的城乡风情和殖民地遗迹,给那些熟悉旧上海的海外游子们增加许多寻根的话题。

二楼的多功能厅则是以黑色的地毯和粉色的家具在中外大宴会厅的色调设计上独树一帜的。改造后的多功能厅的灯光照度加强了一倍半,其典雅辉煌,已经在短短的一个多月里,赢得了不少喝彩。多功能厅的墙是蓝色的,它常使我想起小时候老师形容资产阶级生活方式时常用的一句顺口溜:"蓝蓝的墙,柔软的床,油炸馒头蘸白糖。"今天人们对物质生活的追求早已超过"油炸馒头蘸白糖"这种"资产阶级的标准"了,但蓝蓝的墙作为公认的一种典雅的视觉享受,恐怕还要延续很久。

多功能厅外,整个二楼的墙壁也重新做了粉刷,地面换上了树叶形光点效果的美国地毯,丰富了由于撤除画廊柜台而变得极为宽阔的二楼走廊的色彩。最引人注目的是架在观光梯外的大鼓,这鼓不仅作为中国古代祭祀和战争的用具,象征着文化和历史,而且在宛如一轮暗红满月的鼓面上,一只跃然而出的白兔依稀可辨,因此得名"红月玉兔鼓",陡增了它的观赏价值。

在今年饭店全部更新改造工程中最重要的一战,恐怕就是饭店大堂的改造了。由于那块世界最大的艺术壁毯的永恒魅力,在整个大堂的气氛中,"莽昆仑"的主题已经势不可夺。因此,所有喧宾夺主的改造设计方案均被否决。我记得几年前曾有一位香港的风水先生危言耸听,说昆仑饭店大门朝北犯了忌讳,幸亏这块"莽昆仑"的壁毯,使饭店背靠大山:于是在阴阳学的意义上,这壁毯已成了昆仑的镇楼之宝。这位"云游方士"还援引《易经》的指示:大门朝北须饰之以黑,才能通达顺利。我们这次对大堂的改造恰恰就是在加强亮度的前提下,将大堂天花用一直延伸到楼外雨棚的黑色网格罗织起来的。也许你早已注意到,大堂里新开出的丝毯店、玉器店和书店已经"天下乌鸦一般黑了"。我要声明的是:起用黑色与其说是迷信,不如说是对中国古代文化的服从。而且文王演周易,一向被认为是中国文化的一个开端,《易经》所示,也说不定言中了自然界阴阳刚柔动静之间的某些大原理和大法则呢。

从局部看昆仑饭店的许多地方是非常欧美式的,最近要改装的二十二楼商务俱乐部、二十一层以上行政楼区、五楼写字间和二楼会议室,其样式都比较现代也比较欧化。但从饭店的整体布局上看则很鲜明地表现出中国古典的结构特征。它不像西方哥特式建筑那样高耸入云,以幽闭和巨大的室内空间使人的观赏快感在瞬间达到顶点,而是平面铺展,纵深曲折而又实用的厅堂群体,她的宏大带给人的惊讶是在游历的过程中逐渐产生的,这种通过时间才贪图到的空间感表现了中国建筑布局可游可居的人间情味,使你能隐隐体验出某种人生的舒适和对环境的主宰。

在游历过昆仑饭店这些刚刚修葺和正待修葺的胜景后,我们又站到了中西合"壁"的面前。这时我们更明确地意识到,这面墙确是我们企业文化和企业风格的一个象征。当你用最后一瞥看到墙上的那副用刀镌刻出来的楹联时,难道不觉得紫气东来吗?

　　上联:风月双清云霞五色
　　下联:诗书三味山水八音
　　大字横批:人杰地灵

☆☆☆☆☆

PART SEVEN
金台夕照，紫气东来

　　金御台是我参与设计的一家中餐厅。因为餐厅的经营风格定位在中西合璧的新概念中国菜上，所以整体设计也同样采用中西结合、古典与现代相融合的风格，由我与设计了全球多家君悦酒店的美国著名设计师 Mr. Robertbilkey、Mr. Oscarllinas 共同完成。

　　金御台所在的财富中心原是清代镶白旗满蒙军队的校场，校场中有一个高台，史称"金台"。清乾隆十六年，乾隆皇帝巡幸至此，发现在此台上观看夕照的时间最长，遂亲笔御题"金台夕照"四字，成为"燕京八景"之一。二〇〇二年初，长 2.7 米的乾隆御制《咏金台夕照》诗碑文于财富中心建设工地被挖掘出土，石碑旁亦发现古代大型夯土台遗迹，再次证实此处确为"金台夕照"原址。

　　"金御台"占地面积一千余平方米，是目前"CBD"中央商务区里最顶级的中餐厅。餐厅入口处，矗立着一个长方形的雕花玻璃屏风，鱼水图案祝愿着滚滚财源，富富有余。屏风镶嵌在深紫色聚酯漆木框内，色彩的设计灵感来自中国明清宫廷家具的上选之材紫檀木，并饰有点点金粉隐隐闪现。如果你仔细观察，会发现这种用细节来表现华丽的设计随处可见。例如餐厅所有使用墙板全部采用橡木，并在橡木中手工擦入金粉，增强光泽，显现低调的奢华风格。

　　转过屏风，与酒吧遥相呼应的半圆形的巨大酒柜扑入眼帘，各种名贵红酒铺满半壁。宾客等位时，可以在此浏览美酒，闲谈小憩。

　　进入大厅，视线豁然开朗，整个餐厅的天花四周，都装饰着洋溢浓郁法国古典风情的宽幅香槟银箔饰线。座椅以紫色与绿色相配，对称摆放。圆形大厅的中央，悬挂着一顶巨大的水晶吊灯，如高屋建瓴，水银泻地。围绕在水晶灯下，是一圈紫色的丝绒沙发与座椅。大厅中心的外缘，由舒适的卡式沙发环绕，纯丝的沙发靠背装饰着法式剪丝腰果花图案,坐垫则使用现代感的仿丝质地面料包裹。大厅四周铺设着黄绿色的玉石地面,在底灯的照射下就像一条玉河轻轻流淌,正应了中国风水中"玉带缠腰"的美好寓意。

整个餐厅都在圆形的设计中错落有致。地面与天花形成圆套圆,在视觉上十分舒适婉转。地面与天花以"八"字形交相辉映,取意"天地圆满,吉祥美满"。

餐厅的十二个大小单间都设计了不同的色彩主题。特别是两层玻璃墙中的夹纱,乍一看仿佛是印花图案,若仔细观看,会发现花朵是用丝线编织而成,丰盈立体。纱后的衬板上喷满了晶莹的小水晶颗粒,如水滴般晶莹闪亮。织花地毯也采用了相同的花朵图案。我们在定织地毯时反复测量,让"花朵"巧妙地绕开餐桌,使客人能够完整地欣赏到花色的对仗。这正是这次设计所追求的原则——少渲染、不张扬,重在细节的考究与质量。

☆☆☆☆☆

CHAPTER EIGHT
谈人际关系

❀ ....

我爸爸曾评价我"聪明绝顶,不学无术"。

❀ ....

从某种意义上讲,金钱关系最纯洁,人情关系最复杂。

❀ ....

我承认我不成熟,道理我也懂,但我做不到。

PART ONE
谈人际关系

我是靠领导与同事的关怀与欣赏坐到今天的位置上的,但凭什么只欣赏你不欣赏他?这是需要研究的。机会都是别人给你的,但反过来说机会都是自己创造的。我上升虽不是很快,但能一步一步地往上走。

我自己曾分析过我的长处和短处,短处是文化程度低,那时没学历也就觉得你没文化。长处一是我虽不刻苦,但很能吃苦,打水扫地我都能干,在基层单位这很重要,关系到你给别人的印象和你的口碑好不好,你要又贪又自私,就没人喜欢你;二是我和人相处比较谦让,不喜欢争,这和我从小的经历有关,我被动,我不追求特定目标,只要这件事做得大家都挺高兴,目标没达到就没达到,没关系。所以我在单位是一个招人喜欢的人,有些人可能能力很强,但锋芒毕露,不顾周围人的反应和感受。我从性格上就没什么名利心,走了很多单位,领导和平级都不讨厌我。

这两点形成了我的性格气质,也是我后来的人生所悟达到的境界,吃苦耐劳也是境界。

我爸爸曾评价我"聪明绝顶,不学无术"。"无术"是指我没专业,聪明是说我对喜欢的东西会很快掌握。先是人家带我玩,后来人家也不觉得我多余。

比如,在机关里让我写份报告的第一稿,人家看了以后想,"不错呀,不是个光吃饭、光逗大家高兴的家伙"。我们那时向领导汇报一件事,处长说,明天向局长汇报,你把材料报上,到了那儿科长汇报,处长补充,我只是拿材料的,但为这件报材料的事,他们下班了,我得干到夜里一两点,把所有的有关材料都看一遍。

汇报时不可能有我说话的机会,但中间局长会不断地问那件事的细节,或者具体数字时,他们不一定记得住,这时是我插嘴的时候了,根本不用翻,叭叭叭就说出来了。几次下来，人家会说：嗯，这个小伙子可以嘛！马上就引人注目。

你得把握好时机，我不多说，只说具体事。至少他会感觉到这人是非常负责任的，好感就产生了，注意力就有了，否则谁注意你呀！

险恶的事也有吧？你往上升时，你不想伤人，遭人嫉恨。

我不和人争这种境界不是开始就有的。我觉得改造别人难，改造自己也特别不易，你得学会压抑和克制，但仍然比改造别人容易。当你把自己改造完了之后，你突然发现他也改了：他怎么突然对你友善起来了。

有人说人的成长是一个被加工后重新组合的过程，是有道理的。这种成长的力量是有惯性的，能一直将你推进到不同的层次中。

我是商人，我是旅游服务业的商人。旅游业在国内被人们认为就是吃喝玩乐，实际上旅游业在很多国家都是支柱型产业。我既是投资者又是职业经理人，比如在锦江集团北方公司和昆仑饭店，我任董事长，代表出资人利益，同时在北方公司我又是总经理，还得负责日常运行。

我们是在国内商业法规还不十分健全的条件下经商，很多功夫是在商业之外。在国外几乎都没有"企业家"这个概念了，企业家通常是指创业者，像洛克菲勒、松下幸之助这类人。在国内做生意往往是因人而异，今天和这个人是一套做法，明天和那个人可能是另一套做法。同样在广东做生意，今年和明年政策风向不一样，手法都可能是不一样的。中国企业家面临的是不规范的市场、不健全的法规和时时刻刻在变化的人际关系与政策风向。

我们现在把大量精力都放在了人际关系的处理上，尤其是内部人际关系，是一个复杂的人际关系工程，任何一个企业家，如果你只懂企业运营，不懂如何处理人际关系根本就站不住脚。你要管计划生育、政治学习、职工分房、思想工作等等，就连夫妻吵架你也得管，什么班子不团结了，谁在背后说谁了，事儿多的是。

☆☆☆☆☆

PART TWO

权威不如人威

海 岩 VS 闽 瑶

当头儿的经历应当成为一种人品升华的莫大推动力

闽瑶：锦江集团从一个区域性的集团发展成一个在全国很有影响的饭店管理集团，并进入了世界饭店三百强之列，其中有没有系统的管理思想作为基础？作为锦江集团北方公司的首席执行官，请谈谈您的角色感情。

海岩：如果说有些著名的跨国饭店管理集团已经形成了很系统的管理思想的话，锦江集团还在完善之中。但我们的管理思想既不愿照搬国外，又不是平地抠饼，有些是基于我国古代朴素唯物主义的哲学思想。就我自己来说，在人的一生当中，当头儿的体验无疑是一种坚实宝贵的人生锻炼。因为你将有机会把自己从小到大学习积累到的许多知识和经验，在管理他人的过程中进行尝试和检验。你的生命也将承担更大的重量，因为你要面对的已经不是你自己一个人，而是一呼百诺地指挥他人，同时又要为他人的生存质量负责，这种生存质量包括：安全感、稳定感、进步、发展以及个人表现的机会、愉快的工作环境与合理的劳动回报等。很多下属会因此而追随你，把自己的种种期待放在你的身上。所以，很多人升官之际也是他人生境界的一次飞跃。同时，当头儿使你必然离开了对以前所处群体和领导的某种依赖，成为企业整个指挥网络里的终端，要独立地处理很多复杂的事务。在体验到拥有权力的充实感之后，也会有夜路独行的恐惧感，就像一次精神上的断奶。总之，当头儿的经历对一个人来说，应当成为一种人品升华的莫大推动力，除非你对自己和他人都毫无责任感。

曾国藩的三字诀是我的座右铭

闵瑶：具体地说，包含哪些内容呢？

海岩：曾国藩讲了三字要诀：一是清，二是勤，三是谦。就是清廉、勤奋、待人谦恭。我推崇这三点，并把其当作座右铭。曾国藩在家书中曾告诫亲友，一个人得到的好处要满出来的时候，是很危险的。"月盈则亏"，人满也一样，"天不概之人概之"，天也是借人之手"概之"。大家知道以前装粮食的一种量具——斗，粮食要是装满出来，要用一只小木片把它刮掉，这个小木片就叫"概"。概，就是铲平的意思。要想免遭人概，就要事前"自概之"。如何"自概"呢？实际上就是自我约束。我们再看道家思想，老子也有"三宝"："曰慈，曰俭，曰不敢为天下先。"当了官千万别太横，别太奢，举手投足至少先遵循前例的规定，一个不能自我约束的人，是不可能管理好下属的。"其身正，不令则行，其身不正，虽令不从。"我们都听过这个古训，现代饭店的管理最重要的是对人的管理，管理人的自身首先要正，这是中外不变的树立威信的原则。

闵瑶：锦江集团属于一个快速扩充的企业，据说您常常训导一些刚刚提拔起来的中层干部，因为他们职务提高了，素质往往跟不上，您最看不上的是什么？

海岩：职升一级，谱大三分，所谓一阔脸就变，原来那和睦的"老黄牛"精神消失了，也不屑于干具体事了，只动口不动手了，说话也横了，对他这一级可以享有的种种待遇迫切地期望兑现。譬如有些饭店领班刚刚当上主管，就急着要求马上把主管的西服发给他穿上。甚至有的厨师长也穿着西服进厨房。从个人心理上，太把这个芝麻官当回事儿，甚至有点拿着团长的派头当连长，拿着兵团司令的派头当团长的架势。如此说即便夸张一些，也绝非夸大，我时常能听到对这种情况的描述。

建立自己的非行政权威

闵瑶：那么他们对属下施予管理时，并不能起到提高生产力的作用，有时会恰恰相反。

海岩：真的是这样，有些部门的干群关系比较紧张，就是由某些督导层干部方法粗暴，员工有强烈的受压迫感而引起的。一个有趣的现象是，有不少刚被提到督导层的干部，在管理中都不知不觉地模仿他的上级领导，对下属实行"强硬"的管理。但他忽略了他所模仿的领导有较强的业务能力和社会经验，个人资历也较深，有多年积累的非行政权威这样一个事实。这些领导在某些具体事件上以强硬的方式，下死命令的方式、压迫的方式来指挥，可能是很奏效的。而在没有积累一定的非行政权威的情况下，新官上任三把火，一味地"照葫芦画瓢"，效果只能适得其反。我主张，一个干部不要过分依赖自己的行政权威，忽视建立自己的非行政权威。行政权威是指干部依靠行政上的"官职"对下属发布命令，下属必须听从，否则就可以依照规定对下属予以处罚，调动直至辞退等行政上的处分，非行政权威主要是指干部以个人的人格，品质，知识等精神力量使下属信服。

闽瑶：由此看来，您十分重视建立非行政性的权威以影响属下，这与现代社会对人的管理强调"强力压迫"与"竞争机制"，有较大的区别，它的好处在哪里？

海岩：众所周知，酒店的管理是微观式的管理，每天有大量的事务性工作要一一落实，所以对各项业务运行的指挥，主要靠命令的方式来完成。一个督导层干部每天必然地要对所管的员工下达很多具体的命令，向员工交代每件事该如何办。员工是不是能认真负责地将每个指令完成，把每件事都按要求办好，直接决定着整个酒店的运行质量。当我们发现，员工对命令执行的实际效果，很大程度上取决于他们对发令人的个人好恶时，我们不得不意识到酒店督导层干部具有的非行政权威，已经不是这些干部个人的财富，而是推动并润滑整个企业机器顺利运转的一个强大动力了。我们也看到，那些非行政性权威较差的干部所发布的命令常常会被拖延，或在执行中缩水、走样，这种干部对本部门，本管区的控制能力一定较差，该部门，该管区也一定是比较散漫，比较馄乱的。并不是他没有下达正确及时的命令，而是他的命令的权威性有问题，正如孔夫子说的："君子不重则不威。"所以我们强调当头儿的要俭以养德、自重自爱、令出法随、恩威并重，才能建立个人的权威和个人的魅力。要做头儿就要先做人。从理论上说，企业应当要求每一级领导者的人格都要比他属下的人格高出一筹来！酒店企业直接为人服务,若一次失误便无法补救,当头儿的若媚上压下,服务人员脸上怎么会有真诚热情的微笑呢?强调当头儿的要有非行政性权威,正是力求创造酒店内无论对客人、对员工都要相互尊重的一种优良氛围,根据管理大师杜拉克的见解,现代企业间竞争的对象已经不是利润,而是顾客。而对顾客的竞争就是对品牌的竞争,品牌的竞争就是质量的竞争,质量的竞争就是人才的竞争,人才的竞争说到底就是企业内部机制环境的竞争。

闽瑶:据说您为了建立良好的企业内部机制、环境,不仅请行家暗访还进行员工评议,以此了解下情,垂直指导,能举些例子吗?

海岩:这方面例子很多,但对我触动最大的却是最微小的例证。譬如员工评议中有一个提问:你印象最深的是哪一位经理,为什么印象最深?令我惊讶的是,员工喜爱某位经理的原因原来都是极为细小的,如有的员工说:"我印象最深的是刘经理,因为那天下雪,他只穿一件西服就带我们出去扫雪,一直到扫完。"另一位员工说:"我印象最深的是杨经理,那天我抱着一摞床单在走廊里碰见他,我心里有点慌,但杨经理冲我微笑,还为我开门。"员工的答题更使我坚信了这样一条规律:如果历史对一个人的评价主要是看他的功过,那么现实对一个人的评价则主要看他的为人。我也坚信,在基层单位里,干部的身先士卒与和蔼待人是给员工良好印象的起点,督导层干部与下级的关系应当形同唇齿,是唇亡齿寒的依赖关系。我们每一个人在工作中都是既要对上,又要对下,最佳境界应当像一株茂盛的植物,既向上开花,又向下扎根。在这点上我们提倡上级多为下级服务的精神,"服务也是一种领导。"已经成为世界上成功企业管理者的通用理论。一个好的上司,应该非常愿意去"笼络"他的部下,部下有什么工作上的事求你去办,你应该立即去办。这也是一种示范,这样你要求部下去办的事,他也会立即去办。如果他不立即去办,那你应当让他感到尴尬。

美国、日本、中国的管理特点

闽瑶:这是一幅多么不同的"俯首甘为孺子牛"图呀!有人把世界上的企业管理哲学分为三类:美式、日式与中式。这三种管理对人际关系的处理方式,有明显的不同。您更欣赏哪一种呢？

海岩：美国是一个蔑视权威，充分讲求个人自由的国家，因此在美国的企业里，人与人之间的关系都是契约式的，一切以法则论是非。企业运行主要是靠命令和制度，制度的权威绝对大，上级的话一定要执行。越讲个性独立的国家，法制越要严格，总统有很大权威，议会里投票也是少数服从多数，企业也一样，否则难以运行。相反，日本人从小迷信权威，下级对上级、晚辈对长辈、个人对团队的服从，是天经地义的。因此，日本企业中一些决策反而有较繁杂的民主论证程序，常常是先经下面各级充分酝酿后再逐级上报，领导在听取各方面意见的基础上才做最后裁决。日本企业最讲团队精神，讲一致性，讲团体协力。少数人如有不同看法，多数人也要协调少数人一致行动。这就是所谓"大和"。中国式的管理哲学不同于美国和日本，即便是管理上有制度，也在执行上有弹性。每个企业都订了很多制度，但不一定人人都认真执行，多数人决定的事，少数人不一定心服，而且是越压越不服。中国人的人际关系是"互交式"的，也叫"互动式"，即"你敬我一尺，我回报你一丈"。讲究的是回报，是互相的感应，这是中国人的人性、民族性，不容忽视。归纳来说，美国人管理上讲是非性，很多事拿去做专业评估，是就是是，非就是非。日本人注重一致性，协调一致了再办，不一致时缓办。中国人讲究太极，即阴阳互变、互相融入，你中有我，我中有你，很多事要弹性处置，中庸有度，不搞极端，随机应变，一切依实际情况权衡变通，圆满高于是非，中国人际关系上的互动式特点，客观上要求我们每一个管理干部都具备这样一种意识——多为下级做点事，对下级不能没有付出，在工作中多给予下级以支持与鼓励更是必不可少的。

怎样对下属

闻瑶：您能概括地谈谈您要求酒店领导如何对下属实施管理吗？

海岩：第一，理想，即要向下属灌输某种理想，这个理想主要是指企业未来的发展目标和企业精神。督导层干部的职责之一就是要唤起部下的事业心，唤起部下的集体荣誉感，使员工把个人对前途的期望，个人的事业发展与企业、部门以及班组的成就结合起来,形成一种"共同利益"的格局,少用命令或威胁的口吻,不贪下属的成绩,至少是与下属共享成绩等等。总之要通过你的这些行为使员工成为一个有职业道德、主人翁精神,对企业有归属感、对企业目标有自发兴趣,并能从工作中及与你的合作中得到快乐的人。

第二,实惠,除了理想之外还要给部下以实惠。实惠不仅仅包括物质上的,还包括非物质的和亚物质的。如:安排他学习深造或委以重任等等。

第三,情感,即管理干部要和下属有情感交流,下属生活中的困难,他个人的喜怒哀乐,在不妨碍个人隐私的前提下,领导者都应当关注并做一点点实际的事情,哪怕是有点表示。现在我们有些管理干部和下属之间的关系就是钱——下属犯了错误,罚钱!下属做了好事,奖钱!和下属之间没有情感的交流,我觉得在酒店这套方法不合适。酒店是劳动密集型的企业,干部要带好队伍,就一定要和员工建立感情,这样才能形成团结一心、积极向上的集体。在中国任何一个小团体里,建立友爱是很重要的。

其次,是纪律与公平。最后,也还是要在职工之间,建立互相竞争、优胜劣汰的机制。

闽瑶:一个领导者知识与能力的高低最终受制于文化修养的高低,而文化修养的提升是不可能一蹴而就的,对此您怎么看?

海岩:是的,我有时发现我们有些干部在很多场合上不大懂说话的技巧,说出话来不是表达不准就是让听者不开心。作为一个管理干部,必须掌握起码的说话技巧,才能用准确、恰当、适度、生动的语言来指导别人、纠正别人、批评别人、赞扬别人。还是我开头儿的那个观点,我希望每一个管理者都应通过自己的不断努力成为一个具有非行政性权威的领导,那样才能把自己放在与下属相互支持、相互理解的位置上,下级的心情也不错,一时政通人和,皆大欢喜。那绝非个人财富,而是推动并润滑整个企业机器顺利运转的强大动力。

☆☆☆☆☆

PART THREE
谈成功

　　谈到"成功",我觉得每一个人成功的路线不一样,他面对的情况也不一样,不能一概而论,一定要怎么怎么样才能算成功。比如说"有文化",很多没文化的人也成功了;或者是"一定要有胆略",可有些很胆小的、很按部就班的也成功了。这都不好说。就我来讲,我是一个在政府或国有企业这个体制内工作出来的。要成功的话,有两个方面很重要——勤恳、忠诚。这两个方面现在很少被当作"成功要素"来提起。在我们这个圈子里,很少有一夜暴富、一夜成名的,我们是一个台阶一个台阶按级来的,你没有耐性很难熬下去。我的心态可能好一点,就是说可能从年轻时就在思想上解决了"功利"的问题,没有那种特别强的目的性。有太强的理想、抱负的人,我觉得会有两个问题:一个,他可能达不到。因为他目的性太强,会给人家的感觉不好,他甚至会为达到目的而不择手段。另一个呢,他会很难过,会特累。所以我的生活信条,我是觉得不要有太多的或者是不要有太具体的理想。理想要远一点、虚一点。但是,眼前的每一件事都要做好。

☆☆☆☆☆

PART FOUR
巨人的激情与梦想

莎士比亚说:"这是一个脱了节的时代!"

旧的理想、道德、秩序迅速瓦解,新的习惯、规范、制度尚未建立,一切都失去了应有的支撑,世界正在痛苦地犹豫,不知该向何方倾斜……

正像莎士比亚当年的处境和感叹一样,庞大的中国国有饭店产业如同一个巨人,此时也正在失去原有的支撑和方向,进入了一个彷徨的时期。国有资产逐步退出的产业导向,外资饭店大举进入的咄咄态势,伴随着全球化的浪潮,汹涌而来。如何改革数以万计的国有饭店使之进入市场,达到国有资产有序退出的目的;如何在外国列强的全面覆盖下创造中国本土的饭店品牌,无疑已经成为中国国有饭店经营者的历史责任,成为中国国有饭店产业的前途所在。

这当然是一条没有前车可鉴的道路,但在这个转折的时代,每一个跋涉者都充满了激情与梦想,梦想成为新一代的产业巨人。虽然他们各自出发的起点和将要经历的路线不尽相同,但殊途同归,他们几乎都选择了同样的目标——通过产业重组,打造新型集团,建立参与国际竞争的基本阵营。于是,戴斌先生的新著《国有饭店产业重组与集团化管理》生逢其时,它以全面翔实的调查,视野开阔的资讯,周到切实的分析,大胆创新的思想,在我们探索的途中,将成为极其宝贵的理论参考和操作指南。

已经开始饭店集团化运作的业界精英们毫不讳言他们面对的困难——排名全球饭店产业前十位的"国际大鳄"均已登陆中国,并且抢得先机,占尽天时,后来居上,品牌定位从二星级的经济型旅馆到白金五星级的超豪华饭店,目标几乎涵盖了整个中国饭店市场。并且在产品经营、销售网络、资本运营、人力资源开发等诸多方面,对国有饭店形成强势挤压,在出租率、平均房价和"GOP"等主要经营绩效上，均大大领先于国有饭店。而国有饭店在提升产品质量和经营效益之前，还需要优先解决产权明晰、重组构建、品牌梳理、体制改革等一系列棘手的前提条件，因而生死未卜，因而步履维艰。

中国国有饭店产业应当生存，必须发展。未来的世界，未来的中国，旅游市场将膨胀成为一块更大的蛋糕，到二〇二〇年，全世界的国际旅游消费将达到每年二万亿美元，平均日消费五十亿美元。届时中国也将成为世界第一大旅游目的地国，国有饭店产业在此之前能否形成真正具有国际竞争力的饭店集团，能否拥有赖以生存的自主品牌，能否在这块巨大的市场中分得应有的份额，无疑是产业前途明暗的标志，是决定产业命运的政府管理者、资产所有者和职业经理人必须逾越的高峰。逾越这座高峰，是他们不可推卸的历史责任。

当一个产业巨人站起之前，常常首先站起一个理论的巨人。《国有饭店产业重组与集团化管理》的著者戴斌教授，是中国当代旅游企业管理和旅游经济研究方面最活跃，也最具影响力的理论权威之一。近年来，他的学术研究在推动政府决策和企业改革方面，都有重要价值。当我们看到这部新著宏大的构架和细密的论述时，完全可以预测，当未来中国终于发展成为一个旅游强国的时候，当中国的饭店集团和饭店品牌终于可以在国际市场尽展风流的时候，重翻这部在国有饭店产业发展的关键时期出现的关键著作，它的意义，一定是划时代的。

——《国有饭店产业重组与集团化管理》序

☆☆☆☆☆

PART FIVE
直面文化生态不能"居危思安"

文化的商业化正处于过激和无序状态中

关于文化生态的问题,我觉得其实这更适合于政府官员或者学者来谈,我冒昧来谈一点个人的感想。确实,一个国家的强大在很大程度上是通过文化是否强大来考量的。文化是否强大和我们的文化生态有着重要关联。

文化生态可以从很多方面来论述,比如文化管制、文化自由度等等,这都是文化生态的重要方面。我想今天谈两个我感触比较深的问题,第一个就是文化的商业化问题。

文化的商业化,这些年谈得比较多,谈文化生态就不能不谈文化的商业化问题。如果我们把二十世纪算做一个大工业时代,把二十一世纪算做信息化时代和全球化时代,我觉得时代的变化使我们的文化生态也发生了变化。

大工业时代的文化是围绕着生产展开的,围绕生产展开的文化比较强调社会意志、团体意志和团体道德,它更多的是为了教化的功能而展开的。在全球化时代和信息化时代,文化是围绕着消费展开的。围绕消费展开的文化更多地与休闲娱乐和个人意志的张扬相关联。

在我看来,只要是文化,就一定是一种情感活动,情感活动的理想和目标应该是情感的升华、净化和丰富。但是,我们看到,现在以娱乐化为主要特征的文化的商业化,正处在一种过激和无序的状态中。

对电视剧而言看重的是收视率,对电影而言是票房,以它们的高低多寡来定生死,定荣辱,这等于把注意力经济、眼球经济的缺点从部分推到了极端。文化本身的内容变得不重要了,重要的是形式和噱头;质量不重要了,重要的是推广它的平台和营销的手段。我们看近几年文化的潮头人物,我说的"文化"是广义上的文化,这些人及他们引起轰动的产品都不是文化含量很高的,而是赖于它强大的宣传炒作平台,化平庸为神奇,甚至化腐朽为神奇。这对文化长远的发展,特别是对中国传统文化长远的发展,是没有太多好处的。

文化商业化缺乏理性

我们讲讲电视剧。

从事电视剧行业的人都知道,现在大家的脑筋都不是动在创作方面,首先想的是选材,什么题材好卖就拍什么;其次是演员阵容,无论这个演员是否适合这个角色,只要他有收视号召就一定是重金约请;再下来是炒作,吸引观众。

现在,电视台把收视率放在了决定一切的位置,绝大多数档期都是以收视率的高低来定价格的。收视率这个东西其实受很多因素的影响,比如说前阶段电视剧《亮剑》的收视率很高,这首先是由于它是军旅题材;第二是因为它放到了央视一套黄金时段这个平台来播,因为这一时段的收视主流群体是中老年人和干部,如果把它放到央视八套这一以年轻人和追求纯娱乐为目的的收视群体的频道上来,他们对《亮剑》这种题材就不一定有兴趣,收视率马上就会下来。

收视率是一个说不清的问题。"尼尔森"和"索福瑞"的收视率统计方法不一样,得出的结论也相差很大。现在,在北京装有五千个收视率的统计器,这和欧美家庭每户都有收视率统计器是不一样的。就好比我们今天有一万个人来听讲座,从中找三个人,其中两个人说海岩今天讲得不错,能不能就得出有66.6%的听众认为今天海岩讲得不错这个结论?但就是收视率,这样不"靠谱"的东西坐上了中国电视文化总裁判的位置。可见,我们文化的商业化到了多么缺乏理性的程度。

再说电影。近两年来,商业片的质量和它宣传炒作的程度是不成正比的。大家觉得艺术片肯定都是讲艺术的,但其实几乎大多数的艺术片都有着精密的商业策划。

投资艺术片的人之所以不投资商业片,完全是出于商业的考虑。因为中国每年有几十部外国大片引进,加上一些国内的大制作商业片,一年一共五十二个星期,艺术片很难排上档期。所以有人把目光投向了海外,专门制作艺术片到海外的电影节上去拿一些奖,拿到奖多少可以卖一些拷贝,回到国内也算是师出有名。

有人嘲笑说,中国的艺术片不是给十三亿中国人民拍的,而是给世界上其他五十二亿人拍的。拍艺术片的人会告诉你,他们的目标是哪一个电影节,这个电影节的选片风格是什么,甚至评委会的主要风格、取向是什么,他们是专门研究这些的。所以我认为艺术片也在向商业的路线走。

我们再说小说。现在最好卖的小说不是海岩的小说,最好卖的是"八○后"作家,甚至是"九○后"作家的小说。因为青少年是图书的主要购买者,所以"八○后"、"九○后"的这些作家创作的小说,无论其风格是否重复,内容是否稚嫩,一概被出版商热烈追捧,强势推出。

"眼球经济"让新闻也走火入魔

再谈我们的新闻。我接触过的大多数记者非常有职业素养,但是中国新闻界的一些现象也让我颇有感触。比如在互联网上,港台明星和港台文化新闻占据了互联网新闻的很大篇幅。在新闻界,"眼球经济"效应似乎比影视、图书来得更明显。

我举两个例子,前不久我在北京参加了一个论坛。谈到中国女性的美,主持人就问在场的嘉宾,您喜欢哪个女星?有的喜欢章子怡,有的喜欢赵薇,也有的喜欢李宇春。

主持人问我:"您年轻的时候比较喜欢哪位女性?"我说:"我小的时候比较喜欢刘胡兰。因为我从小受到的教育让我崇拜她,另外我们看到的刘胡兰是在画上的、雕塑上的,艺术作品中的她看起来很美,身材比例也很优美。"

第二天,报纸登出来的标题让我吓了一跳,"海岩喜欢刘胡兰,因为刘胡兰三围标准,身材热辣。"我特别不愿意别人对我小时候崇拜的人有如此轻浮的想法。

再举一个例子,那时候张艺谋的《十面埋伏》刚上映,有记者请我来评价一下

《十面埋伏》。我很警惕,我说我没看过。"那你周围的人总看过吧?"我说:"我不知道他们看过没看过,没人跟我说过。"

"那你总看报纸了吧? 报纸上对《十面埋伏》的评价还可以。"我说:"还可以,但好像剧本稍微差了一点。""你认为这个怎么解决?""剧本差就多打磨剧本,在编剧的投入上多增加一点。"第二天,报纸上登出的标题是:"海岩炮轰张艺谋,说张艺谋太抠门,不给编剧钱。"

隔了不久,又有记者来问我:"你炮轰张艺谋?"我说:"我没炮轰张艺谋,我只是说文学对影视的重要。""那为什么你不给张艺谋写剧本?""他没请我。""如果要请你呢?""他没有请我写剧本。""那他如果请你,你是不是写?""我要看是不是适合写。"他说:"听说张艺谋是很折磨编剧的,剧本总是改来改去。"我说:"我要是写不了,就不写。"

第二天报纸上出来的标题是:"海岩绝不给张艺谋写剧本"。很多朋友给我打电话,说你怎么了,怎么和张艺谋对着干上了? 这就是无事生非,我们的媒体也被"注意力经济"搞得走火入魔了。

在一个国家,商业化对于文化的提升作用是很明显的,但商业化也导致了文化的低俗化。如果把市场作为首选任务,那低俗化是不可避免的。低俗化和文化的本质是相悖的,低俗化无法产出无愧于我们这个民族的文化作品。

弱者心态如何振兴民族文化

我第二个感触比较深的是,外来文化对中国文化的挤压。

二十多年以前,我们还在讨论要不要吸收借鉴国外先进文化的问题。现在这个问题已经完全没有讨论的必要,现在要讨论的是在西方强势文化面前,中国文化如何自持,如何发展,如何振兴。

过去我们对外国文化缺乏了解,后来我们看到这样一些统计:英国的辣妹演唱组合一年给英国的创汇超过了英国全国钢铁工业的创汇。一部电影《泰坦尼克号》全球的利润,超过了日本作为一个汽车工业大国和机械制造工业大国两个行业全年利润的总和。西方文化产业的能量是我们原先没有估计到的。

现在从中国任何一个城市走过,我们年轻一代喜欢的东西,爱唱的歌曲,包括歌词,爱看的电影,喜欢的动漫,穿的服装,吃的食品,到处都是西方文化"地毯式扩张"的痕迹。我们中国文化在和西方文化的较量中,似乎处于劣势。我们的演出输出和收入的比例是10∶1,我们的图书一年输出八十一个项目,进口大约是一万二千多个项目,这是不成比例的。

有人说,中国的电影进入了西方的主流院线,但外国每年有多少大片进来?不要说欧美国家,连亚洲地区,韩国、日本进入中国的文化产品和中国进入他们国家的文化产品,在数量上也不能比拟。

数量说明趋势。未来体现在年轻一代,不是我们在影响西方,而是西方在影响我们;不是西方更理解和接近我们,而是我们更理解和接纳西方。

有的人说我们也有很多作品在国外获奖。我们是有很多电影在国外拿到了奖项,正如刚才韩美林老师说到的,我们的艺术片由于是奔着国际奖项去的,所以艺术片的制作风格必然受这种商业目的的影响,不仅要投合电影节的风格和电影节选片人员的风格,而且还要符合西方的主流意识,符合西方观众的欣赏习惯。

近些年来,包括前几年在西方电影节获奖的中国作品,歌颂我们民族光明一面的比较少,暴露我们民族黑暗一面的比较多。在给我们中国文化带来奖杯、带来荣誉、带来面子的同时,我看了这些影片,不觉得中国人有什么面子,不觉得中国人在这些影片中传输给外国观众的形象,会使他们对中国人、中华民族有多少好感。

当然,我觉得作为一个中国人我也承认,我看到的一些获奖的影片所描绘的生活确实是存在的。但是中国文化有这么一个原则,就是家丑不可外扬。我们在屋里面怎么批评、怎么咒骂都是可以的,拿到外国就绝不能说家里怎么不好,父母怎么不好。

孔老夫子说过,为尊者讳,为贤者讳,为长者讳。自己的父母、家庭有毛病,是把它张扬出去,还是为它遮掩,这里有一个民族自尊心的问题。

我想到了一个故事,说一个城里面有一个特别富有的人,他在这个城里是最中心的人物,他说什么,什么就是标准。有一天,这个城里最穷的乞丐告诉别人,说这个富人跟他说话了,别人都不相信,别人问他说了什么?他说,我站在他门口,他推门出来说:"滚。"在穷人的心里,他的光荣就是富人和他说话。不管富人说的是好话还是坏话。

说中国不太好的一些影片在国外获奖,回国之后在媒体和公众那里获得欢呼声,就是穷人的心态。文学界把诺贝尔文学奖看做最高荣誉,电影界把好莱坞的奥斯卡奖或者戛纳、东京、柏林电影节看做最高荣誉,无非是要外国人的承认。这就是弱势心态。这种心态很难振兴本民族的传统文化,或者说本土文化。

多元化时代,文化需要标准

有人说文化就是文化,分中外干嘛?只要是好的文化就行。大家知道多数的中国文化人肯定不赞成这个观点,值得我们注意的是,西方人更不赞成这个观点。西方现在对中国文化的开放程度,远远不如中国对西方文化的开放程度。比如说中法文化年,我曾被中法文化年评为"最时尚作家"。中国介绍法国文化全部是好的,法国介绍中国文化却是有好有坏。

中国大量进口韩国电视剧,但中国电视剧进入韩国,据说韩国是非常抵制的,他们非常注意保护本民族的文化。中国的文化作品进入欧美市场,特别是美国,就一定要符合美国人的主流意识、符合他们对中国的看法。

我们本民族的文化,对于本民族的凝聚力,对于本民族的长远发展,对于我们处理人与人之间的关系、邻里之间的关系、家庭之间的关系、个人和团体之间的关系,是最根本的基础,最基本的制约。

外国文化和中国的文化是有相同的地方,也有相悖的地方。外国的文化讲个性张扬,人性的自由神圣不可侵犯。而中国的文化讲的是内敛、自省、小我大公、忠孝仁义。这是我们中国人的行为准则。但是,我们现在看到文化领域出现的很多是外国文化,比如一些书刊看起来是中国制造,实际上从形式到内容,到思想意识都是克隆西方的。

我觉得,文化是一个国家是否能够和世界上其他民族比肩站立的一个最基本的基础。长期以来，精英文化和雅文化是有标准的，大众文化是缺少标准的。美国的大众文化是有标准的，好莱坞的影片大部分主导思想是正面的。而我们的大众文化处在一个多元化的时代。

我以前讲过，互联网时代是不缺信息的，缺的是真相和真理，真相和真理靠的是判断，判断靠的是标准，标准是要由我们的文化界和政府作出制度的安排。

我最后举一个例子，美国的系列电影《哈利·波特》在制作的时候就定了一个原则，绝对不能有色情的、暴力的、血腥的和不利于青少年成长的情节和画面，因为一旦这个影片被定为限制年龄级别的影片，它的票房和利润就会失败，就会失掉青少年这个市场，这就是制度安排，这就是标准。

我认为在一个多元化的时代，应当树立文化的多元化的标准，但更应该有我们主流文化的标准，传统文化需要创立我们新的标准。

——在《解放日报》报业集团第三届"文化讲坛"上的讲话

☆☆☆☆☆

PART SIX
私企女掌门交锋国企男老板

开场白：
  海岩：以前采访都"一本正经"，今天突然"不正经"了，一下子还不习惯。
  张欣（红石实业有限责任公司女掌门）：我喜欢带个人色彩的聊天。
  田子（《英才》记者）：好！我鸣锣啦……

谁能玩过谁

田子：你们二位老板什么样的人一般不用？

海岩：两种人我不喜欢，一种是太有理想的，一种是太没理想的。志向太远大不适宜做这种具体微观的事，太没理想的人你给他多少钱干多少事儿，企业很难带领他们长久前进。

张欣：我以前在华尔街工作，那儿需要的人，千挑百选，一般在这儿工作的人比在其他地方的工资高十倍甚至二十倍。我带回的想法就是应该选最好的，可回国后我发现你说的对，不能请太有理想的人，容易跳（槽）。

海岩：到我们这儿应聘的，有位问他愿干什么？他说先别给我定位，我各个部门都做一下，一年后再选择。我们告诉他，也可以，但不是我们发你工资，是你付我们培训费。他说我想展示一下才能，我们说因为你是来谋生的，如果不带着这个来，这儿不适合你。可能别的企业会说，好呀，我们这儿有你施展才能的用武之地。可我们不喜欢这样的人。

张欣：现在名牌大学给学生的教育是：我是最优秀的。所以一般名牌大学刚毕业的大学生我们不请。

海岩：对，跳过几回槽再说。来我们这儿面试的酒店管理系的学生不知是老师为了调动他学习的积极性还是别的，都说是培养总经理的。一个大学生和一个总经理之间的距离太大了。

田子：有些人才个性强，人际关系搞得不太好，但他业务能力很强，怎么用？

海岩：这种人绝大部分企业都会用，除非老板特狭隘。比如我们这儿的大牌员工，上海餐厅厨师，得过全国的中华技能大奖。虽然上海菜没什么价钱高的，但他在一百多个座位的餐厅里一年可收入近三千万，说明他能量挺大的，但他脾气满激烈的，但对这样的大牌员工，企业要保护。

张欣：但他不适合做管理工作。

田子：有人说在大老板身边最近的副总不是拿钱最多的人，防备他收入高后会跳槽，可见在用人的一张一弛上。老板们花的心思更多一些。

海岩：那倒是，不过我不赞同用人又防人，而且他这方法也未必能防得了。如果这个副总的付出和所得是不一致的，仅凭你的情和义在维持，而你又在防着他，也不一定能留住他。我们是工资体制相对固定，基本上按级别拿钱，但领导干部不一定比下边干业务的人拿得多，比如厨师就有他的市场价格。

张欣：我们是完全市场化的，因人论价，如果你是稀缺人才，市场价格就高，但职位并不高。我相信市场价格就是公平的价格。

田子：如果某位置总换人，你会怎么想？

张欣：我会想有可能是激励机制设得不对，给的钱太少了。第二可能是我公司的环境特别不好，使他没办法显示才能和畅所欲言，但对只有一百人的公司来讲，不会出现官僚的事情，只要是人才，今天是普通员工，也许明天就会被任命为部门经理了。

海岩：你说的这种提拔人的情况，在我们这儿非常不可能，因为提一个人要考虑到上上下下。

田子：那你怎么笼络你要用的人？

海岩：我看谁好，就给他一些别的激励。比如出国学习呀，分房时倾斜一下呀。还不能说给就给他了，房子这事还不能弄出腐败来呀。所以国企人才流失的原因比较多,比如待遇和职位,另外就是福利问题及国企内部人际关系相对复杂造成的。

全世界到目前为止,国企搞过私企的范例还不多。

张欣:国企的总经理如果做得好相当不容易,但你们贷款呀、融资呀都比我们方便。

海岩:可事实是私企做政府部门工作有很多条件,他可以请人吃饭、送礼,我们不可以。国企业主的心态与私企业主不一样,国企经营者多挣了二百万,谁来激励他?少挣二百万,谁来约束他?这个机制还不健全。

田子:有些国企领导担心退休生病了怎么办,你想过吗?

海岩:我们现在年轻不想,但到了时候肯定想。但我说我不想,我写东西挣的钱比我工资多七到十倍。可我是特例。这个时代有三种东西最让人趋之若鹜:科技,权力和资本。后两者很重要,但破产企业没意义,因为没资本,权力和资本能给企业领导个人带来快乐,但一旦退休就画上句号了。

张欣:贪污就是国企的激励机制。

海岩:香港警察为什么相对不黑?三条措施:一是高薪高退休金高保障制度,养你一辈子直到死;二是高等教育;三是廉政公署。高薪养廉,中国做不到,随便一个县都是七八套班子,公务员的数量几乎是欧洲一个大国。

田子:你的权威受到挑战时,你首先会干什么?

海岩:国企比私企这事要多。中层跟高层叫板多的是,要想没人和你叫板,你的非行政权威必须要高,就是你的能力、知识、品德、人格的精神力量要大,他才肯跟着你干,下级通常会把自己对未来的期待放在上级身上。企业经营管理活动是相对微观的,上级下达的命令多数没有错。但执行的质量常常要看下级对上级信服的程度。所以如果有人挑战你的权威,还不如检查一下你自己。我发现,凡是被中层挑战的,他自己都有问题,所以下边才不平则鸣。

张欣:我和我先生办企业之初,矛盾点就在民主性和权威性的问题,我带着西方民主思想回来的,他带着纯中国化的企业模式。但民主了一段后我发现,一民主就没有权威了,一民主大家不知在干什么。现在我就是少数人决策,带大伙干,新权威主义。

田子:你从一个极端到另一个极端,会不会压抑了一些新民主主义者?

张欣:越是蓝领阶层越不易民主,因为他们相对简单。

海岩:民主需要很多条件。比如希尔顿酒店集团前几年实行一条"把投诉就地消灭"的政策,就是比如我是行李员,发现客人被得罪了,我可以马上替客人签单,把一顿早餐免费了。他不必等客人走了再层层处理。后来有人把这方法介绍到中国来了,我说:咱那服务员首先签单的就是他丈母娘。

张欣:我觉得市场经济是最好的东西,市场在考验每个企业,考验每一个人,如果我作为企业的老板总在埋没人才,让人才轻易流走,市场就会把我炒掉。

田子:侣总从昆仑饭店高升到北方公司总经理。同时管理九家饭店,你是不是也爱"一朝天子一朝臣"?

海岩:我从来没有过。我的概念是和任何一个干部都要诚恳,又要保持一定距离,再就是懂平衡。不懂平衡当不了领导。所以我给领导规定了六条:一要让你的部下有理想,二要有实惠,三要讲情感和友爱,四要有纪律,五要公平,六要引入竞争机制。现代社会对人的管理主要有三大途径:精神激励、强力压迫、竞争机制。

张欣:领导和部下的关系要非常简单,就一个角色,矛盾的是我和我先生一起办的公司,但我们走出办公室就是夫妻,走进办公室就是合伙人。以后发现吵架时,就是自己的角色一时间混淆了。

金钱关系最纯洁

田子:那你们和朋友做生意吗?

海岩:过去有个说法,金钱关系最肮脏,其实从某种意义上讲,金钱关系最纯洁,人情关系最复杂,说不清有什么肮脏东西在里边。所以我跟朋友都不借钱,也决不和朋友做生意。

张欣:是这样。

田子:感性化的人当不了老板?

张欣：我认为感性化程度越高受教育程度越低。感性化的人适合当第一把手，但需要理性化的人当经理。我和我先生就分别属这两种角色。他感性，有时早晨一起来就决定，楼就这么卖了。价格很高，为什么？凭感觉。我就是理性的人。

海岩：我认为理性感性跟受教育程度无关。理性感性是人的特质，与从小的大脑开发有关。我认为我是感性化的人，我相信你先生能做得好，不光是你的功劳吧！所以常常讲感性的人是天才。当然做企业不能太感性，但有些事感性了会处理得更好。我把数字报表当成我感性的一种补充。

张欣：全世界的第一代企业家绝大多数是感性化的，但发展到现在，比如美国不知多少代了，就需要理性化管理。感性化的领导人需要理性化的人帮他管理。

海岩：你说职业经理这事，各国都不同。美国是制度第一，日本讲团体协力，中国人最不怕的就是制度，中国讲交互式的管理。从孔老夫子那儿讲的就是你给我一袋米，我还你一块肉。我要让下级支持我，我必须就要为下级付出。中国企业家带有感性不是坏事，大量的数据表明你往东走，但有时直觉告诉你必须先往西走，才能最后走到东边去。

田子：有人说男人的第一笔钱是自己挣的，女人的第一笔钱是别人赞助的，这话对吗？

海岩：（趁机）就是说我的钱是自己挣的，你的钱是别人给的？

张欣：（不服的样子）企业家就是一个说梦的人，一个说故事的人，你要说服很多人相信你：投资者，合伙人或者是银行的。他们相信了你的梦并且支持你，你就成了企业家。当然说故事时，男女各有各的方式但差别不大。

海岩：也许女人说梦比男人说梦说得更动听一点。美国测算了二十一世纪有什么本事的人最挣钱，第一是说故事的人，比如企业形象包装、各种创意、传媒业等，都需要会说故事的人。

田子：现在男老板爱请女秘书，女老板爱请男秘书，是出于什么需要？

海岩：现在成定式了，公司怎么着也得有个女秘书吧，但国有企业忌讳用女秘书,尤其是漂亮的。

田子:你呢?

海岩:我不设秘书,办公室里有男有女全是秘书。

张欣:我没有秘书,都电子时代了,我都自己办了。但与男女同事工作还是很不同,与男同事可以开玩笑,与女同事更知心。但让我带个男秘书出去就奇怪了,还跟着一个干吗?

海岩:男女秘书汇报工作不一样,我希望听到结果,不要说过程。可女秘书的乐趣在叙述过程。男人要结果,女人要过程。交朋友也一样,期待一个结果,而女人更诗意,享受过程。

张欣:所以浪漫的男人很招女人喜欢。

海岩:男人在事业上一定要达到个什么高点,挣多少钱才算幸福;女人无所谓,活到八十岁并没得到什么也算幸福,看这八十年每一分钟的快乐,如果八十年后得到那个结果了,但是拼死扛过来的,仍然不幸福。

张欣:我觉得社会进步最终的目的是人民过上好生活。所以为了进步连人最基本的东西都得不到了,也不能去看病了,这就本末倒置了。我在美国公司反感的一点儿就是,它完全把人变成机器,不把你考虑成个人。中国的环境更人性化。

成年男女不可改造

田子:你怎么能让丈夫或夫人理解你的付出,支持你的工作?

海岩:我觉得相当一部分夫人很难理解丈夫的。不是个道理的问题,女人需要厮守。她总希望你给她把钱挣了,给她带来体面,带来幸福,同时你还得在家陪着她。

田子:好像女人特贪似的。

海岩:这是女人对生活的一种需要。通常男人对太太的情感有两个高潮一个低潮。高潮是初恋新婚时,第二个高潮是子女都大了,最后还剩下这两个人,老伴儿,对老婆最看不上眼的就是我们这岁数。所以人家说中年三大快乐:生

官、发财、死老婆。(哈哈大笑声是张欣的)

田子:太恶毒了吧?

海岩:大家都是开玩笑。但的确是男人到达最繁忙、最疲劳时,对夫人不是看得特别重。一般分居的人都说分居好呀!就是想孩子。这也正常。

张欣:我觉得中国社会比较畸形。有时参加晚上的聚会,中国人一定不带老婆,外国都带,一问老婆就在家呆着呢!

海岩:我夫人在美国十年了,回来从观念上就和我妈不同。比如到餐厅吃饭。我妈坐我旁边。我太太坐我对面,我太太就不高兴,觉得那儿不是我母亲坐的地方。在国外,家的概念就是你、你太太、你未成年的孩子,哪怕是家里的狗,都轮不到你母亲。出去后介绍,也得先介绍我太太,不能先介绍我妈。我妈就说:她怎么事儿这么多!

张欣:我发现改革开放后,有些女人的地位反而下降了,都不工作了,回家做全职太太去了。

海岩:在国外,甭管地位多高,你要为女性拉一下门,中国不是这样的。我经常在我们公司里说,做酒店的人你在女人的身边先进电梯,首先你就不配做酒店。上海有一个新锦江大酒店,我十年前在那儿当第一任的总经理,刚开业时都用的女性门童,亚洲人一致说好,欧美人都受不了,甚至就不住你这个酒店。因为他受不了让女士拉门。

张欣:整体来说女人地位低。男人找情人、找"小蜜"不觉是个耻辱,在西方社会他有也绝对不敢公开,而且非常有内疚感的。还是道德意识问题。

田子:侣总回家是不是特大男子主义?

海岩:我是想大男子主义,可我太太接受了欧化熏陶,一定要大女子主义。我们现在互不干涉。目前是她希望改造我,我不希望改造她。比如我说,到我母亲那儿能按她的规矩办,她都七十多岁了。她说那不行,得改造,中国落后呀!我说也别改造我了,我这么大岁数啦,也改不了。她说那不行,我一定要改了你!我从不说一定把她的毛病扳过来。因为成年人是不能改造的,除非有特殊环境,比如战争、疾病。

田子：你自己认为自己是个什么样的人？

海岩：我是个被动的人，信天命尽人事，我爱干眼前的事儿，不爱刻意去争取未来的什么事。一切顺其自然，谈恋爱都是别人来找我，我喜欢一个女的谈不成的，我能暗恋她十年，但不会主动跟她说。

田子：然后就写小说了。

海岩：凡是爱情不顺利的人，爱情小说一定写得好。

张欣：我是个挺主动的人，对生命对生活充满热爱，总是创造一些机会，让自己多些参与。

田子：怎么理解爱情？

海岩：爱情是短暂的东西，非把它当永恒就会失败，在现实中要保留，不能特别投入进去，所以我只可以用小说把爱情写得死去活来。最近审我的片子《永不瞑目》，从二十岁到七十岁的二十几个审片人，没一个不哭的。我敢斗胆说一句，看过这部片子没有人不哭的。我把爱情写得非常可爱，但不在现实中寻找。

田子：很有激情的人总会有爱情。

张欣：爱情不永恒，但追求爱情的境界是永恒的。

海岩：对，永恒存在于人的内心或存在于人对爱情的记忆或感动中，而不存在于现实中。一个人如果对爱情的向往太强烈了，现实中就找不到理想中的女孩。比如我看影片感动得快流泪时，旁边的女孩突然说：那人的眼睫毛是粘的。

张欣：我觉得缘分就是超自然的空间，把你们俩放在一起，人和人萍水相逢就是一种缘分。

海岩：缘是人对外部世界的一种寄托和想象，我一生不相信赌博，无论情感的物质的，所以不信缘分。

田子：孤独最深时会做什么？

张欣：我十九岁到英国体验了极大的孤独。孤独来自陌生，下了飞机走到大街上，没有一个中国人，像到了一个非人世界，孤独得很恐惧，处在想逃脱这种状态，那时想妈再骂一万次都特美好……

海岩：你的孤独是有盼头的，而我的孤独是没有尽头的。人都说爱情与死是永恒的，其实真正永恒的是孤独，你找不到共鸣，因为每一个人的内心世界都很独特。找不到能完全理解自己的人，即便是你爱的人，孤独由此而生。所以孤独时什么都不能干。孤独是残酷的、不可摆脱的。

张欣：你把爱情太理想化、太浪漫了，比如萨特就这样，你把爱情想得再朴实一些，平凡些就可以。

海岩：我承认我不成熟，道理我也懂，但我做不到。

☆☆☆☆☆